ALMAS

Penguin
Random House
Grupo Editorial

Primera edición: noviembre de 2021

© 2021, Noemí Casquet López
Autora representada por Editabundo Agencia Literaria, S. L.
© 2021, Penguin Random House Grupo Editorial, S. A. U.
Travessera de Gràcia, 47-49. 08021 Barcelona

Printed in Spain – Impreso en España

ISBN: 978-84-666-6992-4
Depósito legal: B-15.059-2021

Compuesto en Comptex & Ass., S. L.

Impreso en Black Print CPI Ibérica
Sant Andreu de la Barca (Barcelona)

BS 6 9 9 2 4

ALMAS

Noemí Casquet

Adéntrate en el universo del
hombre de las gafas redondas:

Para Carmen, mi querida editora, psicóloga,
confidente y compañera de micheladas.
Gracias por creer en mí más que yo misma.
Sigamos caminando juntas. Te quiero.

I

Sincronicidad

En el mundo hay siete mil setecientos millones de personas y seguramente, cuando leas esto, podrás darle la bienvenida a unas y despedirte de otras muchas. De todas estas, tal vez puedas conocer a unos miles a lo largo de tu paso por este planeta. Y de esos miles, quizá con unos cientos acabes manteniendo conversaciones más o menos interesantes. De esos cientos, con unas decenas tendrás una intimidad que implique un contacto físico, mental o incluso, no sé, ¿espiritual? Y de esas decenas, con pocas decidirás recorrer la fugacidad del tiempo y permitir que la efimeridad de la existencia se metamorfosee en la permanencia de la huella. Una huella que se borra cuando ya no estás, pero que se mantiene en ti aunque esas personas ya no estén. Curioso, ¿verdad?

También es curioso el vaivén del movimiento y la fuerza de atracción que nos llama por dentro. Las almas que intentan descifrar el enigma de la supervivencia sin ver el resultado al final del libro, sin caer en la trampa que impulsa el sistema.

Los seres humanos abogamos por la coincidencia que salpica nuestra vida en innumerables ocasiones. Pero nos equivocamos enormemente al creer que todo forma parte de una casualidad gobernada por las leyes del libre albedrío y del caos que nuestra mente limitada no logra descifrar. Nos equivocamos al pensar que la vida nace de una explosión y una sucesión de buenas condiciones para que se desarrolle la primera célula y de ahí, ¿la consciencia? ¿En serio nos falta tanta razón para no ver lo evidente?

«¿Y qué es lo evidente?», te preguntarás. Bien, Ruth, lo evidente es que todo forma parte de un plan maestro para que las almas se encuentren, como la tuya y la mía. No es que coincidan porque se tropiecen por la calle y tiren los apuntes de la universidad por los suelos, o porque se salven de un destino fatídico al quedarse el tacón atascado en medio de la carretera. No es un golpe del destino o un giro brusco del volante para cambiar el rumbo de la carrera. Cada paso que diste en la vida, cada decisión que tomaste en su día, cada pequeño detalle que salpica tu existencia forman parte de un plan sincrónico que te conecta con miles de decisiones más. Y es así como nos encontramos, Ruth. No una, ni dos, ni tres veces. Decenas de ellas. La sincronicidad de nuestras almas que cabalgan a destiempo por un universo simbiótico donde esta tiene un fundamento, aunque no lo entendamos en su totalidad.

Si algo tengo que agradecer a la vida, Ruth, es haberte encontrado. Me salvaste de un terrible y fatídico destino casi sin saberlo, sin conocerlo, sin ser consciente de lo que estabas haciendo. Simplemente eras, que ya es. Y eres, que lo es todo. Caminabas en busca de nuevas conquistas en formato mentiras y yo te seguía en busca de adrenalina a modo de primeros auxilios. Nos fuimos enredando mientras el universo nos empujaba hacia su plan maestro de volver a reencontrarnos en este plano existencial, una vez más.

II

Radiografía del alma

Describirme nunca fue mi punto fuerte, ni siquiera fue una remota posibilidad pese a haberlo hecho en innumerables ocasiones. Recuerdo la primera vez, por si te interesa; fue a los ocho años. Antes de eso, tengo escasez de recuerdos. ¿Cómo es posible que una persona no recuerde prácticamente nada de su infancia más prematura? Por traumas, Ruth; los traumas obligan al cerebro a crear nuevas sinergias que te sumerjan en un paisaje de endorfinas, oxitocina y demás hormonas que secretamos por el bien de nuestra existencia. Digamos que no he sido un niño especialmente feliz, pero sabía manejar las situaciones. Cuando me encontré con lo que se había convertido mi vida de un día para otro y me vi ahogado por el golpe más duro que un niño puede soportar, supe que lo iba a pasar mal y que todo esto tenía la suficiente magnitud como para cambiar el rumbo de mi camino, incluso la claridad de mi cabeza. Y ahí estaba yo, con ocho años y un trauma a mis espaldas, delante de unas personitas totalmente desconocidas para mí que me miraban atentas con sus ojos brillantes de bienestar familiar. Mientras que mis pupilas se apagaban cada día más y naufragaban en el mar de la condescendencia infantil.

Me presenté en el colegio delante de casi treinta niños y niñas que buscaban motivos para reírse de mí. Tampoco necesitaban ser demasiado creativos. Aparte de mis piernas delgaduchas, llevaba unas gafas redondas que pedían a gritos ser pisoteadas, que las tiraran al suelo, rotas, hasta quedar destrozadas por acosadores en potencia.

Siempre fui un niño de complexión pequeña con un cuello que paliaba la dimensión de mi cabeza. «Este chiquillo será muy listo», decían las profesoras simplemente por mis proporciones craneoencefálicas, algo que a mi parecer no era garantía de nada más que de burlas y de insultos. No tuve amigos ni fui un ser sociable. Mi día a día consistía en ir a clase, prestar atención, callarme las respuestas cuando la profesora preguntaba para no alimentar el odio y la envidia de los compañeros y volver a mi casa a veces con el bocadillo digiriéndose en mi barriga, lo cual era un éxito, y otras con un hambre atroz porque me lo habían tirado a la basura o habían escupido o meado en él.

El camino de vuelta era largo y no había nadie que viniera a buscarme. Tuve que crecer demasiado pronto para lo que un niño podía soportar. Aprendí el recorrido más rápido hasta casa de mi tía, donde me esperaba siempre una nota escrita a mano y un vaso de cacao. «Estoy en el local, mi vida. Merienda y ponte la tele. Llego tarde». Y me sentaba en la silla de la cocina solo, en un silencio al que me había acostumbrado porque me perseguía por donde fuera, y con la manía de reventar las bolitas de chocolate que flotaban en la superficie de la leche y que desequilibraban la armonía del espacio. No encendía la televisión; simplemente me sentaba a leer unos cuantos libros que tenía de mis padres. Ahí descubrí la literatura, y esa fue la puerta a mi salvación.

Las letras me acogieron sin medir el tamaño de mi cabeza ni poner a prueba mi capacidad de socializar con los demás. Ellas me ofrecían cobijo y calor, aun cuando no lo pedía. Estaban ahí, dispuestas a abrazarme por las noches y mecer la cama hasta que los párpados caían y no podía sostener su peso. Tuve pesadillas con los cuentos de Edgar Allan Poe. Descifré enigmas con los clásicos de Agatha Christie. Me enamoré de la prosa de Carmen Boullosa, Octavio Paz o Lorca. Entendí el arte amatorio con José Zorrilla y me hice colega de un tal Manolito Gafotas, a quien me presentó mi gran compañera, Elvira Lindo, y que podría ser la recreación de mi propia existencia en versión edulcorada. Lloré con Miguel Delibes casi por primera vez, y comprendí el tormento con Shakespeare. Viajé por todo el mundo de la mano de Kapuściński o de Thomas Wolfe. Luché contra gigantes en forma de molinos con don Quijote y contra totalitarismos en *1984*. Sufrí por amor con el joven Werther, me embriagué los sentidos con Patrick Süskind y me reí a carcajadas con Eduardo Mendoza.

Lo cierto es que cada día, en cada momento, encontraba una pequeña rendija para ponerme a leer y a leer. A devorar libros sin medida, a aislarme del resto y a encontrar mundos paralelos más o menos cómodos. La literatura fue una fuga a mi desastrosa infancia, aunque no todo el mundo la veía con buenos ojos. El profesorado le dijo en incontables ocasiones a mi tía que no podía seguir leyendo de esa forma. «Se convertirá en un niño marginado con problemas para socializar», y mi tía me miraba y me sonreía, como si a ella eso no le importara lo más mínimo. Cuando salíamos, me cogía de la mano y me susurraba:

—Haz lo que te haga feliz y deja que los demás hablen.

Y a mí me generaba un regocijo en el alma que me mantenía contento todo el día.

Clasificaba los libros por orden de preferencia, y tal vez ese fue el primer contacto con las listas. Me encanta hacer listas. Incluso tengo una lista de las listas que más me gusta hacer. A los doce años tenía listas para prácticamente todo lo que te puedas imaginar: para las chuches que menos me gustaban, para los parques con el césped más mullido, de los tics que me apasionaban de las personas, de los looks que llevaba mi tía antes de irse a trabajar, etc. Eran listas de una infinidad de pequeños detalles que pasan desapercibidos en nuestra vida atropellada por la rapidez e inmediatez.

A la misma edad, más allá de escribir clasificaciones sin sentido para los demás, pero con mucho para mí, me atreví a escribir mi primera novela, y, pese a que no la publiqué, fue el preludio perfecto para encontrar algo que realmente le diera sentido a mi existencia. Fue poner el punto final, y decidí que sería escritor. Por supuesto, me dediqué a hacer una lista de pasos que debía seguir para conseguir mi objetivo. Y eso fue lo único que me importó.

En mi entorno las cosas fueron cambiando progresivamente. Al principio, los chavales jugaban al fútbol y las niñas se dedicaban a improvisar bailes o a cantar los éxitos del momento. Pero en cuestión de un verano, el ambiente se volvió denso, más hormonal. Los chavales jugaban al fútbol, sí, pero les dedicaban los goles a las chavalas y ellas lo celebraban con una sonrisa y el tanga por la cintura. En ese despertar sexual colectivo, descubrí a Nietzsche y su filosofía. Ajeno a todo, me dediqué a leer y a fantasear sobre mi futuro como escritor mientras me crecían los pelos del escroto y me empujaban por los pasillos.

El despertar sexual me vino tarde y fue gracias a los libros, cómo no. Encontré al marqués de Sade en los escasos volúmenes que coleccionaba mi tía. Empecé a leerlo una tarde de verano mientras me asomaba por la ventana y veía a los otros chicos jugar con la pelota en el parque. Hubo algo que se activó en mí cuando leí *Justine*. No pude parar el impulso y la erección que se apoderaron de mi entrepierna. Por aquel entonces tenía quince años y todavía no me había masturbado. No me importaba lo más mínimo. Pero ese día sentí el calor que subía por mi pecho, el grosor de mi miembro en pleno desarrollo, la carga de mis testículos, el deseo. Estaba solo en casa, nada extraño, puesto que mis tíos pasaban muchas horas trabajando en el local, así que me encerré en mi cuarto y me bajé los pantalones. Aquella cosa apuntaba con claridad la práctica que podía sanar su incipiente tamaño, y yo decidí experimentar. No tardé demasiado en correrme y salió un mejunje pringoso que alguna vez había salpicado mis calzoncillos por la mañana. La explosión me obligó a sentarme porque me temblaron las piernas. Y fue ahí cuando descubrí el placer. Cogí papel y boli e hice una lista.

Lista de cosas que me dan placer:
- Subir y bajar la mano por mi pene (8).
- Meter el pene en una toalla enrollada (6).
- Meter el pene en un calcetín (8,5).
- Poner el cepillo eléctrico en el pene (7).
- Tocarme en la ducha (9).
- Meter el pene en la aspiradora (5).
- Acariciar mis huevos (7).
- Ponerme aceite de oliva y tocarme el pene (9,5).
- Meter el pene en una botella (-200).
- Masturbarme con la almohada enrollada (6,8).

Sí, como podrás comprender, el aceite empezó a disminuir en casa y mi tía no entendía absolutamente nada. Poco a poco, el sexo eclipsó a la literatura y esta se convirtió en la herramienta perfecta para excitar mi mente y provocar la erección; entonces cogía la aceitera y me iba a la habitación. Me masturbaba varias veces al día y me dejaba llevar por el placer que explotaba en mi entrepierna. Sentía la contracción, el gemido atravesado en mi garganta, el jadeo en mi boca. Aquello fue un parche a mi introversión y a mi falta de interés por tener compañía en esos pequeños rituales que aliñaron mi entrepierna.

Al final me convertí en un joven adolescente con problemas para socializar, tal y como había previsto el profesorado. Me encerraba en mi montículo de libros y listas para acabar salpicando semen por todas partes. No fue hasta mis casi diecinueve años cuando me acosté con alguien: una chica del local donde trabajaba como camarero y, bueno, «asistente», digámoslo así. Y fue a partir de ahí que la vida cambió. El niño de ocho años a quien marginaban sus compañeros y le pisoteaban las gafas se convirtió en el hombre al que le gustaba tenerlo todo bajo control, que estudiaba la carrera de Filología hispánica, capaz de secar cualquier vagina y que seguía bajo el techo de unos familiares de lo más extravagantes.

En la universidad fue cuando conocí a Julia, y me pareció una mujer adicta a ser normal. Con sus tejanos y sus camisetas básicas, sus zapatillas deportivas, el pelo castaño y lacio, ojos redondos y nariz puntiaguda. Era capaz de ser invisible en todo momento, y eso me resultó atractivo porque es difícil ser invisible, Ruth, eso ya lo debes de saber. Julia pasaba realmente desapercibida, pero aun así guardaba un misterio que, con el paso de los años, se convirtió en el fruto de mi infinita imaginación.

Y, sí, todo lo que cuento en estas líneas un tanto soporíferas (¿tal vez?) me lleva a ti. Mis traumas, mi necesidad de supervivencia, el acoso escolar, la adicción por las letras, las listas que todavía hago, la nueva utilidad del aceite de oliva, el particular trabajo como camarero, mi improvisada familia, la carrera que jamás acabé, los libros que me llevaron a ser quien soy, la mujer adicta a ser normal que me sumergió en su normalidad.

Te prometo, Ruth, que todo tiene un sentido, como las piezas de un puzle que, al principio, son el reflejo del caos hasta que poco a poco se forma la imagen.

Sigamos jugando, pues.

III

Julia

La mujer invisible de los ojos redondos me sonrió una mañana cuando llegué medio dormido a clase. Iba poco a la universidad, me aburría la institucionalización de la literatura y de la lengua. Algo que para mí significaba tanto se veía condensado en asignaturas cuyo interés se reducía a lo más mínimo. Los profesores llegaban, encendían el ordenador, proyectaban un sinfín de diapositivas y teorizaban la creatividad. Al principio, pensé que sería cuestión de tiempo, de años, que la cosa mejorase. Después, el fraude fue casi el cuádruple.

En cuarto año de carrera, y último para mí, Julia me pedía siempre bolígrafos, hojas, chicles..., cualquier excusa era buena para ser ligeramente más visible. Ella conocía su carencia, sabía que pasaba desapercibida en este mundo de meritocracia, exhibicionismo estético y cánones distorsionados. Pero, aun así, le ponía empeño a las cosas. Eso, mezclado con mi instinto y mi capacidad de análisis, me hicieron trazar una lista de características no normativas que destacaban en ella (lo cual, créeme, fue difícil).

Lista de características no normativas de Julia:
- Sonríe con los labios apretados.
- Le gusta Tame Impala.

- Tiene un lunar en la nuca que parece un corazón y una peca cerca del agujero de la nariz.
- Le gusta llevar las zapatillas con cordones de colores.
- Es adicta a las Juanolas.
- Le encanta la literatura alemana.

Un día Julia me preguntó si me apetecía ir a ver una obra de teatro, *Hamlet*, de Shakespeare. Debo de ser de las pocas personas en este planeta que no son fanáticas de este autor, pero aun así le dije que sí. Ella sonrió victoriosa porque por fin los focos le apuntaban directamente.

Incluso en la universidad, yo era un hombre despreocupado por las relaciones sexuales con otras personas. A mí solo me interesaban los libros, mis futuras novelas y el sueldo que ganaba a final de mes como camarero y asistente en el local de mi tía. Todo lo demás era lo de menos. Por lo que, esa noche, me encontré frente a una persona que quería ponerme las cosas fáciles, que no me bombardeaba con un sinfín de señales sugerentes. Julia lo tenía claro y yo, sencillamente, me dejé llevar. Me besó al salir del teatro, y añadí una pequeña frase a su lista de no normatividades: «Toma la iniciativa».

Después de varios meses, nos acostamos una y otra y otra vez, hasta que una tarde, mientras me encendía un cigarrillo y me derretía por el incipiente calor que se acumulaba en Madrid, me observó y me dijo que me quería. «Te quiero». Sin demasiados edulcorantes ni colorantes. Tan solo un «te quiero» perfectamente vocalizado y locutado. La miré con cierto asombro y sus ojos redondos me suplicaban una respuesta. ¿Alguna vez has visto unos ojos pedir clemencia? Seguramente sí. Adquieren un brillo especial, un destello que podría compararse con el fulgor de un meteorito que atraviesa la atmósfera. Tienden a ponerse bizcos y pierden la noción del espacio-tiempo; solo trazan un hilo invisible que apunta a tus pupilas y te hace partícipe de su desesperación. Y a mí nunca me gustó ser partícipe de la desesperación, Ruth. Así que pronuncié unas palabras tan tontas, estúpidas y simplonas que serían el inicio de mi propia tumba. «Y yo». Ella sonrió como quien presencia un milagro, puesto que, al fin, alguien la veía. Y ese alguien era yo. Sin mediarlo, empezamos una relación fácil. De esas que no pesan y avanzan con el paso natural de la evolución, que no requieren de presión ni de empuje, toman la inercia de la vida y ruedan cuesta abajo a buen ritmo.

Julia me cogía de la mano al salir de la universidad, me invitaba a su habitación, bien decorada, de su piso compartido y follábamos sin contaminación mental. Un juego tan básico que me parecía un buen refugio después de presenciar a una edad tan temprana un universo sexual extraño (y familiar al mismo tiempo).

Julia la mamaba con ganas de ser vista; esas cosas se notan porque no limitaba el empuje de mi miembro en su garganta, ni las arcadas, ni las lágrimas que se acumulaban en sus ojos. Ella solo quería que la viera, y si para eso tenía que hacer una garganta profunda, lo haría. Yo lo sacaba de su boca porque llegaba un punto donde el placer se fusionaba con la compasión y no podía seguir viéndola de esa forma. Tras eso, follábamos con delicadeza y ella se corría con una sonrisa en la boca. «Se corre con una sonrisa», apunté en su lista.

Julia acabó la carrera; yo dejé los estudios en cuarto. Decidí seguir trabajando como camarero y combinarlo con la autopublicación de mi primera novela (oficial). Tras eso, una editorial se fijó en mí y decidió publicar mis libros a lo grande, como lo hacen con los grandes escritores. Lonas espaciosas y largas campañas. Títulos extraordinarios y amplios escaparates. Un torrente de estímulo para innumerables lectores. Y así fue como vendí un best seller y gané grandes cantidades de dinero. Pude dejar la barra y centrarme en las teclas y las palabras; pagar el alquiler de mi propio piso en Madrid y comprarme todos los libros que quisiera sin necesidad de mendigar céntimos.

Mientras yo forraba portadas y encabezaba listas (fíjate, toda la vida haciéndolas y de repente aparecía en aquellas que acreditan el talento), Julia se desesperaba echando currículums. Hasta que una mañana desistió y sus ojos redondos comenzaron a transmitir derrota. ¿Alguna vez has visto unos ojos asumir el fracaso? Seguramente sí. Todo ese fuego que un día colapsaba el firmamento se vio reducido a simples cenizas que ensuciaban el suelo cóncavo y oscuro. Julia soltó las armas que usaba para ser vista y se lanzó al vacío de la mediocridad. Y fue entonces cuando se perdió. Empezó a trabajar en una empresa donde escribía cartas de amor por encargo y se acabó olvidando de qué era aquello que redactaba. Sus mamadas disminuyeron en ímpetu y aumentaron en indiferencia. Finalmente, asumió su invisibilidad de una vez por todas. Y eso fue triste.

En un acto de querer reanimar lo que había nacido muerto, le pedí que se viniera a vivir conmigo. Y después le pedí matrimonio mientras comíamos unos *noodles* en la oscuridad de la noche, iluminados por unas velas y una tira de leds. Ella subió el hombro con ligereza y apretó los labios con una sonrisa. «Vale», me dijo. Y seguimos absorbiendo los fideos aceitosos que se quedaban al final del envase.

A pesar de que podríamos haber montado un buen tinglado, la boda fue algo muy sencillo, como reflejo de nuestra relación. Algo entre los pocos amigos y familiares que teníamos, un vestido blanco comprado en Zara, un traje alquilado y una paella en un bar de toda la vida. Pasaron los años, las noches de *noodles* y las cartas de amor por encargo. Llené las librerías de novelas exitosas y los bolsillos de mis editores felices. Había cumplido mi sueño al lado de una persona que todavía llevaba el luto por la muerte del suyo. Follábamos alguna noche y me sentía fatal. Ella lo aceptaba porque lo había perdido todo. El sexo fue desapareciendo, las caricias también. Los «te quiero», las sonrisas, las obras de teatro y la pasión por la vida. Y yo me enterré entre capas y capas de dolor hacia una persona que había conseguido enamorarme para después dejarme tirado en el camino del anhelo y la indiferencia.

Al final, su oscuro campo magnético y vibratorio y su depresión conquistaron parte de mi ser. Me vi envuelto en una crisis creativa que desesperó a mis editores y a los lectores. Me presionaban por escribir más y más, y yo no sabía sobre qué. ¿Alguna vez se ha escrito un libro sobre la falta de creatividad? ¿Sobre la vida fatua de un escritor desolado por el desorden mental y la escasez de palabras? ¿Hay algo peor para una persona que se alimenta de caracteres que la inutilidad de estos? ¿Podría narrar sobre los fantasmas que protegen mis espaldas de posibles musas que inspiran mis pensamientos?

Fumaba varios cigarrillos al día mientras miraba el horizonte de cemento de una ciudad contaminada. Había pisado la trampa que me mantenía boca abajo con el tobillo atado a un árbol y la sangre minándome la cabeza. No sabía cómo salir porque era incapaz de hacerlo. Llámalo miedo al abandono o dependencia emocional, no sé, pero no podía.

Las teclas raptaban historias que finalmente desechaba con rabia a la basura virtual. Me pasaba noches en vela en el estudio mientras veía porno y me masturbaba con desesperación. Violencia extrema, *gangbangs*, orgías, lésbicos, gais, fetichismo, *kinky* y un largo etcétera que me hizo cuestionar dónde empieza la ética y acaba el deseo. Dormía por las mañanas cuando Julia se iba a trabajar y compartía con ella la cena y el quitagrasas verde que coronaba el fregadero. Nada más. Tal vez un recuerdo de lo que un día fue y no fue más. O puede que el pequeño latido desacompasado de un enamoramiento fugaz, la sombra de esa mujer adicta a ser normal que se había atragantado con su propia normalidad.

Su lista no normativa se redujo a nada y perdí la esperanza de encontrar en ella un resquicio de impresión y admiración. Era una mujer que se enfundaba unos tejanos rectos, una camiseta sin estampados y zapatos horteras donde primaba la comodidad. Se recogía el pelo castaño y lacio, y se lavaba la cara para ponerse una crema fácil y comercial que prometía frenar el paso del tiempo. Salía de casa con un café en su vaso portátil tras devorar un par de bocados de una tostada de mantequilla y mermelada en la cocina mientras hacía *scroll* por las noticias del día. Llegaba sobre las siete de la tarde, acomodaba su pesado bolso en la entrada y se metía en la ducha durante un tiempo desproporcionado al que tarda cualquier ser humano en enjabonarse y aclararse. Tras eso, preparábamos una cena sencilla y sin artificios: una ensalada, una tortilla, un bocadillo, unos fideos instantáneos, una sopa de sobre, una lasaña congelada, unas judías verdes con patatas o una pizza que acababa quemada en el horno.

En ese momento le preguntaba qué tal le había ido el día y ella respondía con un «bien» escaso y lejano, sin levantar los ojos del impacto visual y auditivo de su programa favorito. Y ahí quedaba todo. Fregábamos los platos y me iba al estudio a hacerme pajas mientras Julia se metía en la cama. Un día tras otro tras otro tras otro.

Había asumido que mi existencia se basaría en reavivar una relación perdida mientras luchaba sin éxito contra mi incipiente falta de creatividad y mi adicción masturbatoria. Pero un miércoles por la tarde decidí recuperar una antigua manía que me ayudaba en la creación de nuevos personajes. Me puse los pantalones beige de pinzas, una camisa de lino y, con una gran fuerza de voluntad, me sumergí en el barullo de la ciudad en pleno verano. Caminé dos calles y llegué hasta el metro de Ópera. Saludé a Lidia, la mujer encargada de esa tienda tan esperanzadora y terrorífica. Es una gran lectora de mis libros y le apasiona ser partícipe de la inspiración de un escritor desesperado por una historia. Siempre me enseña las nuevas adquisiciones y me cuenta las dramáticas y eclécticas historias de sus clientas. Me gusta pensar que son las suyas en realidad y que utiliza el famoso truco de «es una amiga».

Pero, Ruth, justo en el momento en que había desistido de todo esfuerzo y motivación, cuando por más que me contaran historias ninguna me parecía lo suficientemente atractiva como para reconciliarme con el teclado, cuando había empezado a cavar un pozo en lo más profundo de mí para enterrar mi vida, justo entonces apareciste tú. Y todo cambió.

IV

La tienda de pelucas

Qué caprichoso es el destino a veces. Y digo «a veces» por ser amable. Doblamos una esquina y nos chocamos con nuestro mayor enemigo o con un amor del pasado que calmamos con el paso del tiempo. Encontramos esa oferta que catapulta nuestra carrera por los aires. O, justo cuando más lo necesitamos, aparece una mano que nos salva de un mar de desolación y amargura. Tú fuiste la mano sin darte cuenta, Ruth. Porque entraste por esa puerta con tu pelo rizado y tu mirada perdida, con la esperanza de superar la inminente pérdida y la certeza de que ya no quedaba nada por lo que mereciera la pena luchar. Lidia os saludó con su sonrisa, y esa mujer que te acompañaba expresó sin dilación que se iba a quedar calva, a lo que tú volteaste los ojos y suspiraste pese al dolor que eso te provocaba. Yo me quedé quieto y disimulé entre los pasillos de cabezas y pelos que se multiplicaban a mi alrededor; te miraba a través de la rendija que se abría entre corchos y pelucas.

Pasaron pocos minutos hasta que comprendí que la pequeña mujer de unos cincuenta y largos que iba contigo era tu madre. Lo dejaste claro cuando expresaste tu opinión por la longitud (exagerada, sí) de la peluca rubia que había elegido. «Mamá, ¿no es demasiado larga?». Ahí oí tu voz, y hubo algo de muerte en ella. Una voz que batallaba con los graves y los agudos, que peleaba por alzarse victoriosa entre la multitud pese a su ligera ronquera. Algo que a tu madre le dio exactamente igual; ella estaba llena de vitalidad y entusiasmo. Entendí que era el inicio de una larga trayectoria, porque los principios se cogen con ganas hasta que perdemos la esperanza por el camino y olvidamos dónde se cayó. A partir de ahí, ya no queda nada.

Te seguí con la mirada a través de las cabezas que posaban inmóviles encima de la larga estantería que nos dividía. Tú te permitiste maravillarte por esa tienda tan esperanzadora y terrorífica, hasta que llegaste a un punto de inflexión. No lo pensaste demasiado, actuaste por impulso; se notaba que la idea te recorría el cuerpo por el entusiasmo que pusiste al recogerte el pelo con la goma que llevabas en la muñeca. Más tarde, descubriría que esa espontaneidad tuya, el rayo de arrebato que te parte en dos cuando se enciende la bombilla en tu cabeza, tiene una serie de características de lo más peculiares. Me las mostraste de cerca, tan cerca que las pude palpar, Ruth.

Cogiste la peluca al ritmo de más vale pedir perdón que permiso, y te enfundaste en ella. Encorvaste el cuerpo para evitar sorpresas precoces y te acercaste hasta tu madre. Fue ahí cuando susurraste algo inconexo y estalló una risa aguda, clásica y normativa entre la gente de su edad. Quise prestar atención a lo que sucedía, pero la imagen quedaba escondida entre los pasillos y la materia. Me resigné, sonreí y fue ahí cuando avancé con la mirada perdida y te chocaste conmigo. Tal vez no te fijaste en mí, tal vez sentiste lo mismo que yo. Me quedé esperando la misma eclosión por tu parte, pero sencillamente me dijiste «perdón», perfilaste una sonrisa amable y seguiste con el juego que le devolvía un poco de vida a la realidad. Entonces, gracias a tu madre, oí tu nombre, el real.

Me acomodé las gafas redondas y calmé el corazón, que galopaba descontrolado dentro de mí. Tragué saliva, toqué algunos cabellos de la tienda mientras Lidia se reía por tu numerito improvisado. Respiraste con la satisfacción de haber abierto un canal entre tanta incertidumbre y te diste media vuelta para dejar la peluca en su lugar. Pero algo cambió, lo vieron mis ojos, lo vieron los tuyos. Cuando te chocaste con el espejo, te encontraste con un reflejo ajeno y extraño, con un atractivo y una puerta giratoria que te escupía en un cuerpo foráneo. Observé con detenimiento cómo permanecías en ese mundo paralelo tan alejado del tuyo, y cacé un detalle que me perseguiría durante los meses venideros: tu incontrolable y adictivo parpadeo inducido por la clara pérdida de seguridad.

Decidiste limitar el acceso al extravío y dejaste la peluca donde la encontraste. Te costó despedirte de ella, ¿verdad? Lo noté cuando acariciaste las puntas pelirrojas que caían sobre el mueble. Saliste por la puerta sin ser consciente del mundo que habías revuelto en mí, con tu moño lleno de rizos y tu magia cautelosa. Me quedé un par de minutos en la tienda, hasta que volví a casa.

Demoré todo lo que pude la vuelta, perdiéndome por los callejones de una ciudad que acabaré odiando en algún momento de mi vida. Lo sé, lo asumo. Pero aquel día adquirió un brillo especial, una esencia mística de amores fugaces en tiendas esperanzadoras y terroríficas que sincronizan a dos almas perdidas en el mismo punto del universo. Y en ese instante comprendí la indulgencia; por primera vez perdoné al pasado por haberme llevado hasta allí.

Perdí la noción del tiempo y me despedí de cualquier posibilidad de volvernos a encontrar, con lo grande que es Madrid (y lo pequeño que es el azar). Abrí la puerta de casa, arrastré los pasos por el pasillo y lancé al aire un «hola» sin demasiada composición armónica. Sonreía, sorprendido por el estallido momentáneo que tu alma había provocado en la mía, y las palabras empezaron a colapsar en la estación de mi mente. Pero cuando entré en el comedor, Julia me estaba esperando.

La quise tarde y mal, como las canciones que se tararean con los auriculares puestos. Pero la quise; y eso es lo que cuenta, ¿no? La quise, un poco atropellado por los fantasmas del romanticismo y las tormentas del idealismo. La quise, amargado por sus manías normativas que transformaban mi amor en destrucción. La quise, aun cuando me lo pedía a escondidas mientras me miraba a lo lejos y me sonreía. Y yo, viendo que tanto me quería, me encerraba en mil pócimas verbales que me sacaban de ese agujero negro de «quiéreme, por favor te lo pido». Y ahí me encontraba, tan lejos de amarla como de odiarla, en la más pura indiferencia. La hiena que observa lo jugosa que parece la carne putrefacta.

Julia suspiró, y a mí me aniquiló ese suspiro y la forma en la que el aire acariciaba sus vías... Era el preludio a una muerte tardía. Puse especial atención en sus fosas nasales, en cómo convertían su resignación en moléculas de oxígeno. La peca de su aleta se expandió y se contrajo, limpió toda posible derrota que pudiera manchar su honestidad. El arco de sus agujeros se convertía en un triángulo cuando estaba indignada. O enfadada. O triste. O entusiasmada. La verdad, era un medidor horrible para las cagadas. Todo le parecía bien o mal con un simple golpe piramidal. Y de nuevo, ahí estaba.

Conté las milésimas de segundo que distanciaban sus pensamientos de las corazonadas. Oí a lo lejos el tambor de su corazón invocado por la locura. Puso ojos de «y si...»; conocía esa mirada. «Y si me acompañas al teatro». «Y si nos vamos de fin de semana». «Y si te presento a mis padres». «Y si te escupo un te quiero». «Y si me mudo a tu casa». «Y si duermes conmigo». «Y si nos casamos». «Y si nada cambia».

Pero ese último «y si...» supo a agua contaminada. Un veneno que me amargó la garganta y se tornó tan ácido que me hizo entrecerrar la mirada.

—Y si lo dejamos.

«Julia, y si ya no queda nada».

V

Primer día siendo Ruth

«Vuelve a tu cuerpo, Ruth», como si no pesara. Como si fuera fácil después de todo. Odio cuando la gente te dice lo que tienes que hacer desde la distancia emocional. Las jodidas campañas de autoamor y autocompasión que lees por internet en formato «quiérete y acéptate», como si la piedad cayera del cielo. «¡Oh! Gracias por decírmelo; diez años de terapia y necesitaba tus jodidas palabras».

El calor se ha reducido un poco y aun así mis rizos se quedan pegados y aplastados contra la nuca, sudada y pegajosa. Mercedes ha podido aguantar el tipo más de lo que yo imaginaba, y mira que le he apretado el cinturón. Pero ella ya está acostumbrada a perder la batalla de los agujeros y los centímetros. En qué momento me pareció buena idea consultar el tarot para conocer mi futuro de mierda, como si guardara la esperanza de que algún día la suerte iba a estar de mi lado. Ja, pobre inocente.

Mi madre me dijo muchas veces que, cuando estuviera perdida, fuera con Mercedes, que ella y sus cartas me darían la respuesta que busco. Pues vaya mierda de respuesta, la verdad.

La gente se ha inmiscuido tanto en mi vida que he dejado de asumir la falta —evidente— de intimidad. Todo el mundo tiene un plan para ti, pero tú, estúpida, no lo encuentras. En este «Rasca y gana» los demás consiguen su anhelado premio, mientras tú te quedas sin uña y acabas por desistir porque para qué volver a intentarlo. Si no hay nada que ganar, si después de tanta guerra se ha perdido la fuerza de voluntad.

A pesar de todo, Mercedes ha hecho lo que ha podido. Tampoco la voy a juzgar; a estas alturas, estoy yo como para hacerlo. Me he sumergido en su tienda de cartomancia y conjuros para encontrar una respuesta a algo que ya sé. En fin, como si eso fuera novedad en el ser humano. Al final te hice caso, mamá. Tarde, pero mejor eso que nunca, ¿no? Es así el dicho, ¿verdad?

Entro en la tienda que hay al lado de mi casa y compro un paquete de cervezas. El alcoholismo sigue ahí, eso no ha cambiado pese a las cosas que se han caído en mi vida. Fantaseo con la idea de que mi madre, por fin, ha conseguido ser omnipresente y vigilarme en cada momento. Y yo, no sé, encuentro cierto refugio en ello. ¿Que si la echo de menos? Pero, bueno, ¿qué mierda de pregunta es esa? Por supuesto que sí. Su muerte no fue una sorpresa para nadie, aunque sí su enfermedad. Ahí fue cuando tuve que gestionar el golpe.

Lo cierto es que todo ha sido un aprendizaje, incluso la oscuridad. Especialmente esta. Y ahora estoy ensimismada en un montón de papeles y letras de un hombre de gafas redondas que se fijó en mí, cuando yo ni siquiera me di cuenta, al chocarnos en la tienda de pelucas. A veces vamos tan rápido en esta existencia que no vemos lo que tenemos delante de nuestras narices.

No te voy a engañar, todo esto me parece un poco tóxico. Bastante. Mucho, OK, vale. Es posible, sí. Pero me ha visto —¡a mí!—, y no solo una, sino varias veces. Tanto buscarlo y de repente, chas, un choque y una sonrisa amable.

Un desajuste en su universo, una acción indiferente en el mío. Cómo es la vida, que, aunque estemos en la misma realidad, la procesamos de forma distinta. A veces, cuando quiero que me estalle un poco el cerebro y ahogarme —más— en la ansiedad, pienso en cuál será la verdad de todo esto. Si tú ves una cosa y yo, otra, ¿qué es aquello que está siendo visto? Y pum, reventón cerebral.

Todavía tengo las pelucas inertes sobre la mesa. Electra en la pelota de fútbol, Laura en ese jarrón antiguo y Minerva en la botella de tequila vacía. Los resquicios de un pasado no tan lejano que todavía protagoniza mi presente, aunque sea en diferido y en formato literario.

Hay algo que me causa adicción; será la incertidumbre o el desconocimiento de no saber quién es ese hombre de gafas redondas a quien causalmente me he encontrado tantas veces, aquel que pensé que desconocía el engaño y, por lo visto, era partícipe de la mentira. Necesito saber qué sintió él, ¿fue lo mismo que yo? ¿De dónde nace tanto misterio? ¿Es un psicópata? ¿Dónde está el truco, cómo entra el conejo en la chistera?

Me acomodo en el sofá y tomo una cerveza ligeramente fría que acabo de comprar. El resto están guardadas en la nevera, esta vez sí. Le pego un buen trago, bloqueo el puñetero gas que regurgita en mi estómago. Me quito las sandalias olorosas de los pies esqueléticos y me desabrocho el botón del pantalón. Vale, estoy lista. Y ahora qué, hombre de gafas redondas. Qué próximo acontecimiento sincronizará nuestras almas un poco más, dime.

VI

Preludio de un baile

En ocasiones, la única salida que encuentro al dramatismo que se cierne en el horizonte son varias copas de whisky en mi rincón favorito de Madrid. Verás, Ruth, es un tópico que odio aceptar porque no me gusta ser como los demás. Nunca fui como el resto. Pero lo cierto es que he encontrado un hogar donde tantos otros escritores se resguardaron del caótico mundo. Un pequeño espacio donde la vida pasa a un ritmo distinto, donde el reloj se queda congelado por unos instantes mientras coges papel y lápiz y comienzas a trazar la próxima historia, ahí, en un lugar paralelo a todo.

Conozco al personal como si fuese mi segunda familia, y eso es algo de lo que no todo ser humano puede presumir, puesto que conseguir hacer de un bar tu segunda residencia es algo muy complejo. O muy sencillo, según por dónde se mire. No suelo ir allí por las noches, porque cambia drásticamente de cómo suelen ser las mañanas o incluso las tardes. Desde personas que están despidiéndose de la vida hasta la chavalada que se hace selfis con el brunch. Pero eso es lo que realmente valoro del Café Comercial: su capacidad camaleónica de adaptarse a todo lo que se le eche encima. La cuestión es que, esa noche, buceé entre los grupos de colegas que se aglomeraban en su interior.

—Hola, Claudia. ¿Hay sitio arriba?

—Hola, guapo, ¡claro! Para ti, siempre. ¿Cómo estás? ¿Qué haces a estas horas por aquí?

—Necesito un whisky. O dos.

Claudia es una mujer venezolana que emigró de su país con tan solo seis años con su madre, cargada de miedos y falta de sustento. Ha vivido en diferentes partes de Europa: Suiza, Francia, Italia…, hasta que llegó a España y se quedó en Madrid. Tiene una mente brillante, de esas que te combustionan, te absorben y enredan en su cacao mental para finalmente escupirte en otra dimensión existencial. Claudia, a sus casi cuarenta años, ha sabido hacer de su vida un lugar. Y eso es un don, créeme. Forma parte de mi pequeña familia del Comercial. Es quien me sirve el café expreso bien cargado nada más entrar por la puerta.

Por eso, Claudia se sorprendió al verme un jueves sobre las once de la noche, porque no es habitual en mí dejarme ver por el ocio nocturno, o al menos en este tan normativo. Me dio un abrazo sin mediar más palabras, porque Claudia es de las personas que saben leer con una mirada. Y supo que yo estaba jodido.

Subí la escalera del local con un desánimo que me afligía desde hacía horas y me senté a una mesa aislada del tremendo ruido estridente que rebotaba por la sala. Había un concierto, o eso ponía en la entrada, aunque no entendí quién estaba tocando. Solo había una mesa llena de botones que parecía el panel de una nave espacial y un tipo moviéndose sin control tras ellos. La gente bailaba y chocaban los combinados en medio de la pista, y yo me dirigí a Carlos para pedirle un whisky. Me senté en la barra y me sostuve la cabeza entre las manos; ya no aguantaba más la existencia. Me pesaba tanto que la columna vertebral parecía a punto de resquebrajarse de un momento a otro.

—Ey, colega, ¿cómo estás? Qué raro verte por aquí a estas horas —me dijo.

—Sí, Carlos, un día complicado. Ponme un whisky, por favor.

—Marchando, camarada.

A veces las cosas suceden de una forma que cuesta procesarlas, pese a que el terrible final sea evidente; pero no lo asumimos, lo dejamos estar hasta que llega. Y entonces nos pega un tortazo que nos deja mendigando desde el suelo. La conversación con Julia la esperaba, o no, yo qué sé. Estábamos cuidando de una relación que nació muerta y aun así pensamos que podríamos revivirla, darle el cariño que necesitaba sin pensar en lo primordial: que no fluía nada en su interior.

Fue sigilosa en el noble arte del amor, sonreía con esa normalidad fulminante que odiaba con todo mi ser, pero me maravillaba al pensar que alguien pusiera tanto empeño en ello. Cómo era posible. Y esa duda me mantuvo unido a un ser que, sin quererlo, finalmente se instaló en lo más profundo de mi corazón. Hasta que años después me encontraba ahogando las penas en whisky y escuchando el chumba-chumba ecléctico que retumbaba por todo el local. Yo, que simplemente me dejé llevar junto a una mujer adicta a la normalidad y que ahora, fíjate, había decidido divorciarse porque todo era demasiado rutinario.

Esos últimos meses estuvo ausente porque en su interior gestaba el veneno que, justo el miércoles después de chocarme contigo en la tienda de pelucas, me escupió a la cara. Curiosa la existencia a veces.

Lo cierto es que siempre fui una persona muy romántica, aunque mi relación con el sexo y el emparejamiento estuvieron lejos del frenesí que se vivía en la adolescencia. En mi caso, me enamoraba profundamente, desde las entrañas, como esos libros que se amontonaban en mi habitación y que plasmaban el desconsuelo de unos hombres hambrientos por el corazón de su amada. Y yo leía esas palabras tan profundas, esos anhelos tan bien descritos, y aprendía a enamorarme desde la más intensa entrega.

Por lo tanto, para mí el amor era una capacidad magnánima de desconsuelo, intensidad y devoción. De cartas eternas a tu amada y veneno en los labios. De viajes alrededor del mundo y de luchas incesantes por conquistar lo imposible. No supe cómo hacerlo de otra forma, y solo iba de cero a cien en un segundo cuando realmente me enamoraba. De hecho, mi primer amor fue en el instituto con una chica que, un día, apareció por la puerta de clase con la mirada perdida y sus libros sujetos con temor. Tenía una melena lisa y negra que brillaba con descaro y sin vergüenza mientras ella se agazapaba por el juicio indiscriminado de unos adolescentes revueltos. Sentí cierta empatía; yo había pasado exactamente por lo mismo años atrás y supe reconocer el miedo a exponerse. Cuando acabó la clase, me acerqué a ella y le pregunté si le gustaba leer. Lo cierto es que poco tenía que ofrecer; no hacía nada más en mi vida. Ella asintió y me regaló una sonrisa.

Adquirimos la dinámica de finalizar la jornada escolar e ir a la biblioteca para navegar entre libros. Leíamos poemas mientras nos escondíamos del universo, protegidos por las inmensas estanterías que sostenían las palabras. Ella se dejaba estar y ser, que ya es. Y yo sentí por primera vez aquello que tantos habían intentado expresar, con más o menos éxito, en sus escritos. Era maravilloso observar cómo su pelo negro acariciaba mis delgaduchas piernas y perfilaba la angulosidad de los huesos.

Una tarde me miró esperando que la besara. Y yo no supe reaccionar, puesto que no era de los que tomaban la iniciativa; más bien era del siguiente grupo, aquellos que nos dejamos llevar. Se lo conté a mi tía por la tarde y ella se rio en alto, algo que a mí me impactó. Tras eso, me dio una clase lo suficientemente explícita para cogerle más miedo al acto. Cuando me digné a dar el paso, era demasiado tarde. Ella había encontrado un grupo de amigas más acordes, aquellas que se juntaban con chicos mucho más mayores y buscaban excusas para entrar en la discoteca de tardes con un sello falso y mucho maquillaje. Los libros simplemente fueron un parche en su transición, nada más. Y me sentí engañado y con el corazón roto sin saber muy bien qué hacer.

Ese jueves por la noche me encontraba igual, con un whisky en la mano y veinte años más encima. Me castigué por haberme enamorado de una mujer adicta a ser normal que me dejó porque decidió que la vida tenía algo más que ofrecerle, más allá de su ropa sencilla y su aspecto anodino. Algo más que sus labios apretados, sus mamadas complacientes o su insistencia por dejar de ser invisible. Tantos años de relación y resulta que ya se acabó.

A punto de tomarme el segundo trago y sufragar en el desánimo más imperante, de resquebrajarme en dos y dejar al aire toda la vulnerabilidad y debilidad que sentía, justo entonces apareció la chica de la tienda de pelucas, aquella que soñaba con convertirse en su reflejo. La misma que corría por los pasillos llenos de estanterías y cabezas de corcho disfrazada con una peluca pelirroja que se meneaba con ligereza y rebeldía. La espía rusa que abusaba de la fórmula perfecta para revivir la sonrisa de su madre.

Absorbiste el destello que reflejaba el espejo días antes con un erotismo despampanante y un poder irresponsable. Entraste dispuesta a joderle la vida a alguien, y con un chasquido me borraste todo el sufrimiento. Quién eras realmente y qué cojones hacías con esa peluca y ese vestido en un lugar como aquel. Y sobre todo por qué. Por qué cambiaste tu esencia, tu verdad, tu realidad, tu cuerpo.

El vestido rojo satinado perfilaba la delgadez de tu envoltorio y dejaba al descubierto unos hombros angulosos y marcados. Caminabas con lentitud mientras flotabas con esas sandalias extravagantes que te dejaban los dedos apretados contra el suelo. Tus piernas, que un par de días antes había visto tambalearse por la tienda, ahora pisaban con fuerza el pavimento que aguantaba saltos, brincos, ondas sonoras y tu maldita presencia.

Y yo con ese «que no, que no puede ser» en mi cabeza.

Tus ojos hambrientos de almas peregrinas escanearon la sala en busca de una nueva víctima a la que absorber su energía y, quizá, algo de luz. Una felina cósmica que igualaba las leyes del universo en una sola, la verdadera, la incognoscible, la infinita. Y simplemente deambulaste como quien no es consciente de su propia magia, como quien no pone especial atención en hacer las cosas y aun así las hace bien. Te paseaste por delante de mis ojos como si fueras un delito, Ruth. Y yo solo quería infringir las normas, una y otra vez.

Sin demasiadas vueltas y con una seguridad vertiginosa, te sentaste en la barra y no te diste cuenta de que habías movido ligeramente mi segundo whisky, ese que albergaba las penas y endulzaba las arterias del olvido y la borrosidad. Respirabas a unos pocos centímetros de mí, lo evidente te pasó desapercibido, y yo detuve por unos instantes la maquinaria corporal que me mantenía anclado al sitio. Dejé de notar el frescor que me recorría las fosas nasales y me llenaba los pulmones de un hedor a sudor y alcohol. El pálpito que golpeaba las costillas se volvió sordo y hueco, un agujero negro que atraía mi incontrolable dolor y obsesión. Una pequeña lágrima, fruto de haber fijado la mirada en el horizonte, se asomaba por el abismo de mis párpados hasta acariciar la hendidura de mis ojeras de recién divorciado. Te escuché inspirar y espirar, a punto de empezar un juego que ni tú misma sabías cómo iba a acabar, ¿me equivoco?

Tal vez hayan sido los años de escritor los que me dan un poder añadido para detectar patrones psicológicos a simple vista. O quizá es que he escrito muchos thrillers y he desintegrado el mundo en pequeños fragmentos analizables y clasificables, lo cual es estresante, créeme. Pero, por lo pronto, aquella noche, te noté nerviosa y alterada, hambrienta de libertad pero encerrada en tu propia jaula personal. En busca de nuevas presas con las que alimentar tu desconexión, como si fuesen pastillas de Orfidal en formato disfraz.

Dudaste al escoger la bebida porque no sabías qué cojones bebe una mujer con una melena pelirroja y lacia, y un vestido colorado y satinado. No conocías ni la estrategia ni la mentira, tan solo viste una salida con sus luces de neón y decidiste tomarla, sin conocer qué sería lo siguiente.

Te atendió Carlos, y finalmente te decidiste por un manhattan, no sin antes escanear su cuerpo de arriba abajo y plantearte una posibilidad, la más animal. Es un hombre atractivo, es cierto. Suele tener éxito en la cacería nocturna de leones y hienas. Él suele estar en lo más alto de la cadena alimentaria, es decir, sin ninguna dificultad para conseguir alimento al ser el rey de la selva. Por eso, cuando vi que le clavabas tus ojos sombreados con un negro muy marcado, supe lo que ansiabas.

Con el cóctel en la mano y con una chispa prendida a tu espalda, te diste media vuelta para obtener una mejor perspectiva de la sala. Y yo, a tu lado, permanecía invisible bajo tus ojos felinos, que rugían por atención. Me sentí unido a ti, aunque solo fuese por el sabor amargo que salpicaba nuestras papilas gustativas y el secreto que no sabías que yo conocía. Fui partícipe de tu mentira, como quien acaba implicado en un asesinato que jamás cometió. Me hiciste víctima de tu propia realidad y yo solo quería ser tu mejor mártir.

Cruzaste las piernas a lo Sharon Stone en *Instinto básico* y media sala se vio atraída por tu entrepierna cual polillas dirigiéndose directamente a su propio funeral. Sostenías miradas de hombres que te señalaban con descaro, con ese que aporta una sobredosis de alcohol y polvos blancos. Y tú simplemente elevabas el mentón y soltabas muecas a diestro y siniestro, una metralleta que acabó por disparar a un joven soldado que se dignó a acercarse a ti. Pero ahí, Ruth, justo ahí se cayó tu disfraz. Y percibí otra vez un pequeño detalle que me haría (más, mucho más) adicto: ese pestañeo.

Todas las personas tenemos manías que ahogamos en capas de disimulo y normalismo. Comernos las uñas, mordernos el labio, rascarnos la cabeza, acabar destrozando los laterales de nuestros dedos hasta que sangran sin control. Repicar las primeras falanges sobre la mesa de cualquier bar o parar el vaivén acelerado de un pie que pone a prueba la resistencia de una articulación. Cada uno tiene su propia condena y, sin buscarla, encontré la tuya. Estabas haciendo un esfuerzo descomunal para no mostrar ese interior que suplicaba clemencia, para conectar con el trono y el cetro del empoderamiento. Pero algo falló, te pusiste nerviosa con ese hombrecillo que se acercaba a ti con sigilo y determinación. Y tus párpados retumbaron varias veces con violencia y decidiste mirar al suelo momentáneamente para volver a enchufarte con lo que quiera que te estuviera alimentando. Me mostraste tu vulnerabilidad y tu fortaleza en un escape sordo y sincero, haciéndome (aún más) partícipe de tu propia falacia.

Al muchacho lo despachaste rápido, casi tanto como detuviste la manía persecutoria que probablemente llevaba delatándote a lo largo de toda tu vida. Y después de eso decidiste que era el momento de ahogar los nervios en una segunda bebida «más cargada». Carlos dejó entrever sus cartas bajo la manga con un «preciosa» que te disparó como tantas noches a tantas otras. Aunque esta vez algo cambió porque tú, Ruth, tomaste las riendas de un ligoteo que iba a acabar en embestidas y jadeos. Pediste otra, y se abrió un duelo de retintines y «a ver quién puede más». Me gustó presenciarlo desde una distancia tan corta y, al mismo tiempo, tan segura.

Te cansaste de tantas tonterías, de esas gilipolleces que se hacen antes de lo que todos buscamos, de lo que queremos conseguir, de lo evidente. No ibas a perder tu tiempo, y menos aquella noche. Así que, con tan solo un gesto y una mirada, dejaste claro que la batalla se iba a solventar entre cuatro paredes y muchos meados. Carlos me hizo un gesto, de esos que los hombres se hacen entre ellos para potenciar su masculinidad tóxica en grupo, el mismo que denotaba superioridad, victoria, éxito en una cacería. Lo que no sabía Carlos era que el cazado, sin duda, fue él.

Alguna vez he querido entrar en el juego de a ver quién la tiene más grande y, al final, me acostumbré a perder. Nunca fui un hombre con una masculinidad vigorosa y emblemática, más bien lo contrario. Era el personaje secundario de las películas, el *pringao*, el que nunca liga y pasa desapercibido. Ese era yo, delgaducho y friki, ensimismado por los libros y los romances apasionados, por las rutas en busca del anillo mágico o la conquista de tierras prometidas, por los asesinatos, el terror psicológico o el sexo frenético no apto para vainillas.

A todos los hombres nos llega por igual un momento en nuestra vida en el que la soga alrededor del cuello aprieta con fuerza, y la presión por sobrevivir y mantener el sistema establecido se acrecienta. Desde pequeños, nos educan en la competición despiadada, en la lucha, la escatología, la fortaleza, la valentía y la meritocracia. Nos dejan ahí, desvaídos, al margen de la gestión emocional y la sensibilidad, de la vulnerabilidad y la introspección. Todo son golpes en el pecho y choque de cornamentas en un intento (absurdo) por hacernos con la corona de la masculinidad. Y así sigue y sigue, desde que nacemos con un pene entre las piernas y nos declaramos hombres hasta que morimos con ella, marchita, y nuestra vida perdida en tonterías que no tienen sentido.

Sin duda, no tuve una infancia normal, Ruth. Me enfrenté a mis emociones casi por obligación a una edad demasiado pronta para hacerlo. Aunque creo que también fue precisamente eso lo que me alejó de las cavernas y me acercó a un mundo distinto que me permitió ver la trampa, y no quise caer en ella. Por eso, cuando esa noche Carlos hizo un gesto asqueroso, machista y cavernícola, quise estampar su cabeza contra la barra. A ver, que no se me malinterprete, no soy una persona violenta, al menos no en la vida real. En la ficción, soy un asesino que calibra cada movimiento para no dejar huella y ponérselo muy difícil a la inspectora Silva. No sé si esto suena todavía más psicópata o friki. Qué más da si ambos están al margen de la sociedad.

Lo dicho, enseñar el miembro para ver quién gana nunca fue mi fuerte. Mientras que a la mitad de la población la sangre le inflamaba la entrepierna y les nublaba la vista, yo regaba mi cabeza con historias a cuál más fantasiosa. Y esa noche, Carlos evidenció a qué grupo pertenecía. Según él, al ganador. Según yo, al esclavizador.

No tardaste demasiado en volver con la peluca ligeramente revuelta y los labios sorprendentemente intactos. Entendí, pues, que no te habías entregado en demasía a ese ser, y me sentí bien. Carlos retomó su puesto de trabajo y casi nadie se dio cuenta de lo que había pasado, excepto yo y una mujer al final de la barra que estaba al tanto de todos los saraos. De vuelta a la barra, te colocaste con sutileza un tirante tan fino como el hilo sobre los hombros sudorosos llenos de huellas ajenas. Pediste otro manhattan, porque el sexo da sed, mucha; y esta vez fue José quien intentó meterte lo que quiera que tuviera en mente. Y tú pasaste descaradamente de él. Me gusta esa actitud tuya, la de hacer lo que te venga en gana. Se hace adictiva, nunca esperas por dónde saldrá. Aquella noche tomaste el impulso de salir a bailar, y yo me acomodé en la barra para admirar el rápido caos que generaste a tu alrededor. Y fue sublime.

La música se volvió erótica y tuviste un momento glorioso y memorable que todavía guardo bajo llave en mi cajón de los recuerdos. No eres una gran bailarina, pero lo disimulas con garbo y creatividad. Eres de esas personas que, a pesar de que no nacieron con el don del movimiento, se las apañan para ser tremendamente sexis con un golpe de hombros y unas caderas que trazan círculos en bucle.

Tus manos se alzaron al cielo y entreabriste los ojos un poco, embriagados por el alcohol, las luces y la energía sexual que recorría tu pronunciada columna vertebral. Movías el pelo de una forma exagerada; parecía que te gustaba el ligero látigo que debían de provocarte las puntas pelirrojas sobre la cara. Sonreíste y, como si tus ojos fuesen linternas que iluminaban el oscuro trayecto, empezaste a buscar entre la maleza con lo que entretenerte. Y, de repente, me encontraste a mí.

VII

Aquella mirada

Pocas personas pueden narrar el momento exacto en que chocaron sus pupilas por primera vez. Ese preciso instante en el que, de repente, existes para ese ser que te incluye en su propia percepción de la realidad; y, de golpe, estás y eres entre tanta gente y tanto caos. Un tendedero de cuerdas intangibles atadas entre dos parpadeos extraños donde secar las lágrimas y airear las sonrisas.

Lo cierto es que, Ruth, tengo aquella mirada tan clavada que, si cierro los ojos, puedo volver a componerla, a trazarla, a revivirla, a cazarla. Una mirada con tantos matices que no supe descifrar si pedía auxilio a gritos o si, más bien, suponía mi salvación. No sé si fui yo quien necesitaba de tus ojos para saborear el aire de la superficie, o si tú necesitaste de los míos para encontrar la punta de tu enredo. Pero te observé con la integridad de mi alma porque no era para menos, porque respetaba tu desorientación como si fuese la mía. Sentí que estábamos conectados por algo mucho más grande que nuestra compartida efimeridad, algo que ni siquiera podemos procesar con estas mentes finitas y materiales, tan limitadas en la existencia como partícipes de ella. Si pudiese describir tus ojos en aquella mirada, Ruth, si pudieses verte como te vi aquella noche...

La última gota que riega la boca áspera y sedienta en

pleno agosto. El rayo de sol que acaricia la cara con calma y fervor mientras se despide, esclavizado por un eje que no para de girar y girar. El sabor de un buen vino tinto en contraste con una loncha de queso intenso y quebradizo. El alivio de las ampollas al quitarte esos zapatos nuevos que decidiste ponerte cuando más tenías que caminar. La ducha caliente después de llegar empapado por la lluvia en pleno diciembre. La infusión relajante que te cobija entre su cerámica y sus hierbas. El cosquilleo de unos dedos habilidosos recorriendo el cuero cabelludo o, mejor, aquel aparato que parece un gancho de feria y que provoca tanto placer que se hace insoportable. El olor de un huevo frito con la yema jugosa y los bordes crujientes. La conexión terrenal al pasear con los pies descalzos por el musgo verde y mullido. La satisfacción de entrar en la estación y que al segundo llegue el tren, o de aclararte con el GPS sin girar el móvil. El abrazo de una manta limpia y aterciopelada que te hace la cucharita mientras ves una película que has escogido a la primera sin zapear de forma infinita y que además es buenísima. Las risas de los amigos con los hombros rosados y las camisetas olvidadas mientras ves caer el día entre anécdotas y tintos de verano. La plenitud al oler un libro y embriagarte de una historia que te hace perder la noción del tiempo, o la pausa para procesar lo que haya sucedido en ese mundo paralelo.

Lo que intento expresar con este sinfín de analogías, Ruth, es que aquella mirada concentraba lo mejor de la vida porque estaba cargada de ella. Ojalá dejemos de fijarnos en el color que tiñen los iris o en la forma de la apertura del alma reflejada en nuestra cara y empecemos a buscar la estampa que nos inducen unos ojos con tan solo un parpadeo. Porque ahí, ahí está la respuesta, en el viaje que provoca un simple choque de pupilas y una mentira compartida.

VIII

La rendición

El vaivén de tus caderas fue muriendo poco a poco a medida que tu mirada se unía más a la mía. Y te quedaste enfocando mis ojos atrapados tras unas gafas redondas que llevo años cargando y defendiendo. Nos sostuvimos en la inmensidad para preguntarnos qué cojones estaba pasando en ese momento y si merecía la pena arriesgar.

Decidiste jugar e ir con todas, no estabas para perder el tiempo, y menos esa noche. Te acercaste a mí con una sonrisa y tus pupilas clavadas en mi alma. Me atrapaste contra la silla, me estampaste contra la pared, volaste mis sesos con tan solo un parpadeo, y no supe responder. Ni a tu presencia ni a tu mueca ni a tus ganas de vivir. Tan solo continué con la misma postura, inmóvil y un tanto azaroso. Si me hubieses dirigido la palabra en ese instante, habría perdido los papeles. Pero no lo hiciste; solo querías ver hasta dónde podías tirar del hilo sin romperlo.

Justo en ese momento, cuando podía adivinar las gotas del perfume que abrazaba tu cuello, desviaste la mirada hacia mi mano izquierda, apoyada en la barra del bar. Y tu ceño se comprimió como un acordeón al observar algo que después de tantos años ya no representaba mi vida, y mucho menos mi estado civil, pero que seguía decorando mi dedo anular. No entendí tu mueca, ni siquiera imaginé lo que habías visto hasta minutos más tarde. ¿Acaso tendría una posibilidad contigo si no lo llevaba? ¿Acaso importaba?

En la inmensidad del deseo, guardé todos los pequeños detalles que englobaron tu camino desde el centro de la pista hacia la barra y vuelta a empezar. El desarrollo de tus caderas, que se retrataban por debajo del corto vestido satinado. La angulosidad de tus hombros al trazar un pequeño círculo tan erótico que atraía sin reparos. La luz de tus ojos oscuros, sedientos por devorar algo más que guiños y sonrisas. La inexactitud de tus pisadas con esas sandalias que debían de destrozarte los pies pero que dominabas con autoridad, la misma con la que sostenías el mentón en el ángulo más déspota posible. Y ahí daba igual la peluca, Ruth, porque todo lo que ofrecías ya estaba en ti con anterioridad, como una tigresa que, al despertar de su letargo, se da cuenta de que el estómago le ruge con ferocidad.

Pensé en saludarte, pero cada vez se instalaba más la distancia entre los dos y, sobre todo, la introversión. Fui un niño callado y tímido, ajeno al mundo, que navegaba entre papel y tinta con una espada cargada de léxico y un sombrero de conquistador gramatical. Era bastante triste, lo sé, pero fue lo que me salvó de perder la fe en la existencia a los ocho años. Por lo que, al final, tantas páginas y tanto mundo de fantasía imaginaria me pasaron factura, sobre todo en el desarrollo de las relaciones sociales.

Lo curioso es que, paradójicamente, mi incapacidad social me proporcionó la distancia perfecta para aprender sobre el ser humano y su comunicación. Los gestos que denotaban deseo, las muecas que reflejaban mentiras, las carcajadas que señalaban falsedad. Y todo lo fui apuntando en la lista más larga (posiblemente) de la historia, donde uno a uno desarrollé todos los pequeños detalles insignificantes que dan significado a la realidad. Y este es el motivo por el que germinó una mente psicópata exacta y precisa que transferí a un personaje de ficción literaria. De ese modo, me convertí en uno de los escritores de thriller más importantes de España, Ruth, por ser un mindundi. El mismo que no fue capaz de levantarse del taburete e invitarte a una copa. O a un baile. O a lo que sea que se haga en estos tiempos que vuelan y que soy incapaz de alcanzar. Tan solo me quedé ahí, postrado en el asiento mientras veía cómo un hombre algo mayor y bastante colocado te tocaba las caderas sin permiso.

Te noté cabreada, y no era para menos. Desestructuró por un segundo tu mundo interior y favoreció ese pequeño detalle que a veces se te escapa y te hace tan vulnerable: tu pestañeo. Un par de impactos fueron suficientes para retomar el control del momento y, sobre todo, del disfraz. Para mi sorpresa, después de todo, charlaste con ese hombre, abierta a lo que te ofreciera la noche. Y aceptaste. Te presentó a todo su elenco de navajeros y *ejques* madrileños que se aglomeraban para obtener un pedacito de ti, aunque fuera una mirada, una sonrisa, una mueca o un desprecio. Sonreí ligeramente, y fue en ese momento cuando te diste la vuelta y me disparaste con tu mejor artillería.

Yo, que pensaba que había sido uno más entre el montón, seguía presente en tu mente. Y me sentí afortunado, privilegiado, entusiasmado y, sobre todo, curioso. Cuando seguiste al grupo y saliste del local hacia dondequiera que fueras, me detuve unos instantes antes de pasar a la acción. Verás, Ruth, no soy un tipo obsesivo. Bueno, tal vez un poco, pero ¿quién no tiene manías? Poner los cereales antes o después de la leche, lavar el cepillo antes o después de poner el dentífrico, aliñar la ensalada echando primero el aceite o la sal, dormir con la puerta de la habitación cerrada o abierta, poner los calcetines antes o después de los pantalones..., y esa lista interminable de pequeños detalles absurdos que trazan nuestra interacción con el mundo y llenan nuestra vida de dinámicas bienintencionadas pero cargadas de solidez y rigidez.

La verdad de por qué hice lo que hice aquella noche, Ruth, es porque me regalaste una historia cuando estaba sediento de ella. Quería indagar qué había dentro de tu mente inquieta, qué te había llevado a ponerte una peluca y salir a descubrir Madrid con otros ojos. Cuán ajenos eran a los tuyos.

Por la cantidad de pequeños resquicios que quedaban sin cubrir, entendí que aquella noche era tu primera vez, pero... ¿estaba en lo correcto? ¿Vivías así tu soltería? ¿Querías escapar de un matrimonio asfixiante? O, al contrario, ¿buscabas algo de adrenalina para mitigar el aburrimiento incipiente de un misionero mal ejecutado y, para colmo, mensual?

Por mi cabeza pasó momentáneamente la nimia posibilidad de espiarte, de ver a dónde vas, cómo vives, de entender tu realidad (la singular y la plural). Pero descarté casi por completo tal estupidez. Cómo iba a hacer eso, ni que estuviera loco. Y, de repente, una pequeña voz se instaló en mi cabeza, aquella que tantas veces había descrito en las novelas y que, violentamente, adquiría protagonismo en mi presente.

«¿Y si lo hacemos?».

Me reí para mis adentros, un tanto afligido por el tormento que me iba a causar la necesidad imperiosa de volver a cruzarme contigo entre tantas almas que flotan por Madrid.

«¿Y si lo hacemos?».

Cada vez gritaba más, hablaba más alto y sacaba más

cosas de la maleta para acabar alquilando gran parte de mis pensamientos. Odiaba ser ese tipo de persona que abraza su toxicidad con fuerza y siente paz cuando se deja querer entre sus brazos de autodestrucción y victimismo. No, yo no quería ser así, como esos tantos hombres que había conocido e incluso descrito. Pero sentía un impulso tan grande, tan intenso, tan irreprimible, tan en mis adentros... que fue prácticamente imposible de contener. Dolía, Ruth, dolía en lo más profundo del pecho y casi me arañaba el alma. Así que no lo pensé y actué casi por instinto, sacié la sed de conocerte y me rendí a la mayor de las locuras.

Bebí el tercer whisky de un trago, dejé el dinero sobre la barra y salí corriendo sin meditar demasiado lo que estaba haciendo. La voz se calló y dio paso a la tremenda taquicardia que me sacudía el tórax, a la respiración agitada y a la difícil contención estomacal. Al mismo tiempo, dejé de pensar en lo que había sucedido horas atrás, cuando Julia me introdujo sin vaselina su propia decisión de dejarlo todo. A pesar de ser la mujer más adicta a ser normal que conozco, fue capaz de romper con la rutina. Y yo tan solo quería seguir tus pasos para alcanzar un kit de primeros auxilios que pudiera reducir el dolor y la rabia, el recurrente abandono en mi vida y la perfecta capacidad de ignorar lo irremediable.

Ya en la calle, te vi cruzando la esquina del Café Comercial hacia Fuencarral, donde te tambaleabas por el alcohol y el dolor de tus pies. En innumerables ocasiones pensé en dejar de hacer lo que estuviera haciendo. Me parecía una soberana gilipollez, una monumental pérdida de control mental e incluso corporal. Pero, aun así, seguía tu rastro en formato perfume y risas lejanas, y no pude frenar absolutamente nada, porque yo ya estaba en caída libre y sin frenos.

En ese grupillo de gente encontraste algunos más o menos afines a ti y a tu atracción sexual. Hubo uno con quien te dejaste fluir, sin mayor intención que pasarlo bien un rato. Lo cierto es que toda esa panda de narices curtidas y machistas encubiertos te llamó la atención por lo que fuera. Ahí estabas, con tus sandalias kilométricas, tus cortos pasos, que psicológicamente debían de mitigar el dolor, la novedad de un cabello liso y pelirrojo y la mentira que tú misma habías diseñado a medida. Era divertido, sí, también para mí en la distancia.

De repente, se acercó un tipo con unas pintas de camello que tiraban para atrás, y después del trapicheo entraste en un portal y te esfumaste tras la puerta. Y yo me repetí una y otra vez que ya estaba, que era hora de volver a casa y dormir en el sofá. Como comprenderás, esa idea me resultaba infinitamente más repulsiva que espiarte. Por eso me adentré en un bar para controlar cualquier mínimo movimiento que pudiese darse.

Pasaron horas y no salías de ese escondite, por lo que me trasladé a una cafetería justo al lado para devorar unos buenos churros con chocolate en pleno verano madrileño. Después de eso, una tapa con una cerveza. Más tarde, un café bien cargado. Eran las dos de la tarde, Ruth, y tras esperar y esperar y esperar y esperar, a punto de darlo todo por perdido e irme a dormir, saliste de la casa con el maquillaje corrido y las sandalias en la mano. Seguías con la peluca intacta en la cabeza, y paraste un taxi lo más rápido posible para no exponerte demasiado ni al tremendo sol ni a las miradas ajenas.

Salí corriendo del bar y me sentí orgulloso de haber aprendido algo de mis libros: siempre debes pagar al pedir la comida por si hay alguna sorpresa y debes salir echando hostias.

Paré otro taxi con cierta violencia y le solicité que te siguiera. El taxista me miró con dureza a través del retrovisor, y no era para menos. No había dormido absolutamente nada; tenía las ojeras pronunciadas por la necesidad de unas respuestas que le dieran sentido a mi existencia.

Llegamos al barrio de Vallecas y te paraste en una pequeña callejuela. Vi cuál era tu portal y como se cerraba la puerta tras de ti.

—Eh, colega, ¿dónde te dejo? —me preguntó el taxista. Solo necesité un par de segundos para escanear la zona y observar que, justo enfrente de tu casa, había una pequeña cafetería, rústica y acogedora, con unos grandes ventanales desde donde observar cualquier movimiento que me diese más pistas sobre ti.

—Vamos a Ópera, gracias.

Y después de perderlo todo, me rendí a la obsesión con tanta fuerza como quien se encuentra con un ser querido en el aeropuerto de vuelta a casa. Porque, en parte, me habías devuelto a mi hogar, Ruth, el mismo que, de repente, le daba un sentido a mi alma.

IX

Tercer día siendo Ruth

Sinceramente, lo que me salva es este líquido dorado de los dioses que engullo sin parar en un intento desesperado de encontrar una respuesta a la mierda de vida que llevo y a todo este sinfín de sentimientos que se aglomeran en mi interior. No sé por qué me siento así, pero supongo que es inevitable. Como si dos fuerzas tirasen de mis brazos hasta desgarrarme la piel y romperme los huesos, como si el ángel y el demonio recreasen el *Sálvame Deluxe* delante de mis narices. «Que sí, que es bonito», «que no, que es tóxico», y así en bucle. No sé ni qué pensar, como si hubiese algo que hacer al respecto. Solo quiero conocer cómo acaba la historia y cuántos puntos —más— en común puedo tener con el hombre de las gafas redondas, que me descubrió antes que, tal vez, ¿yo a mí misma?

Lo cierto es que lejos de que salten todas mis *red flags* a la vez, me veo en parte reflejada en sus manías y su incipiente obsesión. Quién no es un poco psicópata en su vida, dime. Hace tiempo, cuando intentaba matar el aburrimiento y me dio por hacer algo productivo con mi mísera vida, vi una charla TED de un criminólogo que trataba precisamente esto: la psicopatía en los seres humanos. Porque absolutamente todos tenemos nuestras putas manías que nos hacen cagarnos en nosotros mismos, pero que, aun así, seguimos manteniendo. Qué sentido tendría si no lo hacemos, ¿verdad?

En mi caso, descubrí mi pestañeo incontrolable en una boda cuando tenía unos nueve años. Llevaba un vestido de tul rosa feísimo, de esos que les ponen a las niñas para educarlas en el camino de la sumisión y la maternidad, para ser las elegidas incluso siendo unas mocosas que solo quieren tirarse pedos y hurgarse la nariz. Estaba jugando con mi hermana y mis primos cuando me retaron a coger un pequeño sapo y soltarlo en la mesa donde estaba el bufet. Yo, que quería encajar a toda costa, dudé por un momento si hacerlo o no. Pero el corillo de «tonta, tonta, tonta» y los «clo, clo, clo, clo» que imitaban el sonido de una gallina se hicieron insoportables. Y acepté, mientras me recolocaba las gafas llenas de cinta adhesiva y rayaduras en el cristal que me hacían ver la vida como si mirara a través de un caleidoscopio.

Cogí el sapo con mis manos diminutas y lo observé mientras me dirigía al salón principal y localizaba a mi madre para evitar que me viera —y de ese modo esquivar la tremenda hostia que me iba a dar—. Lo que tenía en mente versus lo que en realidad pasó fue como cuando te dicen lo que le mide por WhatsApp y te encuentras con su polla en la vida real. Vamos, un gigámetro de por medio.

Cuando me acercaba a la mesa, Víctor, mi primo, me hizo la zancadilla y caí de morros contra la tarta de boda mientras el sapo viajaba por los aires como si fuese el primero de su especie en atravesar la atmósfera. Efectivamente, mi madre me localizó al milisegundo y pegó un vocerío que se cagó hasta la orquesta que tocaba esos temazos de Chayanne. «¡Ruuuuuth, me cago en la puta!». Te recuerdo que mi madre no dice palabrotas de forma gratuita. Bueno, decía. Me tengo que acostumbrar a que ya, pues, no está conmigo. En fin.

Me cogió del brazo y me arrastró hasta el baño mientras despotricaba como una loca y pedía perdón una y otra vez a los novios. Y ahí empezó mi parpadeo, fruto del miedo y de la presión social por ser aceptaba entre los guais. No podía contenerlo, era prácticamente imposible. Ni una lágrima derramé, puesto que estaba presa del canguelo que invadía cada centímetro de mi cuerpo. «Ruth, deja de parpadear ya, hija», me dijo mi madre. Y yo que si flush, flash con las pestañas. Me resultó imposible, y al mismo tiempo satisfacía ligeramente el pánico que se instaló en mí. Era como un trocito de flotador que me mantenía lejos de la inmersión, con el que podía inhalar el aire de una superficie de confort.

No pude detenerlo hasta que mi madre se empezó a reír como una loca al ver que me había entrado tarta en los orificios de la nariz. Su reacción, en parte por el nerviosismo y la vergüenza, no la pudo controlar. Y «ja, ja, ja» y sus «ay, que me ahogo, Ruth» hicieron que apoyara todo su peso en las rodillas contra el suelo. Sinceramente, yo no sabía si reírme o llorar o qué cojones hacer. No habría sido la primera vez que me reía de alguna trastada y mi madre me decía que no podía acompañarla en su fiesta particular. Si alguien se podía partir el ojete, era ella, «que para algo te he parido», me soltaba.

El espectáculo de mi madre tirada en el suelo era tal que no pude contener la vibración en mi estómago y la elevación de mis comisuras. Y entramos en un bucle de risas que ninguna de las dos podía parar, sumergidas en el dolor inhumano que supone un ataque de carcajadas. «Ruth, no te rías, que tú no te puedes reír», mientras no paraba de llorar y de retozar en el suelo del baño porque había perdido cualquier indicio de fuerza. Las lágrimas me inundaron los ojos, y en esa rueda emocional empecé a llorar. Pero a llorar de verdad. Y ahí se acabó la diversión.

—Lo siento, mamá —dije.

—Ya lo sé, Ruth. Te conozco, y tú no haces esas cosas. ¿Quién te lo ha dicho?

—Sonia y los primos...

—Vale, ven aquí, anda. No te preocupes.

—Lo siento, es que yo... —Y seguí llorando sin control.

—Está bien, Ruth. ¿Sabes? La tarta era muy fea, nos has hecho un favor.

—¿De verdad?

—Por supuesto. ¿A ti te gustaba?

—No.

—Pues a mí tampoco. —Y me sonrió como sonreía mi madre cuando te quería cobijar. Y yo me acurruqué en su pecho como cuando buscaba el hogar.

A partir de ahí desbloqueé la manía que me perseguiría el resto de mi vida. Un parpadeo que me mantenía al margen de las emociones y me servía como control sobre mi propia existencia. Lo usé a mi favor y se lo oculté a los demás o, al menos, eso intentaba, pese a que en muchas ocasiones era un punto flaco de burla y humillación. Una niña delgaducha con sus gafas llenas de esparadrapo, sus *brackets* y la puta manía de pestañear con descontrol.

Con todo esto, lo que te quiero decir es que no somos consecuentes, ni lógicos, ni racionales, ni normales en una infinidad de cosas y situaciones. Que en muchas circunstancias actuamos con impulsividad sin plantearnos en qué lugar de la raya estamos: en aquel que marca el equilibrio o, más bien, en el que descuadra la balanza. En parte eso es la vida, ¿no?, intentar saltar de un lado a otro para que no se haga demasiado aburrido. Es por eso por lo que no puedo juzgar a ese hombre por haber hecho caso a esa voz —«¿Y si lo hacemos?»— que le gritaba dentro de la cabeza; igual que la mía cuando decidí sumergirme en la salvación y en la autodestrucción que pondrían a prueba los engranajes de la báscula.

X

El amor

Qué cosa es eso del amor, Ruth. En qué momento nace, cuándo lo sentimos por primera vez. La chispa que se prende tímida y vergonzosa para acabar creando un incendio a su alrededor; y nosotros ahí, tomándonos un gazpacho fresquito y viendo por las noticias cómo se están quemando hectáreas y hectáreas de bosques en pleno agosto. Un año más. Otra vez más. Tal vez seamos esclavos del amor y ni nos demos cuenta, tal vez vivamos buscando retratar lo que tantas veces se nos ha metido en la cabeza a través de la ficción. Tal vez por eso decidí abrazar el thriller y alejarme del romanticismo, para no caer en la trampa de la que ya, sinceramente, estoy preso.

El retrato inicial del amor es el de nuestros padres, a quienes, si somos afortunados, veremos amarse y cuidarse. Aunque eso, en la gran mayoría de los casos, no sucede. Quizá nos sorprenda el odio exacerbado que sienten el uno por el otro tras años y años de relación. O quizá dudemos si alguna vez sintieron algo más allá de la indiferencia permanente. Es posible que cacemos destellos de pasión que se esfuman en la inmensidad del pasotismo y el buenrollismo colectivo, o nos encerremos bajo las sábanas para paliar con el estruendo de un debate sobre cualquier nimiedad.

No sé cómo fue tu primera relación con el amor, Ruth,

pero la mía está borrosa. Apenas guardo recuerdos antes de los ocho años, y, a partir de entonces, me acuerdo de mi tía con su pareja, apasionados y coordinados, un equipo profesional y personal capaz de engrasar los engranajes del cuidado y el amor. Muy pocas veces los oí discutir, y fíjate que tenían muchos motivos. Ellos simplemente se sentaban y solucionaban las cosas, sin gritos ni exageraciones innecesarias. Porque se amaban tanto que no veían lógica en los insultos, golpes o portazos como formas de querer. Y, en los tiempos que corren, eso parece una estrella fugaz que solo pasa una vez en la vida.

Recuerdo que, a mis doce años, la curiosidad por el romanticismo y las relaciones empezó a despertar gracias a los libros, como habrás deducido. Estaba cenando con mis tíos, y llevaban un atuendo digno de cualquier videoclip de Marilyn Manson. Entonces, con cierta timidez y reparo, les pregunté por su historia de amor:

—Tía... Tú y el tito, ¿cómo os conocisteis?

Ellos se miraron con una complicidad propia de los años, los embrollos gestionados y los enredos bien deshilachados. Mi tía le dio paso a su pareja, que la miró con cierta condescendencia y sorpresa porque sabía que, si contaba la historia, en algún momento ella iba a cortarlo para dar mil detalles que había pasado por alto.

—¿No la quieres contar tú? —preguntó mi tía.

—¿Yo? ¿A quién quieres engañar? Si lo estás deseando. Te encanta contar esa historia.

—Pues tienes razón.

Mi tía apuró la cena rápidamente y se acomodó para el momento de gloria que se le presentaba. Si algo le gusta es charlar. Así que me miró con unos ojos brillantes y se estrujó los rizos que le caían sobre el pecho.

—Mira, conocí a tu tío en una fiesta..., un poco particular.

—Eso no se lo cuentas, ¿eh? —interrumpió mi tío.

—Julio, todavía es joven. Ya se enterará. —A lo que mi tío se rio para sus adentros, como si de una travesura guardada se tratara, y siguió escuchando la voz con un toque andaluz de mi tía—. Yo estaba con unas amigas y éramos las reinas de la pista. Bailábamos como nadie, ¡madre mía! Todas las miradas se posaban en nosotras. Íbamos guapísimas, la verdad. De repente, entre toda la gente que había allí, me crucé con tu tío. Fue solo una mirada, mi niño, una mirada bastó para que algo cambiara entre nosotros. Nos quedamos sin saber qué decir ni qué hacer, ¿te acuerdas?

—¡Vaya si me acuerdo!

—Entonces, de repente, me acerqué a tu tío y...

—¿Que tú te acercaste?

—Claro, Julio.

—Mimi, sabes que no es así. —Mimi es el apodo cariñoso de mi tía.

—¿Y cómo fue?

—Yo te invité a...

—*Cuidao*, Julio, que el niño tiene doce años, ¿eh? Acuérdate.

—Pero, a ver, ¿yo no te invité a...?

—¿A qué?

—A..., ya sabes.

—No sé, Julio.

—Coño, Mimi, a la sala.

—Pero eso fue más tarde, Julio; estás mezclando historias.

A mis doce años observaba el trato que tenían incluso en el desacuerdo, la capacidad imperiosa de debatir con cariño pese a que opinaran diferente. Nadie quería imponer su punto de vista porque ambos sabían que la realidad se puede vivir de muchos modos. Somos fuentes de subjetividad, canales que interpretan un holograma que llaman vida. Por supuesto, es lógico que haya diferentes mentes que descodifiquen lo que está pasando. ¿Y quién tiene la verdad si es la misma realidad interpretada por dos seres distintos?

—Lo cierto es que aquella noche fue mágica, mi niño. Cuando vi a tu tío supe que debía estar con ese hombre. Y mira que eran tiempos difíciles para lo nuestro.

—Bueno, estábamos saliendo de un periodo de dictadura con muchísima represión en todos ámbitos, claro.

—Pero, aun así, ahí estábamos, a mis casi treinta y pico años, enamorada de un hombre que había conocido en una fiesta.

—Tía, ¿es posible enamorarse sin conocer a alguien? —pregunté.

—Ay, ¡claro que es posible! Basta con una mirada, mi niño, para saber que es la persona correcta. No sé si para toda la vida, pero al menos sí en el momento presente. Y eso es lo importante, ¿no?

—Lo es —dijo mi tío mientras sonreía.

La realidad es que, al poco de conocerse, aparecí yo en sus vidas casi por accidente. Ellos no querían responsabilidades más allá del local, que era como un niño que no paraba de demandar y consumir tiempo. Pero me abrieron su casa y me cuidaron como si fuese su propio hijo. Imagina, Ruth, encontrar a una persona y que, en cuestión de un año y poco, estén formalizando una adopción: la mía. Por eso siempre le estaré agradecido a mi tía. Siempre.

Crecí con la idea de que me podría enamorar de alguien con tan solo una mirada. Y durante un largo tiempo me obsesioné por encontrarla. De repente, me cruzaba con las chicas del colegio y, más adelante, del instituto, sin mucho éxito. No sentía nada de lo que habían reseñado. «Es como si todos tus órganos se detuvieran y, por un momento, dudaras en llamar al 112 o pedirle su número de teléfono», describía mi tía. A mí eso me hacía mucha gracia, no sé. Tampoco soy de humor exigente.

Me levantaba cada mañana pensando en si aquel sería el día en el que cruzaría la mirada con alguien y supiera que era la persona. En mayúsculas y subrayado. LA PERSO-NA. Cuando tenía quince años, mis pupilas colisionaron contra las de esa chica nueva que al final acabó sustituyéndome por los cigarrillos y las motos de 49 cc. Y me sentí estafado... Ya ves, como si pudiera encontrar al amor de mi vida cada mañana, como si naciera de debajo de las piedras. Como si a mis quince años lo necesitara.

En la universidad perdí la esperanza y en parte olvidé el impacto que pueden generar las miradas, los apretones en el estómago y la carrera al hospital por un posible paro cardíaco. Tan solo me dejaba llevar por lo que me deparase la vida, sin demasiadas expectativas ni enredos. Dejé atrás las novelas de amores imposibles y empecé con aquellas que acababan en misteriosos casos de asesinatos, desapariciones y pruebas de por medio. Ahí fue cuando conocí a Julia, con quien todo era fácil y cómodo, sin alteraciones físicas o emocionales. Ni me percaté del momento cuando dejó de ser mágica la mentira que mantenía la llama.

Por eso, con un divorcio imprevisto a mi espalda y después de ver cómo te esfumaste con tu vestido satinado y tus sandalias en la mano, volví a casa. Esquivé la multitud que se abalanzaba por el centro en pleno mediodía. Subí el ascensor hasta la séptima planta y, por un momento, dudé en abrir la puerta. Sentí miedo por lo que me pudiera encontrar tras esa separación de madera y, especialmente, angustia al no saber si podría sobrellevar la situación. ¿Estaba preparado para decirle adiós? ¿Acaso alguna vez le dije «hola»?

Cuando entré, saludé bajito para corroborar si Julia seguía todavía allí, con su coleta corriente y su camiseta sin estampados. Pero no quedaba ni rastro de ella, se había esfumado con elegancia, con esa que siempre reinaba en ella. Lo cierto es que me sentí solo en la inmensidad de una casa amplia fruto del éxito y de los *royalties*, de las vitrinas y las listas. Me senté en el sofá y apoyé la cabeza en él. Observé el techo, perfectamente liso, perfectamente blanco; y me dio rabia. Cuando fui a la cocina a por un vaso de agua, whisky, vino o de cualquier mierda que tuviera en la nevera, vi una nota:

Tantos años escribiendo cartas de amor y he olvidado cómo se hacía. Aunque, bueno, esto es más bien todo lo contrario. Sabes que no queda nada entre nosotros y esto es lo mejor para ambos. Vive tu vida, sigue con la escritura, encuentra tu propio camino. Fue bonito mientras compartimos el viaje, pero... yo me bajo aquí.

A su lado, el anillo de nuestra boda improvisada y una caja de cartón aceitosa y pringosa llena de *noodles* de pato, mis favoritos. En ese instante, Ruth, me pregunté si era digno de amor. Si en algún momento encontraría a alguien que me viese de verdad, desde el corazón. Con quien pudiera crecer y, no sé, compartir recuerdos que iluminen las miradas años más tarde, cuando un mocoso de doce años pregunte cómo nos conocimos. Sin embargo, me pegué una ducha y me metí en la cama que, un par de noches atrás, compartía con Julia. Todavía había pelos castaños sobre las sábanas oscuras que me atravesaban sin medida y me recordaban que estaba solo, por si lo había olvidado.

Intenté dormir, pero tenía el cerebro partido en dos. Por un lado, almacenaba el sorprendente y exagerado dolor que se había apiadado de mí, casi de forma instantánea, sin ni siquiera ser consciente de ello. Y por otro, tenía tu imagen en un bucle que me hundía en las profundidades del deseo y el misterio. Tu cuerpo meneando las caderas al son de la música en medio de la pista y tu exagerado erotismo. La peluca pelirroja y la mentira que creías propia. Tus ojos sombreados buscaban a su próxima víctima y atraparon a este pequeño zorro que andaba desvaído y algo desconcertado.

A mis treinta y cinco años, Ruth, me había olvidado por completo de todas las historias que contaba mi tía, aquellas de miradas que reconocen el alma y a las personas que están hechas para tropezarse en la vastedad de la vida. Y aquella noche, cuando sostenía mi segundo whisky, un tanto enfadado con la existencia por tener que recomponer las piezas de nuevo, sucedió. Me apuntaste con tanta indiferencia y al mismo tiempo como si me amaras, como si lo hubieras hecho durante toda tu vida. Como si lo supieras todo de mí, Ruth. Y ahí rememoré la frase de mi tía y asentí hacia mis adentros. Tal vez, y solo tal vez, tenía delante de mis narices lo que había estado recreando durante toda mi vida.

La línea que separa el dolor de la excitación es demasiado fina, casi tanto como para cuestionarnos si lo que hacemos es moral o ético. Y yo, aquella tarde en la que intentaba recuperar las horas de sueño que arrastraba por el divorcio, me planteé el motivo de mi excitación y si era posible resolverla con elegancia y sin demasiadas perversiones.

Creo que conoces la respuesta, y, efectivamente, es negativa. Rodeado por los cabellos castaños de la mujer adicta a ser normal, me encontré con una erección indeseada e inoportuna. Dudé por unos segundos si ignorar el bombeo y la dureza para seguir conectado a la desdicha de una separación que me había pillado con la guardia baja. Pero tú seguías allí, y tu perfume, en mis fosas nasales. Volviste la cabeza entre la multitud para buscarme a pesar de la distancia y del desconocimiento, y yo con una postura inanimada que me anclaba a la silla y evitaba la ferocidad con la que lamería todo tu cuerpo. Con la que abriría tus piernas y me enterraría en tus fluidos, dispuesto a peregrinar hasta el orgasmo que colapsaría tu garganta y pondría tus ojos en blanco. Con la que romperíamos las paredes del Café Comercial si hubiésemos dispuesto del tiempo y del espacio en pausa durante unos minutos.

El calor que me ahogaba la garganta se hizo inaguantable, Ruth, y me acaricié el torso con lentitud, aún con el debate entre el bien y el mal presente. Bajé con decisión a mi entrepierna y noté lo que era evidente desde hacía minutos. La erección declaraba la guerra a las leyes de la física e incluso de la anatomía. Cómo se podía sostener con tal dureza sin estallar por los aires. Empecé a subir y a bajar con generosidad, sin prisas, porque a mí eso de ir rápido nunca me gustó. Creo que nos perdemos demasiados detalles por el camino. Soy de los que prefieren dilatar la experiencia y poder intensificarla hasta alcanzar el núcleo del clímax. Y justamente eso hice: expandir los jadeos y el meneo de mis manos hasta llegar a ese punto donde la fantasía y la realidad se fusionaron en una sola.

Aparté las oscuras sábanas y expuse mi cuerpo desnudo; lo había perdido todo y tenía poco que ganar. Los mechones rebeldes se me entrometieron por la cara y me regalaron un cosquilleo extra entre tanto éxtasis. Aquella mirada que me había atrapado no hacía ni veinticuatro horas, se repetía en mi cabeza como un GIF mientras almacenaba cualquier fragmento diminuto que pudiera responder a mis incógnitas.

Abrí la boca para expulsar el aire con facilidad y llenar los pulmones, que me pedían más y más combustible. El corazón me latió apresurado hasta alcanzar el borde del abismo, donde caí como tantas noches en tantas situaciones. Tu nombre me quemaba en la piel y las pupilas se me dilataron al verte invadiendo de nuevo un espacio que era solo tuyo. El perfume que nutría tus poros se introducía en mis recuerdos, y te sentía tan cerca de mí que, lejos de sumar, empecé a restar: cuerpos, individuos, realidades, espacios, materia, vidas, formas, horas... Y así dejé solo lo imprescindible: las almas.

XI

Whisky, jazz y una solución desesperada

Me desperté al día siguiente con brusquedad y desamparo. Busqué consuelo en el tremendo agujero que se había instalado a mi lado, y decidí que debía cambiar las sábanas y reestructurar la casa a mi antojo. Julia no era una persona que invadiera el espacio y tomara posesión de él, al contrario, pasaba desapercibida en todos los sentidos. Aunque es cierto que al final fueron años de convivencia y, poco a poco, el piso fue adaptándose a los intereses de ambos. Eso había cambiado.

En mi primer día como soltero (todavía no oficial), me dispuse a quitar todos los imanes de lugares que no había pisado y que seguían decorando la nevera. Los tiré a la basura sin demasiados remordimientos. Más tarde, cambié el salón y moví la zona de la televisión al lado de la ventana. La televisión, menuda estupidez; no la necesitaba, así que me deshice de ella. Llamé a mi tía, que estuvo encantada de quedársela para ponerla en cualquiera de sus negocios.

—Mi niño, ¿cómo estás? —me preguntó nada más entrar por la puerta.

—Bueno, estoy. No sé por qué me duele tanto. Tampoco la quería en exceso.

—No nos damos cuenta de lo que tenemos hasta que lo perdemos.

—Es posible.

—Te lo digo yo, hazme caso. A ver esa televisión.

—Directa a lo práctico, ¿eh?

—No, cariño, si quieres hablamos un poco. Perdóname, es que he dejado a tu tío solo en la tienda y me da un miedo...

—¿Qué tal va todo?

—Muy bien, los negocios están funcionando. Podemos vivir de lo que más nos gusta. Por cierto, me han preguntado por ti. Una noche podrías pasar a tomar una copichuela.

—Lo pensaré.

—Te irá bien.

Mi tía es una mujer que no se anda con demasiados rodeos. La vida la ha puesto contra las cuerdas en innumerables ocasiones y no está como para perder el tiempo. Quiere solucionar las cosas a golpe de destreza y pericia. Por eso es tan buena en lo suyo, porque ha tenido la capacidad de crear un imperio con esfuerzo y constancia. Nadie le ha regalado nada, más bien al contrario. Pero ella siempre ha ayudado a los demás, sin importarle demasiado el grado de su relación personal. En eso difiero bastante.

—¿Estás cambiando la casa?

—Ligeramente.

—¿Ligeramente? Pero si tienes todos los muebles por medio, mi niño. ¿Estás bien?

—Sí, Mimi, estoy bien.

—¿De verdad?

—De verdad.

—Dame un beso fuerte, anda.

—Mimi, yo...

—¡Que me des un beso!

Nos dimos un abrazo y un beso. Me estrujó contra sus tetas, con las que me asfixiaba cuando era pequeño con tanto cariño y amor. Mi tía siente devoción por mí, cosa que me encanta, aunque no soy una persona especialmente mimosa.

Entre los dos bajamos la enorme televisión, un pequeño capricho de Julia que quería quitarme de en medio. La ayudé a meterla en la ranchera, que estaba aparcada en un paso de peatones.

—¿Te acompaño al local?

—Nada, mi niño, si está aquí al lado. Tú sigue con lo tuyo, que suficiente tienes.

—Gracias, Mimi.

—Ven aquí, anda.

—¿Otra vez?

—Mira que te doy una que... —Y nos reímos fuerte y nos abrazamos todavía más.

Subí de nuevo a mi piso y me quedé observando el espacio: un apartamento de casi doscientos metros cuadrados cerca de Ópera es un lujo que muy pocos se pueden permitir. Tal vez te preguntes si el sector editorial da para tanto. Esto es relativo, Ruth. El mundo literario es un terreno de herbívoros y depredadores. De contratos abusivos y adelantos que a duras penas dan para comer. Todos quieren una pequeña tajada del pastel, ese al que dedicamos gran parte de nuestra vida, incluso las altas horas de la madrugada. Y siempre a contrarreloj, porque no llegamos a la fecha de entrega.

Si tienes suerte de que la editorial invierta en ti, significa que gobernarás las vitrinas y escaparates de las librerías, te hincharás a firmas y giras por todo el mundo e incluso saldrás en decenas de medios de comunicación. Pero, si por el contrario, eres uno más del montón, tus libros cogerán polvo en las estanterías junto con cientos de compañeros que están en la misma situación, al borde del olvido. Podrás decirles a tus hijos que escribiste un libro, y solo te faltará plantar el árbol para sentirte realizado en tu existencia.

Creo que fui inteligente en este sector, Ruth, porque me adelanté a lo que era evidente: el timo. Autopubliqué mi primera novela, la cual se hizo conocida en los mundos virtuales, y más tarde me presentaron un contrato sobre la mesa con unas condiciones a mi favor. Me convertí en una pequeña joya para la editorial; una de las más importantes, con un fuerte sustento. Gracias a eso coroné varios escaparates y las listas de los libros más vendidos en España durante meses. Aparecí en programas de televisión con gran audiencia y fui de gira por todas las capitales del país y de Latinoamérica. Vendí algunos derechos internacionales y las novelas se tradujeron a varios idiomas, lo cual significa más adelantos y *royalties*. Por lo tanto, cada año, por el mes de abril, me llega una cantidad estratosférica de números que alimentan mi cuenta bancaria y, por supuesto, la de mi editorial. De ese modo, siguen apostando por mí, y la rueda del consumismo y el capitalismo sigue girando y girando, incluso en la cultura. Bueno, especialmente en esta.

La respuesta a tu pregunta es «sí», el mundo editorial puede dar mucho dinero, tanto como para ser propietario de un apartamento como este. Un lugar luminoso con varias habitaciones de esas que se tienen por tener: el despacho, la de invitados (como si alguien viniera a verme), el vestidor con cuatro pantalones y camisas, la habitación donde duermo y poca cosa más. El salón-comedor y la cocina amplia, donde almaceno una buena colección de whiskies a cada cual más antiguo. Las vistas de mis ventanales dan al Palacio Real, y tengo la posibilidad de masturbarme viendo Madrid desde las alturas. Es una maravilla a precio de sacrificio, una vida entera para poder ser un autor con renombre.

Creo que tal vez por eso me vi absorbido por una crisis

creativa que me tenía al borde de la ansiedad y la depresión. Porque había perdido mi vida a base de éxito y fortuna. Soy totalmente consciente de ello, ¿sabes?, eso es lo peor, que me doy cuenta y soy partícipe de ello. Es prácticamente imposible encontrar inspiración dentro de la rutina y la estabilidad; se necesita un cambio, un golpe de adrenalina, un suceso extraño. Y eso, también fuiste tú.

Además de rediseñar los espacios, aproveché el día para meditar sobre mi relación contigo y en qué iba a acabar todo eso. Me apetecía seguir observándote, conocer el motivo de tus decisiones y el porqué de tus mentiras. Al mismo tiempo, quería despedazar la consolidada rutina que llevaba repitiendo desde hacía años para comprender que existe todo un universo fuera de las letras y de la imaginación. Y que, además, ese lugar era el escondite perfecto para el dolor que me afligía al encontrarme la casa tan vacía de normatividad y simpleza.

Al caer la noche, me tomé un whisky en mi nuevo comedor con una disposición de muebles no sé si mejor, pero al menos diferente. Y me sentí innovador, renovado, salvaje, valiente. Ya ves qué tontería, Ruth. Por mover unos cacharros de un lado a otro.

Escuchar el barullo de la gente a través de la ventana y un poco de jazz en el tocadiscos fue un pequeño regalo en mi nuevo templo. El propio, el mío. Sin medias partes, sin mediar con otra persona, sin compartir, ni rebatir, ni aceptar, ni negociar. Y me sentí en paz. ¿Conoces esa sensación? Cuando todo a tu alrededor estalla y colapsa, y sin embargo encuentras un minúsculo rincón donde cobijarte y disfrutar. Pues ese fue el momento para mí, cuando me senté en mi nuevo salón y sorbí un poco de mi mejor whisky al son de Chet Baker.

No sé cuánto me duraría el equilibrio, pero me aliviaba

pensar que había tomado la decisión de dejarme llevar por la novedad y la curiosidad, que no estaba dispuesto a rechazar ese diminuto agujero donde me sentía en paz entre tanto caos. Así que me fui a dormir pensando que, al día siguiente, tal vez volvería a verte o, al menos, haría todo lo posible para que sucediera.

XII

El nacimiento de una curiosa rutina

Cuando me levanté, me pegué una ducha rápida y cogí mi portátil y unos cuantos libros. Paré un taxi que pasaba por la calle y lidié con la gravedad y la enorme carga de entretenimiento que iba a necesitar para matar las horas y la soledad.

—¿A dónde vamos?

—A Vallecas, cerca de Puente. A partir de ahí, lo guío yo.

Tengo buena memoria fotográfica, la verdad. No es algo de lo que presumir, o tal vez sí. Lo cierto es que me siento orgulloso de mí mismo por memorizar todo tipo de cuestiones, algunas más productivas que otras. En este caso, localizar tu piso no me costó ni tres segundos.

—Aquí es. Muchas gracias.

Me adentré en la cafetería rústica que hay frente a tu portal y pedí por el sitio de los ventanales.

—¿Al lado de la ventana, señor?

—Sí, por favor. Esa mesa de ahí.

—De acuerdo.

La cafetería estaba decorada con encanto y calidez. Las paredes simulaban la madera de cualquier casita de campo y los carteles mostraban la infinidad de cafés y tés que podía formular el ser humano, lo cual es fascinante. Además, al mediodía tenían un menú muy sencillo que satisfaría las necesidades básicas de cualquiera. Estaba contento, había encontrado algo que hacer. Y esa ardua misión era sentarme frente a la ventana y guardar la esperanza de volver a encontrarte. Lo cual me mantenía lejos de mi piso, el mismo que me recordaba la tremenda soledad que me esperaba al llegar. Ahí me sentía motivado, emocionado, ilusionado; mientras que allí... ni me sentía.

Lo que no me esperaba, Ruth, era que nada más llegar ibas a salir por la puerta de tu portal. Me pilló desprevenido, incluso me asusté momentáneamente. Llevabas unas gafas enormes que te tapaban gran parte de la cara y tus rizos bailaban al son de la brisa de una mañana de verano. Dudaste en si ir en metro o parar un taxi. Miraste la hora y decidiste que estabas demasiado ¿cansada? como para elegir la primera opción. Optaste por la segunda y te perdí el rastro hasta pasadas unas cuantas horas, que rellené a base de escritura, lectura y charlas improvisadas con el personal de la cafetería.

Eran las cuatro y pico cuando volviste a casa, de nuevo en taxi. Estabas destrozada. Fuiste a un chino que estaba cerca y pillaste una buena ronda de cervezas y algo que llevarte a la boca. A partir de ahí, nada. Seguí alargando la jornada hasta las diez, cuando la cafetería cerraba. Y entendí que era el momento de volver a enfrentarme a la soledad.

Al día siguiente volví a la misma hora al mismo lugar. Asenté todo mi chiringuito y te volví a ver; salías de tu casa con tus rizos salvajes y tus gafas de sol. Pediste un taxi y te largaste. De nuevo, sobre la misma hora, fuiste otra vez al chino y compraste otra ronda de cerveza y algo de comer. Y no volviste a salir de tu casa. Al día siguiente, lo mismo. Y al siguiente decidí saber a dónde ibas por las mañanas.

No soy fanático de pedir al taxista que siga a otro compañero, pero en parte siento cierta satisfacción al recrear lo que tantas veces había estado en mi cabeza una y otra vez. Las persecuciones, los espías, los detectives privados, las pistas, las desapariciones, las... las madres con cáncer.

En la zona de Argüelles abrazaste a una mujer con un pañuelo en la cabeza, propio de una de las enfermedades más jodidas que sacuden el mundo. Era fácil de identificar, te conocí con ella mientras corríais por la tienda de pelucas y os reíais a carcajadas. La ayudaste a entrar en el taxi y fuiste hasta el hospital. Desayunaste en una cafetería cercana y entraste en una rutina fastidiosa y cansada: la de la quimioterapia.

Esperé a que acabara todo para poder acompañarte a casa desde la distancia. Me hubiera gustado darte un abrazo y compartir el dolor de una posible pérdida. Me hubiera encantado prepararte un baño de esencias y leerte un libro en voz alta mientras enterrabas tus preciosos rizos en agua y olvido, para después preparar tu cena favorita y mirarte a los ojos sin dejar de repetir que, pasase lo que pasase, todo saldría bien. Y de ese modo, pese a que el mundo reventase en caos y dolor a nuestro alrededor, crearíamos un vínculo de sosiego y calma donde poder respirar y desnudar el alma. Qué importante es tener ese espacio, ser partícipe de él y saber cuándo estar y cuándo no molestar. Así que, de camino a tu casa, cerré los ojos y te mandé todo el amor que pude mientras veía tu sombra a unos metros de distancia. En ese segundo, y sin poder evitarlo, se me escaparon unas lágrimas al rememorar el dolor que sentí cuando perdí a mis padres. El desamparo, la nostalgia, la irrealidad, el profundo desgarro interno, el cuestionar el sentido de la vida.

Tras años de terapia, todavía me cuesta narrar esta parte

de mi historia. Carecía de recuerdos hasta hace relativamente poco, cuando me sometí a una hipnosis y reviví el momento exacto en el segundo preciso. El día que cambió el rumbo de mi existencia. Y creo, Ruth, que ha llegado el momento de compartir mi dolor como tú compartiste el tuyo conmigo sin tan siquiera saberlo.

XIII

Sexto día siendo Ruth

Es curioso cómo nos enfrentamos al dolor desde lo más profundo de nuestro sufrimiento. Cuando corremos sin mirar atrás, sin poder afrontar lo que realmente nos agobia y nos atormenta, ese depredador que no para de avanzar y avanzar, y el hijo de puta está a punto de cazarnos. Y tú, cual cervatillo desprotegido, atraviesas la maleza sin encontrar una escapatoria a tu inminente destino. El corazón acelerado te hace aceptar que, si no mueres aplastado por unos colmillos perfectamente diseñados para destripar, lo harás de un paro cardíaco. Intentas respirar, pero la opresión que ejerce la muerte sobre tu pecho no para de presionar y presionar. Rezas en voz alta cuando jamás creíste en esas cosas, pero estamos al límite de la existencia y nos aferramos a la posibilidad, que es capaz de cualquier cosa.

El sol abrasador te daña la retina y entrecierras los ojos para enfocar una posible cueva, hueco, escondite o milagro. Todo esto, claro, sin perder velocidad, pese a que cada vez estás más cansado y comienzas a asumir lo inminente. En el momento en que abrazamos la muerte todo cambia: se reestructura, se metamorfosea, se expande. Y somos conscientes de la efimeridad de la luz en este mundo oscuro y decadente. Poco a poco vas bajando el ritmo y te preparas para conocer a qué sabe el dolor más profundo en tus huesos y cómo será el último soplo de aire que emanen tus pulmones. Siempre pensaste en la muerte, pero ¿sabes?, lo cierto es que siempre nos pilla desprevenidos.

En ese maldito instante, cuando has aceptado tu destino casi por primera vez en todo tu recorrido vital, se abre una vía de escape y decides tomarla. Te escondes como puedes en un diminuto hueco donde estás momentáneamente a salvo, seguro, protegido; y el peligro pasa a tu lado como quien no quiere la cosa. No sabes a qué sabrá el último soplo, pero saboreas ese como si fuese el primero, porque en parte lo es: aquel que inaugura el enredo de tu mentira.

Dilatamos el dolor hasta que la vida, incluso la experiencia, pierde sentido. Este nos hace meditar si realmente todo eso merece la pena, y sobre todo para qué si vamos a morir, qué puto sentido tiene. Aun así, seguimos corriendo por nuestra vida y buscando rincones que nos aten a la realidad todo lo que podamos y más. Porque somos así, masocas por naturaleza. Gilipollas hasta decir basta. Unos pobres cervatillos que chocan contra la única posibilidad de dilatar su mierda de recorrido. Y ahí, cuando el peligro les pasa por delante sin generarles ni un solo rasguño, hallan al fin la felicidad que tanto imaginaron. Manda huevos.

Esto nos pasa constantemente durante los sesenta y nueve segundos que, según Mercedes, significaban nuestra vida para el universo, casi lo que dura un vídeo en el feed de Instagram. Todas tus importantísimas vivencias comprimidas en un vídeo con la música que hayas escogido —¿qué canción sonaría?—, y el resto de la humanidad haciendo *scroll* sin interesarle lo más mínimo.

«A dónde quieres llegar, Ruth», te estarás preguntando. Bien, no quiero favorecer tu depresión interna, solo que veamos las cosas más allá del juicio. Tras leer la evolución del hombre de las gafas redondas, me he dado cuenta de una gran coincidencia, algo muy humano: la evasión. Y no me refiero a la evasión de impuestos, eso se lo dejamos a los políticos y demás empresarios que se llenan la boca de patriotismo y nacionalismos varios —¡Arriba España! Pero con mi dinero en Panamá—. Hablo de la evasión emocional, aquella que, al ver el tremendo embrollo que tenemos delante, decidimos hacernos los locos y mirar hacia otro lado, como si nunca hubiera existido.

Habrás deducido que la mía fueron las pelucas, las drogas, el sexo y las locuras varias de las que no me arrepiento en absoluto, que conste. El dolor por la posible —y después evidente— muerte de mi madre hizo que buscara esa ratonera donde poder meter la cabeza e ignorar al depredador que me alcanzaba los pies. Y allí pude respirar y posponer lo obvio, como si fuese la puta alarma del despertador y los «cinco minutitos más». Mis cinco minutos se convirtieron en tres pelucas que sigo manteniendo en el comedor de mi casa y que ahora no me quitarían el enorme agujero negro que ha dejado la materialización de una noticia que nos dieron meses atrás. El jodido paso del tiempo y su insistencia por que aceptemos la verdad, ¿eh?

Lo dicho, que me desvío. Lo que nunca pensé —jamás en mi vida— es que yo fuese los «cinco minutos más» de un desconocido; en este caso del hombre de las gafas redondas. Esto es, como poco, realmente curioso e incluso gracioso. Bueno, gracioso tampoco, vale. Curioso, dejémoslo ahí.

Un hombre acostumbrado a su hermetismo y con un mundo propio lleno de libros y fantasías, con problemas para socializar y con una infancia dolorosa que —supongo— ahora detallará. Lejos del sexo, del romanticismo, de la amistad, de la diversión o incluso de la transición habitual de cualquier adolescente que se convierte en un joven adulto con ansiedad y números en rojo.

Un hombre que ha sido el marginado durante toda su vida —¡como yo!—, de quien se reían por su enorme cabezón y sus gafotas redondas —¡como yo!—, y que paliaba su realidad a golpe de creatividad y literatura —aquí difiero, en mi caso fueron más bien los porros y el fútbol—. Un hombre que se encontró con la vida casi resuelta y decidió que para qué buscar más si ya había encontrado a una chica con quien girar la rueda de la indiferencia y el conformismo. Pese a que no es lo que quería, pese a que odiaba la normatividad. Fue justo lo que abrazó con todas sus fuerzas, como ese cervatillo que sigue comiendo en la misma llanura de confort y su «de aquí no me mueven».

Está claro que si pasamos mucho tiempo en un lugar, a pesar de entenderlo como nuestro hueco de seguridad, el depredador nos acabará alcanzando. Esto no lo digo yo, es una cuestión estadística —no seré «Ruth la Matemática», ¿eh?—. Y a ese hombre que pastaba por su llanura conocida pese a que soñaba con salir de ella, esclavo de la prisión que había creado con sus propias manos y de la que disponía de la llave, lo pilló el depredador por sorpresa. Y empezó a correr y a correr hasta refugiarse en un agujero calentito y acogedor: el mío (guiño, guiño, codo, codo).

Fuera bromas, lo que para mí eran mis pelucas, lo era yo para él. ¿Se entiende? «Justifica tu respuesta, Ruth», como en los exámenes. De acueeerdo.

Chocarse con mi historia en la tienda de pelucas fue algo que le llamó la atención. Lo cierto es que jamás pensé que alguien se fijaría en mí, como Ruth quiero decir. Soy de las que pasan inadvertidas, o eso creía. Y como comprenderás, mi autoestima ahora mismo está en la estratosfera. Sí, «la autoestima no puede depender de la opinión de los demás, blablá», ajá, todo eso lo conozco, pero ¿a quién le importa? A nadie. Si de repente viene un tipo —oye, que no está nada pero que nada mal, ¿eh?— y escribe un puto manuscrito sobre ti, pues..., podemos aceptar la validación ajena e inflar ligeramente el ego, ¿o también es pecado? Pues eso, mi autoestima está más empalmada que un cantautor enviando mensajes directos a sus fans por Instagram para pillar cacho.

(Pausa dramática para añadir que, si alguna vez un cantante te escribe cachondo para que alivies sus efluvios, por favor, envíalo a tomar por culo. O fóllatelo, pero no te enamores, por lo que más quieras, porque solo tiene ojos para su tremendo ojete. Consejito de Ruth —y de Noemí Casquet—. De nada).

Perdona, que me desvío. El hombre de las gafas redondas estaba ahogado en su propia vida perfecta y establecida hasta que, de repente, todo cambió. Su mujer —aquella adicta a ser normal— lo deja sin mediar palabra y se esfuma al mismo tiempo que deja un vacío imprevisto y profundo. Y, sin embargo, más allá de enfrentarse a ello y gestionar su cabeza, ¿qué hace? Evadirse. Y yo, más allá de asumir el dolor del cáncer de mi madre, ¿qué hice? Efectivamente, evadirme. Y tú, lejos de querer enfrentarte a tus problemas, ¿qué haces? Pues lo mismo: evadirte. Si es que somos igual de gilipollas, no te preocupes.

Creo sinceramente que es algo innato del ser humano, ¿no? Inventar situaciones y querer escapar de ellas, tan lejos como se pueda, sin mirar atrás. A la mierda todo, montemos un chiringuito en Bali, como si eso fuese a acallar el dolor que nos aflige en el interior. Después de todo, hay un punto en común que nos hace ser lo que somos, y es nuestra incompetencia para enfrentarnos al tormento. El mismo que se presenta una y otra vez, en diferentes formatos, hasta obligarte a que lidies de una puta vez con lo que quiera que esté pasando. Y tú que si «ja, ja, ja» y tus «si cierro los ojos, no existe».

Las salidas del sufrimiento tienen carteles con luces de neón que nos atraen como moscas a la luz. Y por ese motivo no puedo juzgar lo que ha sucedido. La persecución, el escapismo, la evasión, la búsqueda de respuestas... Porque seguramente yo hubiese hecho lo mismo. De hecho, en parte lo hice. Cambié de personalidad, inventé mil historias al margen de todo y formalicé amistades lejos de quien soy realmente por miedo a ser yo misma.

Y no sé, ahora que el depredador ha dado con mi pequeña guarida es cuando encuentro cierto alivio en el abandono y la pérdida, en la muerte y en la metamorfosis. Tenemos que dejarnos extinguir para poder evolucionar. Todavía siento el dolor tan arraigado en mí y me cuesta creer que mi madre haya fallecido. Pero enfrentarme a la realidad quizá sea lo más valiente que he hecho hasta el momento, algo que he ido posponiendo a lo largo de mi existencia, como el puto trabajo de final de curso. Y, sinceramente, en estos momentos, no le encontraría el sentido a esconderme tras unas pelucas y personalidades que sacan aquello que más me gusta de mí, porque todo eso ya está en mí. Menuda paja mental, ¿eh?

Por supuesto, encontraré nuevas vías para esconder la cabeza y enterrar el corazón. Siempre lo hacemos, siempre recurrimos a ello. Pero tal vez algún día lleguemos a entender para qué estamos aquí y qué sentido tiene evitar el dolor si al final estamos evadiendo la totalidad de la existencia. Tal vez comprendamos que darle la espalda a lo inevitable es también cerrarnos a lo agradable. Y que si nos mantenemos abiertos a lo que pueda suceder en esos sesenta y nueve segundos, que según Mercedes rigen nuestra vivencia, podamos percibir que el depredador no corre tras nosotros, sino que lo hace también por su propia salvación.

XIV

Historia de una infancia

La muerte nos perseguirá durante toda nuestra vida hasta que nos alcance. Nadie ha podido esquivarla. Ni los grandes pensadores, maestros, científicos, guías o, incluso, mis padres.

En ocasiones me agobia pensar que el proceso de dejar este cuerpo atrás va a llegar en algún momento de nuestra existencia. Hay personas que están más cercanas a ese instante, otras acaban de iniciar la partida. Pero absolutamente todo el mundo cruzará el umbral del más allá que separa la vida del abismo. Acabaremos saltando al vacío, una vez más.

Tengo temporadas en las que me recreo al imaginar mi último aliento, la vuelta al origen, la partida hacia el desconocimiento. Algunos dicen que no hay nada, simplemente la oscuridad de un infinito que la mente ni siquiera puede imaginar. Otros, que la reencarnación existe y volvemos una y otra vez a la vida con diferentes formas más o menos evolucionadas para seguir adquiriendo experiencia e impulsar el aprendizaje del alma. Para esta, Ruth, la vida es un campo de batalla donde poder probar aquello interiorizado y aprendido. Yo soy de este segundo grupo. Será porque soy piscis, no sé, tal vez seas algo escéptica con todo esto. O quizá estés en el bando de los locos, como yo. Quién sabe. La cuestión es que siento que la materia se puede explicar a través de ella. Pero ¿eso significa que lo que no percibimos con nuestros sentidos orgánicos y limitados no existe? ¿De verdad? Nuestra realidad se ciñe a lo físico, pero ¿qué sucede con lo espiritual? ¿No tiene valor porque no es tangible? ¿En serio somos tan constreñidos los seres humanos?

A lo largo de los siglos las religiones han intentado explicar lo inexplicable: la muerte, el más allá, los fenómenos paranormales, la videncia y un largo etcétera. Lo que nos diferencia de los animales y del resto de los seres vivientes, Ruth, es nuestra fe y espiritualidad. Y aunque nos pese y nos duela, aunque lo neguemos y rechacemos, la consciencia es lo que marca la diferencia. Quién se cree que somos monos evolucionados; no tiene ninguna lógica. De hecho, nadie ha podido explicar de dónde venimos. Es uno de los grandes misterios de la humanidad, y aun así nos seguimos ciñendo a las hipótesis como si fueran verdades, aunque en realidad son sustitutas de esta.

Retomo nuevamente la diferencia más abismal que nos separa, en parte, de los demás seres vivientes que percibimos en nuestra realidad: la fe y la espiritualidad. Por supuesto, no soy gilipollas, Ruth, la religión de base no es algo negativo, al contrario. Nutrir una parte de nuestra trinidad en este plano es algo necesario. El problema es cuando se interpone un sistema y una institucionalización. Cuando todo son normas, leyes, obligaciones y prohibiciones. Cuando para tener contacto con Dios o con el Todo o como lo quieras llamar, debes dejar de vivir de una forma para empezar a hacerlo de otra. Esto no tiene sentido alguno. Bueno, miento, sí lo tiene: la manipulación en masa.

En el sistema de poder en el que nacemos y morimos existe una jerarquía. Esto es una obviedad. Algunos nacen más arriba de la propia escala social y otros, por debajo. Para que se mantenga el privilegio de unos pocos, la base de la pirámide es la que debe sostener todo el peso de los de arriba y hacerles creer que lo hacen por su bien. Esta es la gran mentira, el enorme engaño que nos han contado desde que somos pequeños, porque entiendo que ni tú ni yo hemos nacido en posiciones elevadas de la escala social, más bien al revés. Por lo tanto, utilizar algo tan puro y distintivo del ser humano como la espiritualidad para controlar la solidez de la base piramidal es de las cosas más rastreras que se han hecho a lo largo de la historia de la humanidad. Y aquí, sin duda, entra nuestra gran protagonista: la religión. De todas las formas, colores y leyendas; con todos los nombres, dioses, amenazas, restricciones y odios.

Esto es asqueroso, Ruth, y ruin. Tan humano que ni nos damos cuenta de la realidad. ¿Sabes? Crecí rezando a una cruz mientras admiraba de reojo la devoción que sentía mi madre por ese hombre colgado en la pared. No entendía absolutamente nada, pero ahí seguía, de rodillas, al mismo tiempo que recitaba mil oraciones e intentaba entablar una conversación con el más allá de la forma más errónea posible.

Desde que tengo uso de razón, la cruz me ha acompañado en todo momento. Me bautizaron a los ojos de Dios como un niño cristiano y me impusieron de ese modo unas creencias (laxas en mi caso) a una pronta edad, cuando todavía no se tiene demasiado conocimiento de las cosas. Pero la religión hace el trabajo por ti y diferencia lo que está bien de lo que está mal; solo es cuestión de confiar en ese hombre con sotana y sonrisa maquiavélica. Ese que señala el pecado con su miembro fuera, el mismo que piensa que así será el favorito de Dios. La restricción y la prohibición siempre fueron el mejor elevador. Si aquello que haces tiene una chispa de aliño del «no puedes» o del «es pecado», automáticamente adquiere más sabor; aunque la ensalada sea la misma, tu paladar no opina igual.

De entre los pocos recuerdos que me quedan de antes de los ocho años, está el cristianismo. Los domingos de paseo hasta la iglesia cogido de la mano de mi madre, que expiaba sus pecados al son de «Padre nuestro que estás en los cielos». Y yo la miraba con las palmas de las manos unidas y los pies colganderos golpeando la madera tallada. La señora Segismunda siempre se daba la vuelta cabreada por las violentas patadas que sacudían su asiento, y mi madre pedía perdón con una sonrisa. Nunca fue una de esas personas que te echan la bronca con gritos y enfados, más bien todo lo contrario. Su dureza residía en la palabra y la mirada, en una condensación energética que atravesaba todos los poros de mi piel con una mueca forzada. Jamás recibí un tortazo de mi madre, y mira que era un niño travieso y movido. Me retozaba en el barro, cazaba sapos, embozaba el baño, gritaba, pataleaba..., y esas tantas trastadas que hacen plantear el sentido de tener descendencia. Ella, sin embargo, se concentraba para pegarme un tortazo invisible a golpe de una inspiración y espiración relajadas. Cuando respiraba de esa forma en concreto, pausada y en calma, me cagaba encima. Sabía que estaba enfadada y que el castigo no iba a venir en formato físico, no, más bien en otro mucho más doloroso: la completa ignorancia.

Absolutamente todos los niños queremos ser vistos. Mostrarle al mundo la cantidad de cosas alucinantes que podemos hacer con un cuerpo y una mente virgen y sin etiquetas. Por eso, a ciertas edades, somos un peñazo alucinante de «por qués», «mira lo que hago» y gritos que ponen a prueba la vibración del tímpano.

De niño mis padres me veían, los dos. Como era hijo

único, me paseaba de la mano de papá y mamá orgulloso de ser el centro de atención de dos personas que se amaban demasiado. Algunas veces íbamos al parque y jugábamos juntos a cazar sapos y a pisar charcos. Eso me encantaba, cómo eran capaces de conectar con su infancia sin prepotencias ni superioridad. Y yo me repetía una y otra vez que tenía a mi lado a los mejores adultos que existían en el planeta.

Recuerdo ser un cachorro feliz que dibujaba mucho y a quien le encantaban los cuentos antes de dormir. Me despertaba en medio de la noche y pillaba a mis padres en plena faena. A lo que ellos se reían, me acostaban y seguían con lo suyo. Nunca fueron de dejar las cosas a medias, al menos, si estaba en su mano.

A pesar de las creencias cristianas de mi familia, especialmente por parte de mi madre, ambos tenían comportamientos algo excéntricos que no entendí hasta años más tarde. «Hijo, reza siempre para que Dios vea que sigues ahí, que experimentas la vida en su totalidad y que estás en el lado de la luz. Pero nunca dejes de disfrutar, porque para eso estamos aquí», decía. Para ella, ser cristiana no era sinónimo de castidad y pureza, más bien todo lo contrario. Experimentaba su intimidad con la misma devoción que rezaba los domingos en la iglesia. Mi tía me explicó que para ella el sexo era lo que más la acercaba al Espíritu Divino. Y no cualquier tipo de sexo, sino uno muy especial.

Guardo algunas fotos de mis padres con cariño y un poco de dolor. Gracias a ellas puedo retratar y esbozar su físico con gran esfuerzo y tirando de mi archivo mental. Mi madre se llamaba Isabel y era guapísima. Tenía una melena larga y rubia, de esas abundantes que caen por la espalda y sirven como atracción de miradas y piropos. Era, sin duda, lo que más llamaba la atención de ella. Sus ojos verdosos eran muy expresivos en todos los sentidos. Sabías perfectamente cuándo estaba cabreada y cuándo emanaba amor por doquier. Se maquillaba poco durante el día: un ligero toque de máscara de pestañas y un labial rosado que resaltaba su tono natural. Era una mujer relativamente pequeña pero con una presencia grandiosa. Jugaba con ese doble rol: el de pasar inadvertida, aunque sabía que era imposible, con el de llamar la atención.

En mi caso, soy una copia exacta de mi padre, Salvador, quien también usaba gafas redondas y se dejaba el pelo largo cuando aún no estaba de moda. En el barrio lo llamaban «el hippy» porque siempre llevaba un moño. Bueno, y también «el maricón», por el mismo motivo, ya sabes. Eran otros tiempos, Ruth, que por suerte quedan cada vez más atrás. Vivieron los setenta en todo su esplendor, o al menos eso me ha contado mi tía. Drogas, fiestas, sexo y desenfreno en un sinfín de locura y de celebración de la existencia.

Mi madre y mi tía se conocieron en la universidad. Efectivamente, no son hermanas ni familia política, más bien de esa que se escoge por afinidad. Estudiaban Enfermería pese a que, más adelante, ninguna de las dos ejerció la profesión, pero sentó unas buenas bases para abrazar lo que se presentaría en sus respectivas vidas pasados unos años. Y créeme que en ese mundillo del que te hablo las enfermeras estaban muy cotizadas. Sabían lo que hacían.

El desenfreno juvenil las llevó a conquistar la vida nocturna madrileña. En plena transición, se colaban en los garitos más alocados de la capital para menear las caderas y beber alcohol hasta perder el sentido. En más de una ocasión se quedaron tiradas en la calle, riéndose sin parar y probando la fuerza de sus vejigas al borde del coma etílico. A pesar de que todavía no había tanta libertad, o al menos de manera oficial, existían rincones que servían de eclosión a la represión que había ejercido Franco durante todos esos años. Llegaban los aires del libertinaje europeo y estadounidense, y el mundo evolucionaba hacia unos tiempos incomprendidos por la dictadura, pero deseados por la juventud.

Lo cierto es que, una noche de borrachera, mi madre conoció a mi padre en un garito un tanto peculiar. Según mi tía, todo sucedió porque ambos iban a coger la misma cerveza y, en ese instante, sus miradas se encontraron. Una sonrisa por un lado, un «lo siento» por otro y un estallido de carcajadas fueron los ingredientes necesarios para que, varios años más tarde, naciera yo.

Es cierto que la vida establecida asfixiaba a la gran mayoría de la población, pero eso a mis padres ni les importaba. Vivían al margen del bien y el mal. Se mudaron juntos sin estar casados, asistían a fiestas clandestinas que cada vez eran más visibles, y se follaban a diestro y siniestro sin importarles el qué dirán. Se ayudaban mutuamente en las tareas del hogar, asumían la responsabilidad de forma equitativa y se apoyaban en las carreras del uno y del otro. Aunque esto en nuestros tiempos sea algo básico e imprescindible, a finales de los setenta y principios de los ochenta era como un unicornio.

Salvador, mi padre, no fue especialmente religioso, pero apoyaba activamente esa vertiente de mi madre porque la amaba con todo su ser. Mi tía siempre me recordaba el amor infinito que sentían el uno por el otro, que ella nunca había visto algo igual. Y eso siempre me regalaba una sonrisa y un cosquilleo en el estómago. Una satisfacción de que, pese a todo, había sido un niño querido y feliz.

Lo cierto es que no me puedo quejar, Ruth; he vivido entre algodones de mimos y romanticismos bien llevados. He podido estar en contacto directo con la parte más buena del ser humano y darme cuenta de que las relaciones pueden ser sanas y equilibradas. Aunque eso no siempre ha sido de color de rosa, ya sabes. Mi tía, antes de estar con su actual marido, estuvo casada con un machista que la maltrataba. Mi madre, antes de estar con mi padre, sufrió violencia doméstica por parte del hombre de la casa, que la trataba como a una esclava en muchos aspectos. Porque esas cosas pasaban y, por desgracia, siguen sucediendo en la actualidad.

En lo que respecta a mi experiencia vital, nunca sufrí violencia física o emocional, pero la vida se encargó de ello cuando tenía ocho años. Era el principio de los noventa y algunos fines de semana me quedaba a dormir en casa de mi tía para aliviar la carga a mis padres. Ellos se iban de escapada romántica y volvían al día siguiente, rebosantes de felicidad y amor. A mi tía eso de los niños no se le daba especialmente bien, pero ella lo intentaba. Me trataba como a un adulto y me dejaba ver la televisión hasta altas horas de la noche, y yo me enganchaba a ciertos programas con números que empiezan por 806 y están llenos de entrega y satisfacción. A mí me atraía sobremanera algo que no entendía, pero no podía dejar de verlos con toda mi atención. Esos cuerpos que se meneaban frente a mí, con poca ropa y a cámara lenta. Me quedaba ensimismado hasta que mi tía se despertaba del sofá y apagaba corriendo la televisión, ahogada en sus propias carcajadas.

—Mi niño, descubrirás este mundo, pero todavía no eres capaz de entenderlo.

—Pero a mí me gusta.

—Ay, cariño, ¡y más que te va a gustar! Pero tienes que crecer para poder experimentarlo. Venga, a dormir.

Me metía en la cama y deseaba ser mayor para comprender lo que significaban esos cuerpos sudorosos y los movimientos extraños y salvajes que se reflejaban en la televisión. Más tarde lo descubriría con detalle y recurrencia, pero esa es otra historia. De momento, esta que te cuento no tiene final feliz.

A la mañana siguiente, como siempre, me levanté con el bol de cereales vacío. Abrí la nevera, cogí la leche y me preparé mis cereales favoritos llenos de azúcar. La televisión seguía funcionando, pero esta vez con muñecos animados e historias que me tenían igual de enganchado. Pero todo cambió cuando mi tía recibió una llamada. Solo recuerdo vagamente su mirada, ese choque de pupilas que significaba un inicio, sí, aunque no el imaginado para ninguno de los dos.

—No puede ser, ¿lo han comprobado? No puede ser, ¡joder!

Se encerró en la habitación de invitados. Alguien llamó a la puerta de casa, era Julio, su novio, con quien llevaba saliendo algunos meses. Le di la bienvenida con esa indiferencia propia de un niño enganchado a los dibujos animados, y seguí ajeno a todo, al mismo tiempo que cogía mal la cuchara y ni pestañeaba.

—¿Mimi? —dijo Julio—. ¿Dónde está tu tía, muchacho? —Sacudí los hombros en señal de desconocimiento y lo reforcé con dos palabras.

—No sé.

En ese momento, Julio se adentró en el pasillo en busca de mi tía. «¿Qué ha pasado? ¿Estás bien? ¿Mimi? ¿Qué ha pasado?». Y en la lejanía escuché unas palabras que cambiarían el transcurso de mi vida drásticamente: «Isabel y Salvador... Isabel y Salvador están...», y un llanto desconsolado que me hizo redirigir mi foco de atención hacia el pasillo. «¿Y el niño?», repetía Julio. «Ay, el niño». Desde ese momento, el teléfono de casa no paró de sonar y sonar.

Y yo miraba asustado a Julio, con los ojos desgarrados de lástima.

Algunos niños tienen su primer contacto con la muerte porque se les muere el hámster, Ruth. Otros, porque la tortuga no se mueve o porque el perrito Jack jamás volverá a darle la bienvenida a base de lametazos. Existen algunos que se despiden de esas manos arrugadas con pesetas escondidas para comprarse los Palotes de fresa. Unos pocos se quedan sin una pata de su sustento y aprenden a vivir sin una de las partes que sostenían la relación familiar. Pero un número escaso, Ruth, se queda en el vacío, y el primer contacto que tienen con la muerte es con la de sus padres. Yo estoy en ese grupo.

Aquel día mi tía se acercó a mí con una responsabilidad a la que jamás se imaginó enfrentándose. Y lo hizo lo mejor que se pueden hacer estas cosas. «Mi niño, tenemos que hablar». Recuerdo vagamente la mano de mi tía sobre la mía y el bol de los cereales a medio camino de la extinción.

—Papá y mamá..., joder.

—Tita, ¿qué les pasa a papá y a mamá?

—Ya no están, mi niño. Papá y mamá ahora están en el cielo.

—No lo entiendo, tita.

—Han muerto, cariño.

Oí un silbido profundo en la base de mi oído que no me dejaba escuchar lo que me estaba diciendo mi tía, pese a que le prestaba atención. El impacto fue tan elevado que bloqueé cualquier recuerdo que derivaría de ese momento. No pude reaccionar porque nadie me había preparado para aquello. Estaba listo para enfrentarme a muchas cosas. A los bichos, a las collejas de los niños del colegio, al ataque de los juegos y a las persecuciones en casa..., pero a la muerte de mis padres no.

Pasé unos días con muchos abrazos y miradas compasivas, con una gente que no sabía reaccionar ante mi presencia y con otra que se ahogaba en llantos con tan solo verme. Para mí era todo un sueño del que no podía despertar. Solo quería ver a mis padres y no entendía por qué tardaban tanto, porque nunca habían estado fuera tanto tiempo.

La situación familiar era complicada, especialmente la relación con mis abuelos. Cuando nací, solo tenía una parte del árbol genealógico completa, y estaba muy lejos y muy ausente. Mi madre nunca quiso saber de ellos, puesto que se opusieron cuando ella se fue a vivir con mi padre. «Eso no lo hace una mujer cristiana». Mi tía me contó en muchas ocasiones el dolor que sentía mi madre al no poder mantener una relación cercana con su familia. «No entenderían su modo de vida, mi niño».

Por descarte y por papeles, la persona que estaba a mi cargo si algo les sucedía a mis padres era mi tía (de familia elegida y no impuesta). Ella fue mi madrina en el bautizo y, a mis ocho años, formalizó la adopción. Ella, que no tenía ni idea de cómo funcionaba eso de la maternidad y que se mantenía alejada de ella. Ella, que se vio regentando un negocio un tanto peculiar y con un niño con todas sus necesidades.

Sin pensarlo demasiado, lo primero que hizo fue cambiarme de escuela para evitar los rumores y morbos derivados de la tragedia. Empezar en un nuevo colegio fue una gran putada para un niño gafotas y cabezón como lo era yo. Y fue entonces cuando aparecieron los libros; venían en cajas de cartón y su propiedad jamás sería reclamada.

—Son los libros de tus padres, mi niño. ¿Los quieres?
—Y yo, que ya escaseaba en palabras, dejé de utilizarlas para sustituirlas por simples gestos o monosílabos.

Y así, a través de las páginas arrugadas, marcadas, pintadas, impolutas, viejas, amarillentas, blanquecinas, recicladas, gruesas, delgadas, grandes, pequeñas, quebradas, arrancadas, mal tintadas, giradas, deshilachadas, descatalogadas... pude trazar un pequeño puente entre mis padres y yo.

Me encerraba en la habitación y leía y leía y leía, adentrándome en historias ajenas que paliaban la carga de la mía. Los libros me salvaron, Ruth; les debo la vida. No sé qué hubiese hecho sin ellos, sin ese legado tan austero para los demás y tan valioso para mí. Todavía conservo algunos con apuntes de mis padres o el nombre perfectamente escrito de mi madre. Otros tienen marcas en las páginas porque decidieron que esa información era importante. Algunos están sin estrenar. Pero cada uno de ellos preside la estantería de mi casa, ahora rodeados de cientos de libros más que me han alejado de fantasear con el punto final.

Permíteme retomar el inicio de este capítulo, Ruth, cuando hablo de la muerte y el más allá. Al poco de morir mis padres, y en plena construcción de la que sería mi vida a partir de ese momento, mi tía invitó a una amiga suya un tanto peculiar. Lo cierto es que mi tía tenía amistades un poco extrañas pero simpáticas. Esa mujer llevaba un montón de trozos de roca colgados del cuello, con unas dimensiones exageradas y formas que te atrapaban. Sus ojos eran pequeños y estaban pintados de negro. Llevaba el pelo bañado en canas que le daban un aspecto más mayor de lo que en realidad era. Ella las lucía con orgullo, sin importarle lo más mínimo lo que pensaran los demás.

Cuando iba al baño, me choqué con ella en el pasillo. No me saludó, simplemente sonrío y elevó los ojos más allá de mí. Se acercó, me cogió las manos y me dijo:

—Estás protegido por tus padres, ellos te acompañan allá a donde vas. Sus almas te guardan la espalda, pequeño. No tengas miedo. Ya sientes cómo te abrazan cada noche antes de dormir, solo debes creértelo. No te han dejado solo. Hónralos.

Me quedé mudo, sin saber qué monosílabo o gesto hacer. Ella se esfumó al baño y después volvió al comedor para seguir conversando con mi tía y jugar a unas cartas muy extrañas, que unos años más tarde entendí lo que representaban.

Esa misma noche me fui a dormir con el corazón algo afligido, con un nerviosismo que no era normal. Cerré los ojos y sentí una caricia suave y lenta, seguida de un beso en la mejilla. Cuando los abrí, oí un golpe seco cerca de mí. Se había caído un libro.

Y ese me cambió la vida.

XV

Séptimo día siendo Ruth

A veces miro el teléfono con la esperanza de encontrar una llamada perdida de mi madre. Y es ahí cuando el golpe de realidad es mucho más fuerte, como si fuese Miley Cyrus y su puto «I came in like a wrecking ball».

Hay momentos en nuestra vida que vienen en forma de bola de demolición. La muerte de un familiar es uno de ellos, por supuesto. El enamoramiento es otro, claro. Y ambos dejan el mismo vacío y te empujan a la evolución, pese a que tú te aferras a la nada mientras gritas: «¡No, no, no! No me tires a la piscina, Paco». Qué alegoría de la existencia, ¿eh?

En ocasiones como esta, me alegra tener una hermana tan preparada y decidida, capaz de solucionarlo todo con su pequeña obsesión por el control. De ese modo, ha podido arreglar el papeleo infernal que significa la muerte de un ser querido. Una pereza inhumana de firmas, abogados, notarios y patrimonios ocultos que no sabes ni qué coño son. Tierras perdidas en medio de Castilla y León, pisos en propiedad y con inquilinos que disfrutan de su fortuna, una cuenta bancaria que ni tan siquiera sabía de su existencia, y la necesidad de que pase todo lo más rápido posible porque yo no quiero saber nada de todo eso. Y es ahí cuando todo se ralentiza. Llamadas, testamento, familiares que aparecen reclamando su trozo del pastel y el dolor insufrible por una muerte que no te dejan gestionar en paz.

Lo cierto es que, ahora mismo, me encantaría recibir un abrazo fuerte y laaargo, de esos que te crujen hasta los huesos y hacen que te acurruques en el olor ajeno. De esos que te acunan con suavidad hasta que no puedes sostener el peso de los párpados y te entregas a la caída. Un abrazo con un beso suave en la cabeza que, según el traductor, significa «Todo está bien». Y se para momentáneamente el tiempo y admiras el poder de ese apapacho capaz de reiniciar el presente, que se había quedado totalmente bloqueado.

En ocasiones pienso en cómo debe de abrazar él y qué cosas me diría si estuviera aquí conmigo. Tal vez nos fumaríamos un porro y miraríamos el techo hasta perderle el sentido al cuerpo. O quizá beberíamos whisky con un buen jazz de fondo. Leeríamos el mismo verso una y otra vez y discutiríamos sobre la película que acabásemos de visualizar. Sería fácil compartir el dolor de la pérdida, porque él tuvo un máster intensivo sobre ella a una edad muy prematura. Me daría consejos sobre cómo dejar que el dolor me atraviese en canal para apreciar la luz cuando finalmente entre. No sé, y ni siquiera entiendo por qué estoy pensando en esto. Pero algo se remueve en mí, ya ves.

Qué puñetera es la vida a veces, ¿eh? La capacidad que tiene de polarizarlo todo, de darte una de cal y otra de arena y, oye, ahí te las apañes. El vacío tan profundo que siento en mí a raíz de la pérdida de mi madre se ve ligeramente reducido por los sentimientos que nacieron y permanecen hacia un desconocido que se deja conocer con paciencia y calma. Pero, sobre todo, un hombre que me ve tal y como soy.

Los procesos más difíciles de la existencia son catapultas hacia el crecimiento personal, pequeñas muestras de lo que somos capaces de aguantar en esta realidad tridimensional. Nos modifican las conductas que, hasta ahora, no habíamos ni cuestionado, y nos devuelven al punto de inicio, donde el ego no tiene cabida. Plantean la lógica de una vida llena de imperfecciones y nos ponen frente a frente sobre la renovación de herramientas emocionales que puedan paliar el sufrimiento. Nos advierten de la fugacidad de la experiencia y la necesidad de disfrutarla profundamente sin pensar demasiado en el qué dirán. Porque los procesos más difíciles de la existencia son el verdadero aprendizaje para el alma.

Aunque nos joda.

XVI

Calle Valverde

Aquel día me sumergí en una rutina improvisada que había instalado en mi nueva vida alejada de matrimonios, *noodles* en cajas accitosas y crisis creativas. Todo era novedad, adrenalina, horizontes desconocidos y el pequeño chiringuito que montaba cada mañana frente a tu portal. Como siempre, a los pocos minutos, salías por la puerta y parabas un taxi. Te enviaba amor y apoyo en la distancia, cerraba los ojos y me concentraba en hacerte llegar todo ese sentimiento en un sobre cósmico que navegaba por la inmensidad de la nada hasta llegar a tu alma. Esperaba paciente a que volvieras, y sobre las cuatro de la tarde se paraba un taxi frente a tu casa y te ibas directamente al chino. Comprabas un paquete de cervezas y algo para comer y te encerrabas en tu casa.

En ocasiones te veía airear las ideas y el dolor en tu balcón, con una cerveza fresquita en la mano derecha y cualquier camiseta larga que tapara lo justo y necesario para no ser la exhibicionista del barrio. Agarrabas tus rizos rebeldes con una goma de pelo, que debía de estar al límite del colapso, y te perdías mirando al horizonte de cemento que ofrece Madrid. Y te sentía tan cerca y al mismo tiempo tan lejos..., Ruth.

Esa tarde cambiaste tu rutina clásica y saliste a la calle.

Recogí el chiringuito lo más rápido que pude y me despedí de Guillermo, el dueño de la cafetería. Seguí tus pasos con cierta distancia al mismo tiempo que controlaba las esquinas y calles perpendiculares que atravesaban tu trayectoria, por si acaso se te habían olvidado las llaves o el móvil y tenías que volver. Menuda cara de estúpido se me habría quedado si te hubieses chocado conmigo. Por eso, debía controlar las escapatorias urbanas, para poder fingir que abro el portal de cualquier bloque, entro en alguna tienda aleatoria o doblo la esquina.

La distancia prudencial es esencial en estos casos, algo que he aprendido a base de investigar y delinquir en el mundo novelístico. Digamos que, sin quererlo, descubrí que era un experto en la materia, un profesional con sus trucos bien aprendidos para no dejar ni una huella en el camino. No sé si en algún momento te diste cuenta, supongo que no. Hubiese sido un claro motivo para llamar a la policía, lo sé. Y yo no habría encontrado ni un solo argumento sólido que me sacara del embrollo. «Verá, señor agente, lo cierto es que sigo a esta mujer por pura curiosidad». De ahí, al calabozo por lo menos.

Escribo estas cosas y me asusto, Ruth, porque es algo tan extraño y tan, en parte, novedoso que no sé ni cómo gestionarlo. Tan solo sigo acumulando enredos y enredos en un ovillo de lana del cual perdí el inicio (o el final). Simplemente, tengo una maraña de sentimientos y escenas a cuál peor, lo que me convierte sin querer (evitarlo) en uno de esos personajes que tantas veces he descrito. Y aquí estoy, siendo el protagonista. En fin, sigamos.

Entraste en el metro y yo agaché ligeramente la cabeza mientras cruzaba los dedos para que no te dieses la vuelta. No lo hiciste, seguías ensimismada con el móvil y esquivabas con facilidad a aquellas personas que se entrometían en tu camino. Te conocías de memoria el recorrido, tanto que lo podrías haber hecho con los ojos cerrados o pegados a una pantalla que te tenía absorta. No sé lo que estabas investigando, pero te noté feliz, entusiasmada, con ganas.

Caminaste hasta el final de la vía y yo me quedé más bien al principio. El tren llegó en tres minutos, no se hizo esperar demasiado. Una vez dentro, paseé por varios vagones hasta acercarme al tuyo y así mantenerte en mi ángulo de visión. Llevabas los auriculares puestos y movías la cabeza al ritmo de la música con descaro y pasotismo. Eso me encantó, así que cogí la lista que guardaba en el pantalón y sonreí.

Siempre he sido un nostálgico para estas cosas, Ruth. No me gusta en exceso la tecnología, pese a que la uso con asiduidad. Debido a mi trabajo, paso muchas muchas horas pegado a una pantalla gigantesca mientras tecleo palabras que más tarde se imprimirán y atravesarán miradas. Eso conlleva cierta responsabilidad, sin duda. Tal vez una presión a la cual estoy acostumbrado. Por eso, reservo pequeñas huidas a la pantallocracia, entre ellas, a mis listas en formato analógico.

Como ya te he contado, llevo haciendo listas desde que tengo uso de razón. Para todo, absolutamente todo. Un vicio que me mantiene cobijado dentro de este refugio de paz y calma, un escape de realidad. Una herramienta que me permite en parte mantenerlo todo bajo control o, al menos, simularlo. Hacer listas me ofrece una perspectiva diferente de lo que sucede frente a mí, aquello que en muchas ocasiones pasa desapercibido ante mis ojos. Creo que nunca me cansaré de hacerlas; me encantan.

Entonces, me puse a escribir un detalle (más) que me había emocionado.

Lista de cosas que me gustan de Ruth:
- Sus rizos, que intentan sobrevivir a un moño enorme.
- La poca importancia que le da a la opinión ajena.
- Sus hombros afilados bajo una fina capa de piel.
- El parpadeo que denota nerviosismo.
- La forma de su sonrisa, que contrarresta la dureza de sus gestos.
- Su escapismo en formato mentira.
- El disimulo de su baileteo mal coordinado pero indudablemente erótico.
- Su descaro. Oh, joder, su descaro.
- La minúscula hendidura en su mandíbula.
- La postura cuando tiene una copa en la mano.
- Los abrazos que duran más de veinte segundos.
- Cómo mueve la cabeza al son de la música en el metro sin contenerse.

No es por ser un romántico empedernido (que lo soy) o un psicópata acabado (¿lo soy?), pero la lista podría ser infinita. Intenté condensar el máximo de detalles en frases que no hicieran acabar el papel antes de tiempo, puesto que todavía quedaba mucho por descubrir y, seguramente, muchos detalles que añadir. El vaivén de tu pierna, que no para quieta. La manía de tener algo en las manos que enredar, apretar, romper o toquetear. Tu indiferencia hacia el mundo que te rodea y las ganas de escapar de él. El arco de tus cejas, que expresa una infinidad de emociones con un simple gesto. La mirada perdida que permanece en cualquier punto insignificante del firmamento. El pequeño meneo de tu minúscula nariz cuando husmea algo y la consiguiente expresividad que denota si ha sido un olor agradable o desagradable. El vicio de crujirte los nudillos cuando necesitas pensar. La atracción física que provocas a tu alrededor sin ni siquiera ser consciente de ella. Y tu maldita presencia, que rellena espacios vacíos del plano astral.

Soy un hombre observador, sin duda; es algo de lo que presumo para mis adentros. Me doy cuenta de todos los detalles que rigen nuestra realidad porque me gusta conocer el mundo que me rodea. No me escondo, al contrario, lo comparto con aquellas personas que me acompañan. A Julia esto no le gustaba demasiado. Me miraba como si fuese un loco y se planteaba momentáneamente si debía seguir conmigo. Lo veía en sus ojos, en la rugosidad de su frente cuando comentaba algo demasiado específico, en la semiapertura de su labio superior, que arqueaba hacia arriba con cierto asco, o en su capacidad de cambiar de tema. Supongo que, sin caer en juicios, no le gustaba ver la vida con demasiada actitud ni barroquismo. Más bien prefería las cosas simples que no causaran una mínima alteración en su carácter desganado.

Perdona, Ruth, no me gusta ser de esas personas que hablan constantemente de sus exparejas. Lo detesto, de verdad. Pero lo sucedido con Julia forma parte de mí, me guste más o menos. En muchas ocasiones me planteo cómo fue posible que no pudiera pararlo al inicio, sino que me hubiera balanceado en el columpio del inconformismo y la indiferencia.

Dicho esto, volvamos a aquella tarde porque fue, como poco, curiosa y relevante. Un giro argumental que te parará el corazón. De eso estoy seguro.

Después de observarte en el metro y anotar ese detalle que me hacía admirar todavía más tu presencia, te bajaste en Tribunal. Por supuesto, fui contigo y, con una prudente distancia, seguí tus pasos. Subiste la infinita escalera que separa el mundo subterráneo de la ciudad. Y una vez allí, abrasada por el calor infernal de un verano en Madrid, cogiste el móvil y te pusiste a seguir sus indicaciones. Giraste algunas calles, te diste la vuelta bruscamente en otras (y tuve que salir corriendo) hasta que, al fin, llegaste a tu destino. Caminaste por la calle Valverde y entraste en una tienda que cambiaría las reglas del juego, de tu tablero al mío.

La vida es el mejor de los chistes. Te pone ante situaciones que podrían parecer ficción, irrealidad, onirismo; pero son verídicas, tangibles, reales. Momentos en los que sueñas despierto, esos que obligan a frotarse los ojos para enfocar mejor la escena. Y aun así no puedes hacer más que reír en alto porque la anécdota es digna de un Óscar a la mejor comedia. Esta es la existencia, un sinfín de causalidades que se solapan entre sí para construir lo que quiera que estemos haciendo aquí. Sincronicidades que entrelazan todavía más las almas, a pesar de no ser conscientes de ello. El universo tiene un plan maestro para reírse a carcajadas y que te quedes con la boca abierta sin saber muy bien qué hacer.

Tal cual me quedé yo aquella tarde cuando giraste en la calle Valverde y te sumergiste en un pasado que, como todos, seguía presente. Un lugar donde pasé horas y horas sentado en la acera o en el escalón de cualquier portal, mientras leía un libro que había heredado años atrás. Con la muerte de mis padres aún vigente (a pesar del tiempo que había pasado), me escondía en textos literarios y me reencontraba con ellos en el más allá a través de sus apuntes y comentarios. Y yo seguía y seguía ensimismado en ese puente que me conectaba con la dureza de la mortalidad. A esas edades, tendría que haber fumado mis primeros cigarrillos a escondidas, besado a chicas con cierta timidez o bromeado con los colegas al salir del instituto. Pero no, mi infancia cambió el rumbo de lo establecido e hizo estallar por los aires cualquier indicio de normalidad.

Tenía casi dieciséis años y me encontraba evadiendo al máximo las responsabilidades de los adultos que me cuidaban. Me escaqueé todo lo que pude hasta que Julio me llamó la atención, y con razón. Sin refunfuñar, guardé el libro en la mochila y me dispuse a cargar muebles y cajas. Nunca fui un chico con fuerza, más bien todo lo contrario. Mi complexión es fibrosa por naturaleza, pero digamos que tengo un tamaño compacto si se me compara con otros hombres. Tal vez eso fuera lo que me separaba del apareamiento obsesivo que tenían mis compañeros. Eso y mi racionalidad.

La cuestión es que, para aquel entonces, yo estaba remendando el minúsculo agujero que había dejado la primera chica de la que me ¿enamoré?, y arrastraba los pies con dificultad por el espacio.

—Pero, chico, ¿qué te pasa? —preguntó mi tío.

—Nada, una chica del instituto que me gustaba mucho y parece que yo a ella no... —contesté.

Mi tía, que tiene un radar para los chismes, se unió a la conversación.

—Mi niño, ¿qué ha pasado? ¿Estás bien?

—Que sí, que estoy bieeen. Solo que..., me gustaba mucho.

—Ay, corazón, te cansarás de todas las chicas maravillosas que vas a conocer en tu vida. Eres un muchacho guapísimo. Mírate, con esas gafas redonditas y tu pelito así hacia un lado... ¡Qué macizo es mi niño! —Me dio un beso tan fuerte y tan directo que me hizo hasta daño.

—Tía, por favor.

—¿Qué pasa? ¿Acaso ya no te gusta que te dé besos? Ven aquí, anda.

Acto seguido, me abrazó en medio de una calle ligeramente transitada en pleno corazón de Malasaña. Y sonreí para mis adentros y me apreté en sus enormes y mullidas tetas, que daban cobijo y denotaban hogar.

—Gracias —susurré.

A partir de ese momento palié mi ruptura amorosa a golpe de brochazos y taladros. Pinté el espacio de un morado que a mí personalmente no me gustaba demasiado, pero que a mi tía le parecía estratégico. «Es del mismo color que el otro local. Así creamos la marca», añadía. Observaba su cerebro emprendedor y me satisfacía por dentro formar parte de la revolución social a la que, años más tarde, me uniría como un soldado libertino que rompe con lo establecido.

Atornillé las decenas de estanterías y sudé sin control. Aprendí una barbaridad sobre bricolaje al seguir las instrucciones de mis tíos, y me desenvolví con facilidad entre esas cuatro paredes que inauguraríamos semanas más tarde. Atendí los pedidos que llegaban y me recosté en la falda de mi tía mientras elegíamos modelitos de lo más siniestros. A mí me parecía algo tan normal y familiar, tan habitual, que ni siquiera me planteé su rareza. Fue el ambiente en el que crecí y me desarrollé.

Después de mucho esfuerzo y dedicación, pudimos abrir la tienda. Invitamos a muchos amigos de la familia y el negocio empezó a funcionar. Tacones infinitos decoraban esas estanterías que yo mismo había atornillado. Vestidos imposibles que colgaban de las paredes moradas que había pintado con mis propias manos. Probadores con una cortina gigantesca y pesada que me había negado a instalar. Y un mostrador de cristal que contenía algunas joyas estrafalarias que darían el último toque a los tantos looks que saldrían de allí.

Fíjate lo curiosa que es la vida, Ruth, que la misma tienda que me vio crecer, aquella que yo mismo había construido, fue la elegida para tu próximo disfraz. El rincón de la calle Valverde que se convirtió en mi segundo (¿o tercer?) hogar y que supuso un giro drástico a nuestra extraña vinculación. La mujer del pelo rubio y las enormes tetas donde descansaban esas gafas que tanto odia, la misma en la que más adelante (y sin sospecharlo) encontrarías una morada. Y tras ella, el hombre canoso y serio que se encargaba de los pedidos y las tendencias que nacían de un mundo paralelo al bien o al mal, ajeno a la normatividad.

Fíjate lo curiosa que es la vida, Ruth, que entre todos los lugares donde pudiste ir a buscar algo con lo que tapar tu cuerpo y romper cuellos, elegiste entrar por primera vez en mi mundo. Yo, que me paseaba a mis anchas por el tuyo, me detuve en seco al presenciar la estampa, porque la realidad, en innumerables ocasiones, supera la ficción.

Y fue aquella tarde cuando cambiaste el tablero sin ser consciente de ello. La misma tarde en la que conociste a mi tía, Mimi para los más allegados, María en su DNI.

La Mari para todo Madrid.

XVII

Octavo día siendo Ruth

Tal y como acabo de leer la última frase del manuscrito, me cago en absolutamente todo. ¿La Mari? ¿En serio? No entiendo cómo la vida puede ser tan puñetera, de verdad. Me quedo sin saber muy bien qué hacer, con el corazón estreñido, incapaz de desechar cualquier emoción. Simplemente, la nada se instala a mi alrededor, como si siempre le hubiese pertenecido la inmensidad de aquella dimensión.

«La misma tarde en la que conociste a mi tía».

Su tía, la Mari. Ella es la tía del hombre de las gafas redondas que tantas veces me ha observado tras el cristal de la cafetería frente a mi casa, o a quien en tantas ocasiones le he meneado el culo en la distancia. El mismo con el que me empecé a obsesionar cada vez que compartíamos espacio, o que me mojó hasta el alma de lo cachonda que me ponía.

A la mierda, necesito respuestas.

Me pongo unos pantalones cortos que encuentro tirados por el suelo y me enfundo una camiseta de tirantes al mismo tiempo que intento meter el pie dentro de las zapatillas deportivas. Cojo las llaves, el móvil y la cartera. Salgo apresurada por la puerta, sin pensar demasiado en lo que está a punto de suceder. El metro tarda poco en llegar y me bajo en Tribunal. Es un lunes por la tarde y esquivo a jóvenes dispuestos a terminar con las existencias de cerveza, a compradores compulsivos, a personas mayores que pasean alejadas de las prisas, a niños que gritan porque se les ha caído el helado y a los padres que se plantean fugazmente si tomaron la decisión correcta.

Llego hasta la calle Valverde y me detengo en seco. Vuelvo la cabeza con violencia y analizo mi entorno. No hay nadie, ningún hombre que persiga mis pasos. En fin, tiene lógica. No creo que sea tan gilipollas como para dejarse ver, al menos, no tan pronto. Supongo que todo forma parte de su plan o, tal vez, como yo en su día, va improvisando con las migajas que se encuentra en el camino.

Medito aquello que le voy a decir a la Mari, puesto que, tal vez, ella no sepa de qué va el tema. Tampoco puedo llegar, pegar un golpe sobre el mostrador y exigir una respuesta a una situación que quizá ni conoce. «Tu sobrino, el hombre de las gafas redondas. OK, dónde cojones está. Necesito hablar con él ahora mismo». Y ella se quedaría absorta y movería la cabeza a un lado y a otro, a la velocidad de la luz, para expresarme que no tiene ni puta idea de lo que le estoy hablando. Y yo sonreiría —«Que era bromaaa»— y saldría avergonzada por el numerito que acababa de montar.

Puede ser que conozca al detalle lo sucedido, que esta dicotomía que siento en mi interior me ayude a entender al hombre que poco a poco desnuda su alma a través de las palabras. «Ruth, ese muchacho es un psicópata. ¡Sal de ahí! ¡Yo te ayudo!», y se pondría un traje —de látex, por supuesto, con un escote pornográfico— de superheroína que viene a salvarme del abismo. «La Super-Mari».

¿Y si de repente todo adquiere la misma normalidad con la que yo vivía mis noches enfundada en personalidades distópicas que poseía para paliar mi depresión? ¿Y si ese hombre simplemente se dejó llevar como lo hice yo? ¿Y si al final el bien y el mal son la misma cara de la moneda? ¿Y si las cosas son mucho más complejas?

Inspiro profundamente hasta llenar la totalidad de mis pulmones hasta que colapsan. Toso con fuerza, fruto de la intensidad. Quiero encontrar respuestas, pero para ello debo calmar la mente. Me obligo a cerrar los ojos pese a que estoy en medio de la puta calle y a que los madrileños no son conocidos precisamente por esquivar a los otros transeúntes. Existe un fetiche no diagnosticado que nos lleva a estamparnos los unos con los otros y así reclamar el contacto físico que tanto necesitamos como buenos urbanitas. Por eso, en mi retiro meditativo aquí en medio, recibo más hostias que en toda mi infancia. Desisto con resignación y me enfrento a algo que no puedo alargar más.

Entro en la tienda de las paredes moradas y los vestidos imposibles que cuelgan de las estanterías. Observo con cierta curiosidad y detalle todos los agujeros, brochazos, tornillos y demás elementos que el hombre de las gafas redondas instaló hace veinte años. De repente, este lugar tiende un puente dimensional entre el pasado y el presente, un agujero negro interespacial que conecta los dos tiempos en uno solo: el actual.

—Hola, mi niña. ¿Cómo estás? Hace tiempo que no sé nada de ti. —¿Será verdad?

—Hola, Mari. Bueno, voy tirando.

—¿Qué ha pasado? ¿Va todo bien? —Su preocupación es pura, pero no sé hasta qué punto se está haciendo la tonta conmigo. Es muy probable que sepa la situación emocional y familiar que atravieso, como tantos otros chismes que un día conoció y que se llevará a la tumba. La Mari lo sabe todo de todos, y más cuando el hombre de las gafas redondas se presentó en el funeral.

—Mi madre falleció hace unas semanas, Mari. Tenía un cáncer muy avanzado.

—Ay, mi niña, cuánto lo siento. Ven aquí, que te doy un abrazo.

La Mari se acerca a mí y me apachurra entre sus tetas. Al inicio de esa toma de contacto físico actúo por puro protocolo. Pero cuando quiero salir de ese consuelo, ella no me lo permite, al contrario, aprieta más su cuerpo contra el mío. Me resulta violento, pero, joder, lo necesitaba, aunque no era consciente de cuánto. Así que me rindo, dejo de luchar ante la vida y apoyo mi esqueleto sobre su corpulenta silueta. Es tal la entrega, que me sacude ligeramente el alma hasta provocar un sollozo callado y tímido. Ella mueve las manos en círculos por mi espalda y me induce a un estado familiar y maternal. Cómo me gustaría que fuesen los brazos de mi madre los que me sostienen, los que me guían en la vida. Aquellos donde encontraba mi hogar.

Sin duda, esta estampa era la última que me imaginé encontrar, pero en la Mari he descubierto un apoyo incondicional desde el primer instante. Quizá lo supiese todo y simplemente actuaba por amor e intuición. O tal vez no tenía ni idea de lo que estaba ocurriendo y se aferró a la poca verdad que acarreaban mis mentiras. Qué más da, si todo esto ha acabado en un gran embrollo de encuentros y sincronías que me empujan hacia *él*, y a *él*, hacia mí. Desde el momento en el que nos tropezamos en la tienda de pelucas, y ni siquiera me fijé en su persona, hasta la decisión de querer adentrarme en el negocio de la mujer que lo salvó de una infancia tortuosa y huérfana. ¿Y si, sencillamente, me rindo a la unión?

—Corazón, lo siento mucho —me calma María. Contengo el sollozo para no dar rienda suelta al dolor que llevo reteniendo en mis adentros durante todos estos días.

—Tranquila, necesitaba un abrazo.

—Pues aquí tienes los que quieras, cariño. ¿Quieres hablar? ¿Puedo hacer algo por ti?

—No, no. Ya estás haciendo mucho, Mari —digo mientras me limpio la nariz, que chorrea mocos mezclados con las lágrimas que incrementan mis ojeras de insomnio y pena. Ella se da cuenta y me ofrece un pañuelo.

—Toma, mi niña. Ven, siéntate aquí.

La Mari me coge fuerte de la mano, tanto que colisiona mis falanges las unas con las otras. Me ofrece una silla plegable de camping un poco abollada. No puedo evitar pensar si él habrá descansado en ella alguna vez y, sobre todo, cuándo fue la última.

—¿Un poquito de agua? —Y sin esperar respuesta se pierde por la trastienda y me trae un vasito de plástico fino y ligero que sostengo con delicadeza para no causar más estragos. Sorbo un poco; está fresquita. Me la acabo en un par de tragos. No me había dado cuenta de lo sedienta que estaba—. ¿Quieres más?

—No, gracias, Mari. Estoy bien. Gracias por el apoyo y... por todo, vaya.

—*Cucha*, nada que agradecer, cielo. Para eso estamos, ¿no?

—Sí, bueno.

—¿Necesitas un vestido? ¿Un nuevo atuendo?

—La verdad, no sé qué contarte porque quizá no sepas lo que yo sé.

—A ver, prueba.

—¿El qué?

—Cuéntame lo que sepas y te digo si lo sé.

—Ya, pero... ¿y si no lo sabías?

—Pues entonces ya lo sabré, ¿no?

—Eh, sí, supongo. —¿En qué momento la conversación se tornó tan difícil?

—Venga, te escucho.

—Es todo rarísimo, Mari; no sé por dónde empezar.

—Esa es la parte más fácil, amor. Empieza por el principio.

—Lo primero es que no me llamo Electra, como ya sabrás. La tarde que compré el vestido viste el nombre que figuraba en mi tarjeta de crédito.

—Sí, lo vi, pero yo debo llamarte por tu nombre profesional..., ¿verdad?

—Lo segundo es que yo no soy dominatrix.

—Ay, mi niña, eso lo supe en el momento en el que cruzaste la puerta de mi tienda.

—¿En serio?

—Claro, la forma en la que te cambió la cara al ver este lugar..., era un gesto de novatilla, mi amor. Que no conocieras ningún local de BDSM emblemático de la capital me hizo corroborar mis deducciones. Y, finalmente, cuando después de presentarte como dominatrix en el Jazz Club y volver a mi tienda a buscar un vestido de látex y que no supieras cómo se trata ese tejido, fue lo que acabó de consolidar mi teoría. Vaya, no conocía quién eras, pero, sin duda, no te dedicabas al BDSM. Llevo más de treinta años inmersa en el mundillo, cariño. Cazo las mentiras al vuelo.

—Pues..., efectivamente, Mari. Me inventé una historia sobre la marcha. No te creas que me puse demasiado creativa.

—Ja, ja, ja. Cuéntame por qué estás aquí..., Electra.

—Bueno, Ruth.

—De acuerdo, Ruth. Yo te llamo como quieras, cariño.

—Ruth, mejor.

—Perfecto, Ruth.

—Verás... Cuando a mi madre le diagnosticaron cáncer fuimos una tarde a una pequeña tienda de pelucas que está por Ópera. Allí me choqué con un hombre al que ni siquiera había visto. Pedí perdón y seguí haciendo el tonto con mi madre. En aquel lugar me probé una peluca pelirroja y me hice pasar por Electra, una espía rusa con una misión trascendental. Me puse a hacer el payaso, ya sabes, para sacarle una sonrisa a mi madre. Pero me vi en el espejo y, joder, todo lo que siempre había odiado de mí misma desapareció como por arte de magia. Me convertí en otra persona y eso... se me hizo tan adictivo que tuve que volver al día siguiente. Por supuesto, la compré y salí a reventar la noche.

—Qué planazo, niña, a la próxima me llamas. —Nos reímos a carcajadas y retomo el hilo de la historia.

—En el Comercial, mientras lo daba todo en la pista, me topé con los ojos de un hombre que no paraba de mirarme, no sé, como si me conociera.

—¿Cómo era? —La Mari mueve las comisuras ligeramente y me regala una sonrisa delatadora. Abro los ojos y la miro con cierto vacile, al mismo tiempo que también sonrío para formar parte de un juego familiar que no sé a dónde cojones me va a llevar.

—Era un hombre atractivo. —Me callo y provoco un silencio que se traduce en una batalla de cornamentas y salvajismo energético para saber quién tiene el coño más grande. Ella admira mi rebeldía.

—De esos hay muchos. ¿Qué más?

—Tenía unas gafas redondas que le daban un toque misterioso y embriagador a su imagen.

—Ajá.

—Los mechones de su pelo se entrometían en su campo de visión, a lo que él respondía con un meneo de la cabeza que reacomodaba su peinado.

—Ajá.

Inspiro profundamente y la Mari me mira con una sonrisa cómplice de celestina que acaba por atraparme en su mundo de romanticismo peliculero. Bajo los ojos y observo el suelo, la cantidad de papeles que se acumulan en el mostrador y el escote de la Mari, que me engulle con descaro. Y es, en ese preciso instante, cuando oigo que mi alma se revuelca en endorfinas y oxitocina. Joder, esta sensación. Otra vez no.

—No tenía una barba muy poblada, más bien estaba a medio camino del culito de un bebé y el de un oso. —La Mari y yo estallamos en una risa que relaja el ambiente—. Llevaba pantalones de pinzas y una camisa entreabierta que mostraba cierta vellosidad y fibrosidad natural. Toda su... ¿aura? era un campo gravitacional que te atrapaba en el conocimiento, la sabiduría, la cultura, la filosofía; no sé, era capaz de estamparte contra la pared con tan solo una mirada. Y lo tenía todo bajo control, o al menos eso aparentaba. Movimientos mecánicos, precisos, estudiados.

—Ajá.

—¿Te suena de algo? —pregunto.

—Me suena de algo, Ruth.

—¿Quién es?

La Mari estira las piernas, resentida por la postura tan forzada que había adoptado. Se pone las gafas que rebotaban sobre su pecho y busca entre un montón de papeles. Coge un sobre blanco donde leo mi nombre escrito a mano. «Para Ruth», tan simple y caótico como eso.

—Supongo que si estás aquí, cariño, es que ya sabes quién es.

—Sí, pero no sé ni su nombre, Mari. No sé casi nada sobre él.

—Mi niña, él me dio un sobre para ti porque sabía que ibas a venir.

—¿Un sobre? ¿Y qué pone?

—Me dijo que no puedes abrirlo hasta que no acabes de leer lo que te entregó.

—¿Que qué?

—Insistió en eso varias veces. «Dile que no lo abra», me dijo, y yo te lo comunico: no lo abras.

—De acuerdo, pero no entiendo nada.

—Lo entenderás, de verdad.

Siento que tengo poco más que ofrecerle a este lugar, y viceversa. La Mari me mira con unos ojos que chisporrotean alegría y felicidad mientras que yo me siento extraña y foránea. Me levanto de la silla plegable y vuelvo a recibir un abrazo intenso y amoroso. Cojo el sobre y lo doblo para guardarlo en el bolsillo del pantalón. Se me escapan un par de pestañeos cuando lo hago. Inspiro con resignación y me despido de la Mari, no sin antes hacerle una pregunta, aquella que ha rondado en mi cabeza durante todo este tiempo:

—Mari, te voy a hacer una pregunta y te pido que me contestes con sinceridad. De amiga a amiga, de mujer a mujer.

—Claro, mi niña. Dime.

—¿Está loco?

—No, Ruth, no lo está. —¿Y si ella también está loca?

—¿Y si tú también estás loca?

—¿Y si tú también estás loca? —repite. Me quedo traspuesta, tanto que no puedo ni vocalizar—. Al final, todos estamos un poco locos, ¿no? Lo importante es que en esa locura haya bondad. Tú estás loca, yo estoy loca, él está loco. Por supuesto, a veces nos encontramos en situaciones en las que no sabemos ni cómo actuar, y lo hacemos..., aunque no siempre de la forma correcta. Todo depende de en qué lado estés de la vida, en la luz o en la oscuridad. Y te aseguro, Ruth, que él siempre estuvo en el lado correcto.

Salgo de la tienda con el corazón afligido y el roce de un sobre en el bolsillo. Vuelvo en metro hasta casa y vuelvo la cabeza antes de entrar para atisbar su presencia al otro lado de la calle. Por un momento, me veo a mí como Electra en su lugar, ensimismada por la noche, el frenesí y el descontrol que me alejaban del dolor.

Dejo el sobre encima de la mesa de centro y me tumbo en el sofá. Desvío la mirada hacia las pelucas, colocadas sobre una pelota de fútbol, un jarrón y una botella de tequila. Suspiro. Y como si de un imán se tratara, mis ojos se ven atraídos hacia el trozo de papel que envuelve algo en su interior. Un sobre blanco tan inocente como destructivo, tan indiferente para unos y tan jodidamente relevante para mí. «Para Ruth». Vuelvo a suspirar.

Me levanto directa a la nevera y abro una cerveza. El frescor se apiada de mi sofoco y relaja el nerviosismo interno que tengo en estos momentos y que no, que no se va. Palpo el sobre y me lo acerco a la oreja. Lo muevo hacia arriba y hacia abajo. Parece que en su interior hay otro papel, no muy grueso. De nuevo, lo dejo con violencia sobre la mesa, justo al lado del manuscrito abierto. Muevo los dedos de los pies sin control, presa de una ansiedad que se ha instalado en mí y no tiene pinta de querer largarse. Qué hago, joder. ¿Sigo leyendo? ¿Abro el puto sobre? Qué coño hago.

A tomar por culo.

XVIII

Causalidades en formato familiar

Esperé a que salieras de la tienda y me refugié en el local de enfrente, un comercio que vende ropa de segunda mano. Conozco al dueño, Gabriel, con quien me llevo especialmente bien. Charlamos mientras controlaba de reojo tus movimientos. Mi tía parloteó contigo un buen rato, aunque en esto no hay novedad. Es una persona que entabla conversación con facilidad y te hace sentir bien.

Pasaron los minutos, Gabriel me hablaba sobre la universidad de su hija y me pedía consejo sobre trámites de los que no tenía ni idea y, justo en ese momento, saliste por la puerta con una bolsa de plástico lila y el logotipo de la empresa. No lo podía creer. Me despedí de Gabriel con cierta elegancia y crucé la calle. Decidí no seguirte porque debía digerir lo que acababa de suceder delante de mis narices, cómo el destino se había tornado tan caprichoso y exquisito.

Mimi me sonrió cuando aparecí por la puerta. Alivié el sofoco asfixiante que azotaba Madrid con un poco de agua fresca y el aire acondicionado mantenía una temperatura interior perfecta.

—¡Mi niño! ¿Cómo estás? Justo te iba a escribir para ver qué tal ibas con lo de..., ya sabes.

—Bien, Mimi. Estoy bien. Es extraño, ¿sabes?

—Me imagino, corazón. Es una ruptura.

—Sí, pero lo curioso es que no me duele tanto el desamor. Me duele la soledad.

—Claro, son años que pasasteis juntos y eso, al final, se nota.

—Eso es.

—Por cierto, tu televisión, ay, qué bien me ha venido. La hemos instalado en otro local, en el Frenesí.

—¿En qué parte?

—En la entrada, con la normativa y los precios, como si fuese un panel informativo.

—Ah, muy bien. Así evitas repetir una y otra vez lo mismo.

—Exacto, ahorro saliva, mi niño, que está muy cotizada. ¿Qué te trae por aquí? ¿Has venido a darme un achuchón? Ven aquí, que no te he dado ni uno en todo el día.

Mi tía me comprimió contra su cuerpo en un abrazo fuerte y familiar que necesitaba. Digamos que tiene un talento innato, de siempre, y es que da los apapachos más intensos y sanadores de todo el mundo. Por suerte, los tuve bien cerca desde que tengo uso de razón. Cuando volvía del colegio, triste porque no tenía amigos, mi tía me abrazaba hasta devolverme la energía vital. Y a partir de ahí, justo al entrar por la puerta de casa, todo era una fiesta de bienvenida, buen rollo y amor (cuando estaba, claro). Me explicaba anécdotas que habían sucedido en los locales y nos reíamos a carcajadas junto con mi tío Julio.

Cuando tuve la edad suficiente para entender ese mundillo oculto del que tanto hablaban y preservaban, evidencié que, efectivamente, los abrazos de mi tía estaban muy demandados. La gente se le acercaba para entablar una conversación trascendental, no sin antes pasar por la recarga de batería. Mi tía es una persona a la que no le avergüenza estar más de veinte segundos enredada con alguien, aunque lo acabe de conocer. Para ella es importante dar los apretones desde el corazón, desde lo más profundo de su alma. «Porque si no, hijo, ¿para qué sirven?».

Tal vez esa fuera la clave de mi pronta sanación, de la recuperación mental y emocional de una orfandad impuesta por el universo. Una buena ducha de abrazos, amor familiar y adaptación por parte de los tres. No fue nada fácil, créeme, sobre todo para la expansión empresarial que mi tía tenía en la cabeza y el desarrollo de sus negocios. Valoraba seriamente regentar dos locales nocturnos: uno que ya funcionaba a la perfección, el Frenesí, y otro que pertenecía a su querido amigo Paco, quien no se encontraba en su mejor momento en cuanto a la salud. Este último se llamaba Horse y era uno de los más emblemáticos de la capital. Después de un buen embrollo y años de dolores de cabeza, desistió y prefirió ofrecerme un hogar y, sobre todo, una familia. Al final, Paco murió y el Horse lo acabó comprando un tal Juan, un cerdo misógino que abusa de chavalitas novatas que buscan romper con la rutina. Esto es algo que le duele especialmente a mi tía, y creo que sigue arrepintiéndose de no haberse adueñado del local.

Lo cierto es que crecí ajeno a todo, Ruth; yo simplemente veía normal lo que para otros era algo excéntrico y perverso. Jugaba con los *floggers* tirados en el sofá, o me ponía las máscaras de caballo que veía por casa. Jamás me ocultaron la verdad, más bien al contrario, la exponían sin miedo. Era un niño inocente, y en los primeros años con mi nuevo círculo familiar ni me enteré de qué iba todo esto. No fue hasta más adelante, cuando leí al marqués de Sade, que empecé a entender ciertas cosas. Mi tía fue totalmente transparente en todas aquellas dudas y preguntas sobre sexualidad. Siempre me educó en el consenso, respeto y amor.

Unas bases que hoy en día constituyen los pilares fundamentales de mi vida. O eso intento.

Mi desarrollo fue una vorágine de personalidades y submundos que me engulleron sin remedio ni resistencia. Tan solo me dejé llevar por una corriente que me liberó de cualquier atadura sistemática y establecida. Poco a poco, el círculo de amistades que constituía mi vida era el mismo que compartía con mis tíos. Personas con sus trabajos y profesiones, a veces ajenas al BDSM, otras inmersas en este; pero siempre respetables y mundanas. Conocí todo tipo de cuerpos y expresiones, unas más normativas y otras más extravagantes. Cada uno vivía la práctica como le apetecía, con mayor o menor intensidad, pero siempre con respeto. O, bueno, casi siempre.

No te voy a engañar, me he encontrado con capullos acabados que abusaban de su fuerza y aprovechaban el contexto para pegar unas buenas palizas. Manipulaban a las jóvenes hasta que pensaban que, realmente, el BDSM se trataba de eso: de un poder masculino que somete al femenino. En fin, esto debe de sonarte de algo, ¿no? Así se constituye nuestra sociedad, Ruth. Por desgracia.

Conocí a paletos que ni siquiera pedían permiso y ya se sacaban la polla directamente; cuando en muchas ocasiones, el BDSM no tiene por qué ir de la mano del sexo explícito y normativo. Y es que la experiencia te induce a un estado de trance tan placentero que sustituye fácilmente al orgasmo. Es un lugar alucinante, Ruth, si sabes con quién adentrarte y cómo. Pero los hay que tienen odio y necesitan venganza. Y en este grupo entran todos los géneros y sexos.

Al BDSM le debo la vida, Ruth. Mi cordura, mi estabilidad, mi familia, mi creatividad, mi carrera, mi desarrollo. Se lo debo todo porque me construí bajo su sombra. Y eso es inevitable. La forma en la que me relaciono, la misma con la que descodifico el mundo. Los personajes de mis novelas, la descripción tan precisa sobre el dolor y algunas prácticas sádicas, la psicología del ser humano, la fortaleza de una comunidad marginal. Todo nace y acaba ahí, en la batalla energética que deriva de estas prácticas de intensidad.

Me rodeé de indumentarias militares, médicas, góticas; disfraces que recreaban animales domésticos y artilugios que podrían matarte con un ligero error de cálculo. Repuse vestidos, zapatos, máscaras, instrumentos, joyería, lencería y un largo etcétera durante las tardes, cuando salía del instituto. Entendí el funcionamiento de la tienda y aquellas cosas que se debían tener siempre presentes. Limpié los dildos expuestos al final del local, que imitaban puños enteros o penes gigantescos que debilitaban momentáneamente mi autoestima fálica. Y mi tía siempre me sonreía y me decía que era más importante el uso que el tamaño. «Mi niño, no eres solo tu pene, ¿eh? No seas de esos hombres», añadía. Y yo asentía e integraba un rechazo hacia todo lo que significaba una masculinidad que me asfixiaba en la más absoluta toxicidad.

Cuando cumplí los dieciocho, ese mismo verano, empecé a trabajar en el Frenesí. Julio me mostró cómo tratar con los clientes y con el resto del personal, qué llaves abrían ciertas mazmorras y salas, cuáles eran los instrumentos que colgaban de las paredes y para qué servían, para que más adelante pudiera ser el asistente personal de varias dominatrix y amos.

—Acabo de vender un vestido precioso, cariño. ¿Te acuerdas de ese, el de las tiras en la espalda? —comentó mi tía.

—Sí, lo recuerdo.

—Pues justo se lo acaba de llevar una chica monísima.

—¿La has conocido?

—Claro, cielo, he estado hablando con ella un poquito. Es majísima, pero está muy perdida. Solo espero que sea inteligente y no se meta en según qué lugares..., ya sabes a lo que me refiero.

—Lo sé, Mimi. Pero... ¿qué me puedes decir de ella?

—Uy, ¿y esa cara? ¿Qué pasa aquí?

—Nada, no pasa nada.

—Niño, te he criado yo, no me jodas. *Cucha*, te piensas que soy tonta. Ya me puedes contar qué está pasando y quién es esa chica. ¡Que te ha cambiado la cara cuando has hablado de ella!

—Pues..., no quiero que me mires raro, Mimi. De verdad que estoy bien de la cabeza, o eso creo. No sé, no sé qué pensar.

—¡Pero cuéntame!

—En plena crisis creativa y justo cuando Julia me dejó, bajé a la tienda de pelucas que tengo cerca de casa para, bueno, buscar inspiración en los personajes. De repente, entró esa chica con su madre y me llamó mucho la atención. Se probó una peluca y empezó a imitar a una espía rusa. Fue muy divertido. En ese momento, se chocó conmigo y me quedé observando su actitud. Salió de la tienda y yo me quedé con ese instante anecdótico que me había alegrado la tarde. Lo cierto es que, al día siguiente, salí al Café Comercial a tomarme un whisky y ahogar las penas. Y adivina quién apareció.

—La chica.

—Exacto, pero con la peluca.

—¿La de espía rusa?

—Se hacía pasar por otra persona, y me generó tantísima curiosidad que...

—Qué.

—Pues que...

—¿Qué pasa?

—Joder, pues que la seguí hasta su casa.

—Ay, Dios. ¡¿La estás acosando?!

—No, Mimi, joder, no. No quiero generar incomodidad ni acosar a nadie. Al menos no es mi intención. No sé, no sé ni lo que estoy haciendo. Parezco un psicópata, pero... he vuelto a escribir y no me siento tan solo, ¿sabes?

—Cariño, ¿tú estás bien? ¿De verdad?

—Sí, el divorcio me ha pillado desprevenido y se ha juntado con la crisis creativa y la presión de la editorial. Les debo una historia desde hace meses, me pagaron el adelanto y están organizando las fechas de lanzamiento. Y yo me hago el loco porque no había encontrado nada..., hasta que la conocí a ella.

—¿Habéis hablado o algo?

—No, todavía no. Hemos coincidido en el Comercial, nos miramos muchísimo. Fue..., fue una locura, sinceramente. Me quedé estupefacto mientras analizaba cada movimiento, cada detalle. Su presencia es cautivadora, y te juro que no me había pasado esto con nadie, Mimi. No sé qué pasa con ella, pero me siento absorto. Es rarísimo.

—Cielo, no sé qué decirte con todo esto. Te conozco, eres una buena persona.

—Te prometo, tía, que jamás haría daño a nadie.

—Bueno, a ver, si está consensuado...

—Claro, ahí sí.

—Pues, cariño, creo que el destino os va a unir una vez más.

—¿Cómo? ¿Por qué?

Mi tía caminó por la sala mientras organizaba los vestidos y colocaba correctamente los zapatos en la estantería.

Tragaba saliva con cierta dificultad e intentaba mantener la calma ante la inminente respuesta que yo esperaba inquieto. Mimi lo sabía, por eso quiso hacerse la interesante. Siempre lo hace cuando tiene algo importante que contar y sabe que te va a alegrar. Es cuestión de tiempo hasta que haya alargado el instante y la tensión lo suficiente para alimentar su protagonismo repentino.

Por eso, Ruth, la gente tiene tanta devoción por mi tía. Porque es una persona que lo tiene todo absolutamente bajo control, incluso cuando tú ni siquiera eres consciente de ello. Mueve los dedos y dirige tu vida como si fueses una simple marioneta. Eso es lo que en su día la convirtió en una de las maestras del BDSM más cotizadas. Un talento innato que no duda en usar en el ámbito personal y profesional, y al que yo, tras años y años de entreno, ya estoy acostumbrado. Por eso disfruté del traqueteo de sus tacones al impactar contra el suelo con ferocidad, de sus rizos rubios que acariciaban su espalda y de su mirada fija que me atrapaba sigilosamente. Ver a Mimi de esta forma fue un regalo en su máximo esplendor, algo que retuvo la concentración de mi tío, quien acabó engullido por su dominante presencia.

Julio hizo un gesto suave con la cabeza y se deleitó al observar al amor de su vida peregrinar con tanto poder. Y justo en ese momento, cuando todos estábamos en sus manos, cuando entregamos al completo nuestra atención, decidió proseguir con su bombazo.

Me miró con una sonrisa y fijó sus pupilas en las mías. Me coloqué las gafas con paciencia y esperé como un cachorrito que obedece justo antes de que le sirvan la comida.

—Adivina quién va mañana a la fiesta de Miguelito.

XIX

Las 18.45 del octavo día siendo Ruth

Tenía diez años cuando quebranté las reglas por primera vez. Estaba en casa y mi madre había hecho galletas porque venían invitados. Lo cierto es que tenía un talento oculto para los dulces. Hiciera lo que hiciese le salía bien; pero, sin embargo, cuando daba la receta, nadie —absolutamente nadie— llegaba a su altura. Y eso que ella daba las instrucciones de forma correcta, es decir, sin los «*puñaos*» ni las «pizcas» que te llevan a cocinar espaguetis para ochenta comensales. Mi madre te escribía los kilogramos o los vasos de yogur que usaba como referencia y, a partir de ahí, si te salía mal era tu puto problema.

Tampoco tenía secretos. Si ella le ponía un toquecito de canela o de vainilla, lo anotaba también. Era transparente y, de ese modo, su talento se hacía más tangible. Por supuesto, esto no es una competición; pero, si lo fuera, mi madre ganaría por goleada a todas las profesionales de la repostería internacional. Entre sus platos estrella se encontraban los grandes clásicos como las lentejas, los macarrones a la boloñesa, la tortilla de patatas con —e insisto, CON— cebolla o las croquetas de jamón. Joder, las croquetas de jamón. Era otro nivel. Y, finalmente, entre sus insuperables éxitos se encontraban las galletas, unas simples galletas que «no tienen ningún misterio, Ruth», decía.

Sí, ya, no tiene ningún misterio, pero a mí me salen ojetes de mono y a ti te quedan espectaculares. Explícame eso.

Lo cierto es que las galletas tenían la consistencia perfecta, ni muy duras ni blandas. Se deshacían en la boca, se entregaban al paladar para que pudieras cerrar los ojos y plantearte cómo has podido vivir sin ellas durante tanto tiempo. Primero, te penetraba el olor a vainilla y a canela. Sin pizcas, ni pellizcos, ni miajas. No, con el gramaje exacto. Una sensación que perduraba durante el segundo en que la galleta se acercaba a tu boca. Y eso te daba una calidez peculiar, un pequeño avance de lo que estaba a punto de suceder en tu paladar. Para ese entonces, te salivaban hasta los sobacos, y solo querías fusionarte con ese trozo de comida. Te disponías a romper un diminuto trocito que pondría a trabajar a tus incisivos y, más tarde, a tus molares. Y en todo ese recorrido habías viajado al séptimo cielo ida y vuelta, sin escalas. Pam, vuelo directo a Cancún. A Maldivas. A Hawái. A Bora Bora. A todas a la vez.

Los trocitos de chocolate colisionaban luego, cuando tu lengua se rebozaba en harina, azúcar y huevo con una rodaja de limón. Toda esa mezcla te devolvía la fe en la vida. Estoy segura de que con una simple galleta de mi madre, los conflictos de todo el mundo se podrían haber solucionado. Qué lógica tiene seguir bombardeando tu país si puedo comer galletas. Y viviríamos en un mundo de paz y felicidad, con altos rangos de obesidad (tal vez) y de diabetes (segurísimo, vaya). Pero, qué coño, de algo tenemos que morir, ¿no?

La putada de todo esto es que jamás podrás probar las galletas de mi madre porque ella está ocupada cocinando para san Pedro y el elenco de muertos que conviven allí, que no son pocos. Una infinidad abismal de muertos, ¿eh?, qué barbaridad. Y lo peor es que nadie, absolutamente nadie, ha podido hacer las galletas como las hacía mi madre. Ojo, y con la receta exacta. Pero nada, tenía una magia propia, la misma que me hizo saltarme las normas aquella tarde de otoño recién llegada del colegio.

No soy el claro ejemplo de la niña buenísima que nunca ha roto un plato. Tampoco te daban ganas de ahogarme en el váter. Estaba más bien en el promedio. Buena, pero sin fiarse demasiado. Mala, pero sin generar pensamientos intrusivos que te empujan al infanticidio. Buena como plantearse que está mal desobedecer a tu madre. Mala como para dejarse llevar por los placeres de la vida.

Por lo tanto, y en resumen, sí, aquella tarde me comí casi todas las galletas que estaban en el plato, porque cuando empezabas no podías parar. Como cuando pruebas una michelada —¿a quién cojones se le ocurrió mezclar zumo de tomate con cerveza?—, al principio te cagas de lo mala que está, pero, después..., «espera, déjame probarla otra vez». Y ya te atrapa en sus garras.

Obviamente, cuando mi madre fue a por sus galletas con los invitados sentados, se encontró con tres. Y a mí, me dio tal gastritis que estuve vomitando tres días y con diarrea casi siete. El karma actuó de puta madre, directo y justo.

Todos los aprendizajes de la vida nos vienen en diferentes formatos y nos siguen poniendo a prueba. De repente, decides dejar de fumar y todo el mundo tiene cigarrillos y te empuja a llenarte los pulmones de petróleo. O te planteas que no vas a volver con capullos egocéntricos que solo piensan en su polla y adivina qué te trae el universo. Efectivamente, un cantautor. Y ahí escoges si mantener la dinámica que hasta ahora te ha ido fatal no, lo siguiente, o dar un giro drástico y corroborar que sí, que has aprendido la lección a base de hostias. Bueno, yo siempre fui de tropezarme quinientas veces con la misma piedra. Y esta vez no iba a cambiar de bando, lo siento.

El sobre me mira con cierta seducción —groar—. Si fuese un emoji, sería ese de los ojitos que te miran de reojo y con la sonrisa ladeada, el mismo que hemos enviado todos los seres humanos para guarrear con otra persona. No me puedo resistir a ese emoji, lo siento. Tiene un poder tremendo sobre mí, así que decido coger el sobre y abrirlo un poquiiito. Asomo el ojo e intento escanear lo que hay en su interior. Solo veo una superficie teñida de blanco. Mierda, hago el agujero ligeramente más grande y observo el papel. ¿Es una carta?

A estas alturas, me ciego y rememoro la misma actitud que tuve a los diez años con las galletas: no controlo el impulso, el deseo, la tentación. Sucumbo a ella con los brazos abiertos, y lo peor es que la disfruto. No me siento mal, ¿para qué? Después ya vendrán los vómitos de tres días y las diarreas de siete. Pero, en este instante, soy la persona más feliz del planeta Tierra. Ni meditaciones, ni yoga, ni mierdas. Deja que quebrante la ley y encontraré la paz interior.

A todo esto, el sobre ya está totalmente abierto y las palabras de la Mari me golpean en la cabeza con violencia. «Me dijo que no puedes abrirlo hasta que no acabes de leer lo que te entregó». Y otra vez, «no puedes abrirlo hasta que no acabes de leer lo que te entregó». La mirada de él me juzga a través de sus gafas redondas y caigo víctima de mi pobre e irremediable falta de voluntad. Pero no, no me detengo. Cojo ese papel doblado y lo analizo con cautela, dilato el tiempo para alargar el placer que siento al quebrantar la ley. «Oh, sí, dame más, papi». Y después la eclosión, el orgasmo y los jodidos remordimientos.

Ahora me encuentro cabalgando descontrolada sobre

la polla de Satán y, de momento, la culpabilidad se queda al margen de esta improvisada —pero gloriosa— follada. Desdoblo la mitad del papel, inspiro. Ah, qué sabroso. Hago lo mismo con la siguiente parte y lo dejo extendido y en su posición natural.

Justo cuando estoy llegando al clímax, cuando grito al cielo con una risa malvada y tengo llamaradas tras la espalda, me doy cuenta de lo que pone en la carta. Y todo adquiere una dimensión nueva. Satán me pide perdón y me jura que es la primera vez que le pasa, mientras que yo miro su polla rojiza que apunta en la dirección inadecuada. El emoji internacional del guarreo arquea la boca hacia abajo y se transforma en el emoji oficial del mal de ojo. Y yo estallo en risas porque pensé que iba a tener cierta ventaja, pero había olvidado que estoy jugando en su tablero y que aquí quien manda no soy yo.

Querida Ruth:

Sabía que ibas a abrir el sobre antes de tiempo. Nunca te gustaron las reglas, ¿verdad? Sigue leyendo, que todavía te quedan sorpresas. Y yo todavía guardo recuerdos.

XX

La historia del Jazz Club

Llegué temprano al Jazz Club, aunque eso no es novedad. Lo tengo como una costumbre arraigada desde que conozco estos submundos y, sobre todo, a Miguelito. Nuestras noches de locura tienen su propia rutina: lo ayudo a acondicionar el piso y nos tomamos un whisky previo a todo el jaleo ecléctico a punto de estallar. Hablamos de esas tonterías que mantienen la relación en auge, pese a que después no volvemos a retomar el contacto hasta el próximo desfase. Nuestro vínculo es así, cuidadosamente calendarizado con la diversión.

Conocí a Miguelito a través de mi tía, por supuesto. Dos viejos amigos que han vivido todo tipo de experiencias secretas que ni tú ni yo sabremos jamás, Ruth, porque sobrepasan nuestras expectativas. Y esos momentos tan misteriosos e inquebrantables, tan confidenciales e íntimos, solo pueden unir su relación todavía más si es posible. Realmente imagino que se han visto en situaciones al borde de la sobredosis mientras acariciaban la muerte con la punta de los dedos y jugaban con la fragilidad del olvido. Mi tía nunca me contó demasiado de sus hazañas con Miguelito, pero lo poco que sé es suficiente.

Se conocieron en los ochenta en plena eclosión de la movida madrileña. Miguelito trabajaba como camello, pero de los buenos, de los que estaban cotizados entre la *sociali-te*. Nunca tuvo un empleo demasiado digno que digamos. Hacía chanchullos desde que tiene uso de razón. Que si te cambio esto por lo otro, que si te ayudo con la construcción a cambio de unas pesetas. Que si te echo una mano en el bar y me das de comer. Eran otros tiempos, te podías buscar la vida en cualquier lado porque siempre había trabajo. Era sencillo, fácil y barato. Miguelito me ha contado todo tipo de anécdotas y me gustaría pensar que son verdad, aunque nunca se sabe. ¿Será quien dice ser o es simplemente el mayor camaleón que ha existido en la historia?

En los ochenta, Madrid se movía por un frenético descontrol posterior a unos años de muchísima represión. Se habla mucho de la movida madrileña, aunque algunos expertos aseguran que realmente no fue para tanto. Y será verdad. Fuese o no tan hedonista como lo cuentan, sucedió y se creó un nombre que, hoy en día, muchos mencionan con cariño y nostalgia, esa que solo responde al paso del tiempo y al peso de la edad. Todos miran atrás y cuentan historias con los ojos bien abiertos y las carcajadas sincronizadas. Es curioso, ¿no? A veces tengo la sensación de que el tiempo pasado fue mejor y que nosotros estamos aquí para añorar lo que nunca tuvimos ni vivimos; alejados del presente para que, años más tarde, volvamos a ensalzar el pasado que no conocimos y nos olvidemos nuevamente del presente. La rueda que no para de girar y girar.

Lo cierto es que Mimi, por aquel entonces, salía con mi madre a quemar la ciudad, algo habitual en ellas. Eran las mejores amigas del mundo, o eso menciona siempre mi tía. En una de esas salidas conocieron a Miguelito en una fiesta un tanto clandestina. Ellas vivieron la transición en su máximo estallido hormonal, cuando solo quieres enredarte con personas, beber y quebrantar la ley. A sus dieciocho años, bailaban y reían como locas cada sábado en algunas de las discotecas que empezaban a asomar la cabeza, como Tartufo, la cual se convertiría en uno de los lugares emblemáticos para todos los pijos madrileños de aquella época.

Al inicio de la década, la cosa cambió y el fervor de la sociedad era perfectamente palpable. Chupas de cuero, pelos bañados en laca y gomina, ojos bien marcados y un ambiente punk que invitaba al descontrol. Y fue entonces cuando el rock y el abuso del sintetizador se hicieron hueco entre los garitos de la capital. Mientras, mi madre y mi tía se dedicaban a seguir la corriente y a abrazar todo lo que los veintitantos podrían ofrecerles, lo cual era bastante.

Una noche, cuando estaban disfrutando del ambiente del mítico local El Penta, se les acercó un tipo con pintas de carcelario. Llevaba una camiseta medio rota y unos pantalones llenos de cadenas por todos lados. Era un tanto serio pero muy popular. Conocía a todo el mundo a base de cambiar unas pesetas por unas cuantas pirulas. En cuanto vio a mi tía y a mi madre, las invitó a un piso de estudiantes. Les dijo que eran fiestas muy particulares y que fueran con la mente abierta. «El colega nos vio a tu madre y a mí, que estábamos buenísimas, y quiso pillar con las dos», anota siempre mi tía. La cuestión es que fueron, acompañadas por el tal Miguelito, que no paraba de saludar a unos y a otros.

Cuando llegaron, se encontraron directamente con el desmadre. Cocaína, éxtasis y, en las zonas más oscuras, heroína. Gente tan diversa como normativa, una mezcla tan absurda como lógica. Una muestra de la humanidad en su mayor extensión, un laboratorio de modas, etnias y movimientos; todos ellos aglomerados en un piso de estudiantes un tanto extraño. Cuenta mi tía que esa noche conoció el BDSM a través de unas revistas extranjeras que llenaban la sala. Ese submundo era realmente algo muy clandestino por aquel entonces. Estamos hablando de que en 1983 se legalizó la pornografía en España, aunque, por supuesto, llevaba años y años circulando por el país de forma extraoficial. Lo mismo pasó con el BDSM.

Llegaban revistas extranjeras donde se plasmaban todo tipo de fetiches, prácticas de intensidad, juegos de rol, cuero, corsés y un largo etcétera. En ese instante, aquel par de enfermeras en formación se encontraron con las que serían sus vías de escape más recurrentes: el piso de estudiantes extraño y la práctica que llenaba hojas y hojas de revistas.

Por supuesto, gracias a la legalización de la pornografía se empezó a expandir una sexualidad más allá de la normativa. Hay algo en la humanidad un tanto arraigado y es la personificación de contraculturas o movimientos. Si es de tu interés, te diré que esa persona o, mejor dicho, esas personas que introdujeron oficialmente el BDSM en España fueron José María Ponce y María Bianco. La pareja regentaba un *sex shop* y, además, publicaron una revista mitiquísima llamada *Sado-maso*, que vio la luz en 1985. Como podrás entender, esta especie de fanzine significó mucho más que simples fotografías: inició un movimiento que sigue presente en nuestros días y dio paso a las siglas que con tanto amor intentamos preservar y cuidar: el (*b*)*ondage*, la (d)isciplina, la (d)ominación y (s)umisión, y el (s)adomasoquismo. En efecto: BDSM.

Te lo cuento, Ruth, porque no sería quien soy si mi madre y mi tía hubiesen tomado otra decisión aquella noche tan improvisada, la misma en la que conocieron la clandestinidad en su máximo esplendor. Fueron muchísimas las fiestas que se trasladaron al piso de estudiantes, que cada vez conocía más y más gente. Llegó un punto que no se podía gestionar, se había corrido la voz hasta tal extremo que los grupos se aglomeraban en la entrada para poder entrar en el verdadero local de moda.

Por aquel entonces, Miguelito conocía prácticamente a todo Madrid y dirigía a sus «chicos» cargados de sustancias para seguir alimentando el movimiento contracultural y su adicción a los polvos blancos. A nadie le sorprendió que, una noche como otra cualquiera, a Miguelito se le hincharan los huevos y mandara a tomar por culo a la mitad de los curiosos que manchaban la «tranquilidad» y la familiaridad que había instalado en el piso. Fue él quien tejió el negocio más exclusivo de la capital, y solo dejó pasar a sus clientes más importantes: políticos, cantantes, artistas, actores y actrices, escritores y escritoras, amantes, marqueses..., y la lista sigue y sigue. Ah, y por supuesto a mi madre y a mi tía.

El bautizo del Jazz Club no fue algo oficial, sino una tomadura de riendas en el momento exacto para no acabar perdiéndolo todo. Y eso lo hizo Miguelito. Le puso ese nombre para que los foráneos se mantuvieran alejados del sitio con la excusa de que se escuchaba jazz. Nada más lejos de la realidad, la verdad. Con el paso del tiempo, Miguelito se adueñó del piso y, junto con sus trapicheos, hizo el negocio perfecto, que se mantiene intacto hasta el día de hoy.

¿Sabes lo más curioso, Ruth? Que fue en el Jazz Club donde se conocieron mis padres una noche de desfase, cuando ambos se equivocaron con la cerveza y se encontraron el alma con solo una mirada. Tras esa noche de descontrol y fervor, no se separaron. Ni siquiera el día de su muerte.

Y fue en el Jazz Club cuando, por capricho del destino, nuestras almas volvieron a encontrarse con una mirada.

XXI

Éxtasis

Aquella noche me dispuse a detallar minuciosamente mi atuendo. Pantalones de pinzas de cintura alta abrazados por un cinturón de piel marrón. Una camisa entreabierta, por donde asomaban algunos collares un tanto especiales y algo de vello. Las mangas bien enrolladas y remangadas, los zapatos lustrados y el perfume bien extendido. Dejé secar el pelo al aire y favorecí la caída natural sobre mis ojos y mis pómulos. Limpié las gafas redondas con cuidado y me maquillé la línea interior del párpado con un tono oscuro para dar profundidad a la mirada.

Cené con calma en el Café Comercial y rememoré nuestro encuentro fortuito, aquel que me hizo tomar una decisión un tanto extravagante e impulsiva, pero sin duda fue la correcta. Pagué y, sobre las once, me dirigí al Jazz Club, donde Miguelito mandaba a unos y a otros a dejarlo todo lo más decente posible tras la noche anterior.

Cuando me vio llegar, me abrazó con fuerza. No soy una persona especialmente alta, pero Miguelito es un hombre de tamaño compacto que ha desarrollado una personalidad arrolladora para que nadie se meta con su metro sesenta. Y realmente nadie se mete con su metro sesenta.

—¡Hombre! Pero a quién tenemos por aquí. Qué pasa, chaval. Dame un abrazo, coño.

Miguelito da abrazos con olor a pachuli, el mismo que se te impregna en la ropa y estás jodido porque es imposible quitártelo en toda la noche. Es como un perro que deja su marca allá por donde va, con la diferencia de que él ya tiene el control del Jazz y diría que de todo Madrid. Se sigue peinando como si tuviera veinte años, aunque la alopecia ha causado sus estragos. Ahora simplemente se le ven algunos pelos pegados a su incipiente calva con gomina, que no entiende por qué se extiende sobre la suave piel.

La edad y el tiempo pasan factura para todos, Ruth, especialmente si has llevado una vida al borde de la muerte en innumerables ocasiones. Miguelito ha visitado a san Pedro a lo largo de su existencia un par de veces como mínimo. Y ahí estaba, trajeado como siempre y bañado en pachuli para recibir a sus invitados el día de su cumpleaños. Es una de las noches más especiales que se viven en el Jazz porque puede pasar cualquier cosa. Junto con Nochevieja, el local abre un universo paralelo a la realidad con la diferencia de que, entre estas paredes, las leyes no existen.

—¿Cómo te va todo? ¿Vienes solo? —me preguntó Miguelito.

Como comprenderás, a Julia no le gustaba especialmente esta anormalidad. Se mantenía al margen de todo este submundo y jamás lo conoció con claridad. Sencillamente, asentía cuando le explicaba que iba a pasar la noche con mis tíos o que me iba al Jazz Club. No me miraba, no me preguntaba, no me hablaba. Movía la cabeza hacia arriba y hacia abajo perfeccionando un «sí» silencioso y conformista. Créeme que fueron muchos los momentos en los que le planteé que me acompañara a esas fiestas, que viera una parte vital para mí. Pero no, ella se quedaba en casa con su infusión y sus gafas para disfrutar de cualquier serie nocturna. Y yo salía por la puerta con algo de rabia al principio, pero con total indiferencia en los años siguientes.

Eso me dolía de forma especial, Ruth, porque siempre he fantaseado con encontrar a una persona con la que poder compartir quién soy en mi totalidad, con quien descontrolarme y vivenciar locuras al margen del bien y del mal. Quizá es porque los ejemplos de relaciones que he tenido a lo largo de mi infancia y adolescencia han sido exactamente eso: parejas unidas que disfrutaban de su sexualidad y rompían los límites cogidos de la mano. Nada me haría más feliz que representar esos modelos, y con Julia estaba lejos, muy lejos de ellos.

La mujer adicta a ser normal abrazaba con toda su alma la normalidad en toda su extensión y expansión. Desde su mente hasta su físico, pasando por cómo se organizaba las semanas, las vacaciones y, por supuesto, la vida sexual. Poco había más allá de un misionero bien gestionado y unos orgasmos que le hacían taparse la boca para no levantar sospechas entre los vecinos. Unas mamadas con innecesarias arcadas para complacer las fantasías que, según ella, tenía en la cabeza por ser hombre. Y yo jamás he pertenecido a ese grupo de masculinidades, pero ni siquiera me preguntó. Lo asumió como tantas otras cosas.

Lo cierto es que hubo una vez, al inicio de nuestra relación, cuando le expliqué qué tipo de prácticas me gustaban en el sexo, cómo experimentaba esa parte de mi vida desde que la descubrí. Eso le impactó tantísimo que estuvo aislada un par de semanas. Por supuesto, no me refiero a un aislamiento físico, ni mucho menos. Hablo de un hermetismo propio de las personas adictas a ser normales, ese que se basa en no tocar nada de la sala, no vaya a ser que se rompa. Se basó, sencillamente, en asentir a todo con una sonrisa y en exagerar una felicidad edulcorada a base de consumismo y ocio. Eso sí, estuvimos sin follar el mismo tiempo que duró ese paripé con el que corrió un tupido velo entre mi mundo y el suyo, para adaptarnos de ese modo a la más absoluta rutina establecida.

En los años que estuve con Julia, viví varias relaciones de sexo no explícito al margen de la nuestra, algo que no se consideraba infidelidad. Ella permitió que saliera algunos viernes o sábados con una maleta cargada de látex y *floggers* a cambio de no enterarse de lo que estaba haciendo por ahí. «Haz lo que te dé la gana, pero no me lo cuentes». Y así todo fluía bien, o al menos eso parecía. Me quedaba hecho polvo cuando cerraba la puerta tras de mí y la veía con los ojos inertes clavados en la televisión. Y mi corazón se rompía un poquito más y las excusas colmaban los vasos que estaban a punto de rebosar.

Como cada noche que salía por estos ambientes, Miguelito o Mimi me preguntaban si iba solo, pese a que sabían que siempre lo hacía. Por supuesto, conocían la existencia de Julia, ambos vinieron a la boda, claro está. Pero ella nunca quiso tener una relación con ellos más allá de la cordial. Su sonrisa amable, su risa un tanto falseada y unas palabras cariñosas eran lo máximo que ofrecía desde la distancia. Después se volvía e inspiraba, tragándose sus propios pensamientos y repudios hacia esa parte de mi vida que ella veía tan anormal.

Aquella noche, Ruth, fue distinta. Por primera vez en muchos años no tenía nada que ocultar, a nadie. No sentía que estuviera haciendo algo malvado y no me removía la conciencia estar allí, abrazando a Miguelito y dispuesto a celebrar su cumpleaños por todo lo alto. Por primera vez iba a llegar a mi casa y la cama estaría vacía. Podría acostarme con el olor rancio a tabaco y alcohol, y evitar el sofá en el que tantas madrugadas había descansado. No me encontraría con la cara desfigurada de Julia, que intentaba falsear que nada le dolía y todo estaba bien en su adicción a la normalidad.

Creo que empiezo a comprender nuestra separación, la verdad. Era algo que no se podía sostener ni con todo el cemento que pusimos de por medio.

—Sí, vengo solo, Miguelito. Julia y yo nos divorciamos.

—Algo me ha dicho tu tía, chaval. ¿Cómo estás con eso? —A todo esto, él se paseaba por la sala controlando el alcohol de la estantería, las reservas de sustancias bajo la barra y los condones de las máquinas de los baños. Yo le seguía cual perro fiel a su amo, riéndome para mis adentros por la estampa.

—Estoy bien, Miguel. La soledad es un poco puñetera, pero me acostumbraré a ella. No es algo nuevo.

—Al final, colega, morimos solos. Es mejor tener una buena relación con ella.

Cuando Miguelito se pone profundo es un pozo de sabiduría, esa que a simple vista puede parecer un poco rancia, pero que envuelve un sinfín de conocimiento milenario propio de la calle y la noche. Siempre me gusta escucharlo, atento a cualquier pequeño detalle cargado de información.

—Además, esa mujer tampoco estaba muy de acuerdo con todo esto, ¿me equivoco?

—Estás en lo cierto, Miguel. Se negaba a este modo de vida.

—Claro, esto no es para todo el mundo, chaval. ¿Te pongo un whisky? Tengo un reserva buenísimo.

—Por favor.

Me senté en la barra y esperé a que llegara el personal mientras solucionaba el mundo con Miguelito y celebraba su vuelta al sol.

—Chaval, debes encontrar a una tía a la que le guste este ambiente, con quien puedas compartirlo. Se vive de forma diferente, hazme caso.

—Pero si llevas soltero toda la vida, Miguel.

—Mira, capullo, no me jodas, ¿eh? Que lleve toda mi puta vida soltero no significa que no haya tenido mis ligues, cojones.

—Brindo por ello. —Y, automáticamente, todo ese ceño fruncido, esas arrugas marcadas y esas comisuras convexas se tornaron en una sonrisa que profesaba amistad y cariño.

—Todas las mujeres con las que he estado, chaval, amaban este estilo de vida. Pero el problema está en que yo no las amaba como a todo esto. Estoy casado con el Jazz. Esto es mi razón de ser, no hay otra. —Pausó la conversación durante unos segundos, yo me quedé callado sin decir nada para darle así su espacio de reflexión e introspección—. Pero tú, chaval, joder..., tú eres una buena persona, de las más buenas que he conocido en mi puta vida, y no son pocas, ¿eh? Tienes buen corazón, muchacho, igual que tus padres. Joder, en momentos como hoy los echo de menos, coño.

Contuvo las lágrimas bien pegadas a los párpados e inspiró profundamente para absorber, de ese modo, cualquier resquicio de tristeza. No quería ponerse melancólico cuando estaba delante de mí, por respeto a mi familia, cosa que jamás entendí. Él conoció a mis padres durante muchos más años que yo, y junto a mi tía creaban las noches madrileñas alocadas y maximizadas.

A veces me hablaba de ellos para revivir las almas que vagan en el plano astral. Recordaba las borracheras, los *mañaneos*, las orgías, las peleas, los conciertos, las rayas y, sobre todo, la profunda amistad que no entendía de obstáculos ni limitaciones. «Isabel y Salvador fueron las personas más alucinantes que he conocido». Y yo sentía mucha paz y tranquilidad al saber que tuve los mejores padres que pudieron existir.

No pasó demasiado tiempo hasta que sonó el interfono. Llegaban los primeros invitados, entre ellos mi tía.

—¡Miguelito! Qué guapo estás, cabrón. Ven aquí.

—Tú sí que estás guapa. Mira qué par de tetones, ¡madre mía!

La relación y, sobre todo, la jerga entre ambos es digna de estudio. Parece que de un momento a otro vayan a copular salvajemente, algo que nunca sucedió, al menos que yo sepa.

—Mi niño, ven aquí, dame un beso. Qué guapo estás, ¿eh? Mírate, todo puesto. Ni que tuvieras una cita —soltó mi tía. De forma automática, Miguelito acercó el oído para cotillear.

—¿Va a venir una chica, chaval? Eso no me lo has contado. —Desintegré a mi tía en dos con una mirada y ella sonrió con cierta disculpa y amabilidad. «Lo siento», leí en sus labios, y me resigné a contarle la historia.

—Sí, una chica con una... —Dudé si revelar tu secreto o mantenerlo a salvo; opté por lo segundo—, con el pelo pelirrojo. Es muy guapa.

—¿De qué os conocéis?

—Del Comercial.

—Ah, buen lugar. Hazme una señal cuando entre. Así sabré quién es y la trataré con cierta preferencia, ya sabes.

—Gracias Miguel, pero oye, disimula, que la cosa está un poco verde entre nosotros y quiero dejar cierta distancia...

—Sin problema, chaval.

Miguel y mi tía se hicieron las primeras rayas, y te cuento esto con total naturalidad porque sé que tampoco te sorprenderás demasiado. Te has hecho algunas con ellos también. En mi caso, me mantengo al margen de las sustancias; nunca fue algo que me llamara la atención especialmente. Prefiero experimentar sin interferencias, pero respeto a aquellas personas que deciden lo contrario. Al final, cada cual es responsable de su cuerpo, ¿no?

En ese sentido, mi tía jamás me ocultó nada, al revés. En cuanto tuve la mayoría de edad, me explicó con calma el mundo nocturno y todo lo que conllevaba. Espera, miento, fue antes, con dieciséis. Según ella, es la edad perfecta para aprender sobre estas cuestiones porque «a los dieciocho ya vas demasiado tarde. La sociedad espera que adquieras el conocimiento de golpe y debe ser algo progresivo, para lo que debes prepararte durante años». Y yo le doy toda la razón.

A esa edad me enseñó lo que es la cocaína, el alcohol, la marihuana, el éxtasis y las drogas más duras y peligrosas. Del mismo modo, no tuvo ningún reparo en hablar y mostrarme el BDSM para ir allanando el terreno hacia lo que parecía inevitable: mi inmersión en él. Eso, combinado con mis libros, consolidó mi marginación social para acabar siendo el rarito de la clase.

De vuelta a aquella noche, el Jazz Club se empezó a llenar y en cuestión de una hora no podía casi ni caminar. Me quedé semiescondido en la barra tomando un whisky delicioso y calibrando la atención para ver si llegabas. Eran las doce, y nada. La una, y nada. Y ya creí que no ibas a venir, que habíamos perdido el rastro, que el destino no podía ser tan caprichoso..., cuando te vi aparecer por la puerta.

Sonaba una música erótica con una base electrónica que invitaba a desinhibirse y dejarse llevar. Y, tras un elenco de hombres a cuál más variopinto, entraste tú, con la peluca pelirroja lisa y marcada, los labios rojos, los ojos oscuros y un vestido que abrazaba con elegancia y sensualidad todo tu cuerpo. Me hizo gracia tu cara, Ruth, porque estabas totalmente sorprendida, por más que quisieras disimular. Se te escaparon algunos parpadeos que me llenaron el alma de compasión y ternura. Solo quería abrazarte y mostrarte mi mundo, en el cual penetrabas con nerviosismo e indecisión. Es cierto, a simple vista puede ser tremendamente hostil y salvaje, pero dentro del caos hay un orden establecido. Me hubiese encantado admirarte, observar lo increíble que estabas y presentarte a Miguelito, pero no lo hice. Tan solo avisé al dueño del Jazz de que habías aparecido y este acudió a tu rescate.

Miguel puede ser el hombre más cortés, educado, respetuoso y amoroso que haya existido sobre la faz de la Tierra..., cuando quiere. Y en este caso lo fue, sin duda. Te noté más relajada al conocer una pequeña parte de un viejo amigo que lo sabe casi todo sobre mí, el mismo que me sostuvo entre sus brazos cuando nací y que, a mis treinta y cinco, me rellena las copas de whisky.

Ibas acompañada por un hombre atractivo, la verdad, con un encanto especial. No lo conozco, ni siquiera me suena. Debe de ser de las últimas incorporaciones en el Jazz, personas que se enteran de estas fiestas por amigos de amigos y acaban formando parte de esta excéntrica e improvisada familia. En ningún momento te fijaste en mí, Ruth, lo cual me pareció bastante lógico. La sala estaba a reventar de personajes y era difícil darse cuenta de que hay un tipo sentado en la barra que tal vez te resulte familiar. Y fue entonces cuando me atacó una duda existencial: ¿te acordarías de mí? Me puso bastante incómodo pensar en lo mucho que habías significado para mis últimos días y en que, quizá, había pasado al rincón del olvido de tu mente.

Bebiste un vodka con hielo con cierta prisa, como si de

un momento a otro se fuese a evaporar. Entendí que seguías sin estar muy cómoda, incluso con Miguelito a tu lado, quien te hizo un pequeño *tour* por el Jazz. Eso, créeme, es algo muy especial. Normalmente, suele ser una persona borde, con cierta chulería. Es como es y ya está, te fastidias. Sin embargo, le caíste bien. Cuando acabó la guía por el espacio, te quedaste recogida y quieta al otro lado de la barra. Me tenías frente a ti, Ruth, y no te diste cuenta. Me pareció fascinante cómo el destino puede ser tan particular. Te tuve de nuevo moviéndote delante de mis retinas, lo que hizo que el corazón me galopase disparado cada vez que te sentía cerca. Y una y otra vez pude percibir el halo misterioso que te envolvía, más allá de los disfraces, las pelucas y el maquillaje. Había algo en ti tan puro que me sentía atraído sobremanera; solo quería desenterrar el arca perdida a lo Indiana Jones y ver qué tesoro guardabas tan adentro, bajo tantas llaves.

Te apuntaste a unas rayas con ese grupo de tíos con los que entraste y Miguelito se unió rápidamente, aunque nadie lo hubiera invitado. A ver quién le dice que no. Después de edulcorar el cuerpo, esperaste impaciente el consiguiente subidón. Es uno de los momentos más críticos, lo sé. Cuando de repente tu barriga decide protagonizar varios retortijones y las palpitaciones te salen por la boca. Es curioso, ¿no? Sin ser novedad, cada vez parece la primera.

Sonreí para mis adentros mientras veía tu cara descompuesta por los gritos y bramidos de unos y otros, ajena a la conversación que te envolvía y te escupía lejos, muy lejos de allí. Quisiste escapar con la mirada, por lo que volviste la cabeza ligeramente y empezaste a escanear la sala, tal vez en busca de una salida a la recurrente rayada mental que debía de ser oír a tales machos. Y fue en ese escapismo visual cuando te encontraste directamente con mis ojos, aquellos que te sostenían en la distancia aunque no fueras consciente de ello. Noté el vuelco de tu corazón como si fuera el mío, y ambos se coordinaron en un latido salvaje y desbocado. No apartaste la mirada, aquella mirada, la misma que me atravesó en el Comercial y que consiguió el mismo efecto en el Jazz. No me acostumbro a ella, Ruth, y ojalá nunca lo haga. Hay algo especial en ese lugar que me besa la frente y me acurruca con cariño, para más tarde sumergirme en el universo de Morfeo evocado por tus pupilas.

Desviaste los ojos con rapidez y seguiste escaneando el lugar. Respirabas con cierta dificultad debido a la presión que ejercía el vestido sobre tu tórax, ¿o era que me habías reconocido? ¿Sabías quién era? ¿Te acordabas de mí? Yo te observé mientras bebía un whisky y analizaba cada pequeño detalle o movimiento que pudiera rememorar una emoción, una sensación, una creencia, una representación..., algo, Ruth. Perdí la esperanza de poder retomar la fugacidad que sentimos en el Comercial, la tremenda atracción que nos abrió en canal. Hasta que volviste a descansar en mis ojos y buscaste ese vaivén que te induce a un sueño profundo y relajado.

El entorno se disolvió y solo quedaba la conexión energética que nos unía en la distancia, a la cual estábamos completamente sometidos y entregados. Fue ahí cuando encontré la satisfacción en mi interior, con algo de alivio al saber que sí, que te acordabas de mí. Hice esfuerzos por no sonreír y dejar que la pasión me hiciera perder los papeles y el control. Son muchos años, muchos, los que llevo trabajando la jerarquía energética y el dominio corporal. Sin embargo, tú, Ruth, con tan solo un par de parpadeos desacompasados, lo echaste todo por tierra. Me acomodé las gafas con nerviosismo y aparté el mechón que se colaba entre nosotros. Bebí un poco de whisky para calmar la salivación exagerada que se estaba creando en mi interior y me apoyé sobre las manos para admirarte así, desde la total entrega de mi alma. Justo en ese instante, un grupo de personas se interpusieron entre nuestros lazos visuales y apartaste la mirada con alivio y violencia. Respiré profundamente y me preparé para el segundo *round*. Cuál de los dos sobreviviría, quién daría el primer paso.

No tardamos mucho en volver a nuestro campo visual, aunque fuese a través de un pequeño resquicio entre tantos cuerpos aglomerados en la barra. Qué estruendo provoca el choque de nuestras miradas, ¿verdad? Es arrollador. Poco a poco nos fuimos acostumbrando, a pesar de la intensidad que no paraba de aumentar y aumentar. Nosotros nos hacíamos más inmunes a la descarga energética que disparaban nuestros cuerpos, sedientos de carnalidad. Y fue en ese preciso momento cuando tu mirada flotó sobre la inmensidad y entendí que tu cuerpo se encontraba en el mismo estado. La espera del correspondiente subidón había terminado. Sonreíste algo tímida, y me mostraste una nueva faceta que me sacó de contexto. ¿Conocías la dulzura, Ruth?

Cerraste los ojos con delicadeza para preservar ese instante en tus adentros, para detallar cada modificación y alteración que trastocaba tu organismo y te acercaba más a tu alma. Llevaste la cabeza hacia atrás y tu nariz apuntó al techo mohoso y amarillento del Jazz. El pelo sintético rozó tus hombros afilados y tu espalda marcada. Los pezones se endurecieron y marcaban la aureola a través de la fina tela negra. La nuca se te arrugó como un acordeón, y así entendí el nexo entre la mujer mortal y la diosa, en el segundo en que te vi morir y renacer con un simple parpadeo.

Entreabriste los labios para poder dar una bocanada de

aire con total comodidad, y te imaginé entre mis brazos mientras entregabas todo lo que quedaba de ti en esa sala hecha de polvo y sueños. Te pude sentir tan cerca, tan mía, tan tuya y tan de todo el mundo... Y yo me ofrecí tan mío, tan tuyo, tan del universo... Deseé fusionarme desde dentro con el tacto de tus huesos, con el recoveco de tu alma, con la mirada ahogada en el limbo; recrearme con la angulosidad de tu mandíbula y los gemidos sordos que me acercarían al abismo, con los poros de tu piel emanando vitalidad.

Recé para poder arrodillarme ante ti y acariciarte las caderas, la cintura y las costillas mientras enterraba mi lengua entre tus piernas. Y componer, de esa forma, la misma cara que rememoraría a qué sabe la vida y cómo se retrata el éxtasis. Quería empujarte contra mi pecho y resbalar con el sudor que desprenderían nuestros cuerpos unidos. Ponerle sonido a esos labios que se ahogaban entre matices, los mismos que hubiese callado a base de besos y guerras.

Volviste a la caótica y extravagante realidad, te diste cuenta de que estabas rodeada por conversaciones absurdas y conectaste con la música que sonaba sin interferencias. Decidiste coger el vodka y plantarte en medio de la pista para saborear lo efímera que es la existencia y cuánto necesitamos sucumbir a ella. Conocía ese erotismo, Ruth; lo habías mostrado en el Comercial. El contoneo de tus caderas, la elevación de la copa al cielo, la sonrisa maliciosa, el vaivén de tus mentiras, la falta de coordinación enmascarada en un nimbo de sensualidad y misterio. Lo que no esperaba era que me buscaras de nuevo para ganar el pulso al deseo, para poner a prueba la resistencia de la piel; la maldita contención de lo inevitable, de lo impasible, de lo inequívoco.

Todo se volvió a cámara lenta y adquirió una dimensión superior donde la vida material quedaba totalmente eclipsada por la ancestralidad de nuestros encuentros. Y justo entonces, cuando disparaste con tu energía arrolladora hasta alcanzar mi corazón, me puse nervioso. Me atraganté con mi propia saliva y carraspeé. Me acomodé en el incómodo asiento, que me estaba destrozando el coxis. Tuve que inspirar y espirar un par de veces para volver a conectar con el control y el orden. Y en ese momento comprendí que eras un ser exótico entre la sociedad. Con el paso del tiempo, me he dado cuenta de que en el mundo hay más personas adictas a ser normales. Pero tú, Ruth, tú eres adicta a no serlo.

Volví el cuerpo y no disimulé mi atracción ni mi adicción ni mi inminente apetito carnal. Me diste la espalda con descaro para que envidiara el abrazo de las tiras negras que te marcaban la dermis y dejaban al aire tu columna vertebral. Alzaste el mentón para mirarme desde arriba, desde las alturas, desde los cielos, desde tu hogar. Y yo sucumbí a tu energía, contenido por la tremenda pasión que se me aferraba a la piel y a las ganas. Sentí, Ruth, sentí cómo me empotrabas contra la pared y me besabas. Cómo me cogías del cuello y apretabas hasta dejarme el hilo que separa el «ahora» del «hasta siempre». Mientras, yo empaquetaba todo lo que soy y lo que quise ser para entregártelo en formato viaje: compacto y compuesto por las piezas esenciales que consolidan mi totalidad.

Percibí la presión de tus manos en mis hombros, que daban paso a lo que más deseaba, a lo que suplicaba. Y me enterré en la distancia, entre tus fluidos, para implorar que nunca me sacaras de ahí, que lo único que le daba sentido a mi existencia era enterrar mi lengua en ella. Pude escuchar los gemidos suaves que se descargaban en tu paladar y saboreaban el éxtasis de tu poder. Observar la niebla que empañaba tu mirada en la mayor disputa que se haya librado jamás, y tocar la suavidad de tu superficie con total respeto hacia lo que envuelve en su interior, lo más puro que existe, lo que me mantiene unido a ti: el alma.

En la distancia, Ruth, rodeado de gente que gritaba, bailaba, charlaba y arreglaba el mundo con tiros y tiritas, te follé como si nos lo debiéramos, como si hubiésemos peregrinado por dimensiones y religiones, ambiciones y defunciones, amores y desamores, vidas y conclusiones..., para acabar encontrándonos en este punto de la inmensidad y enredarnos en lo astral.

Doy gracias a que te cansaras de sostener la tensión, porque sentí que iba a explotar de un momento a otro hasta desintegrarme en la inmensidad de la nada. Dejaste de bailar y ese hombre atractivo te invitó a otra copa. Aliviaste el calor al asomarte a la ventana y brindaste por lo que vale la pena hacerlo. Apoyaste tu vaso en el poyete y me miraste. Así deshiciste cualquier duda sobre tus sentimientos, tu entrega, tu deseo, tu atracción. Sabes lo que significa mirar a alguien tras asentar el culo de la copa en cualquier superficie. Sé lo que conlleva, y me retorció las entrañas por dentro. Ahogué un grito de celebración, una euforia descontrolada, una reacción descomunal ante tal declaración de intenciones. Y simplemente elevé mi whisky y repetí los mismos movimientos en la distancia. Percibí la unión invisible que nos había atado minutos antes y respiré con alivio al ver que era algo mutuo, que también estaba en ti.

Tras charlar un rato anecdótico con aquel hombre que te acompañaba, de repente vi que llamaba a mi tía. Ella se acercó a ti con el desparpajo que la caracteriza. Me encantó veros a las dos con tan buen rollo y cercanía, riendo, bebiendo y brindando. Me moría por hablar con ella sobre ti, sobre lo que habíais compartido. No tardé mucho en descubrirlo y en que me diera una noticia de lo más conmovedora.

El alcohol y las drogas empezaron a manipular el ambiente, que se distendía por la sala sin demasiado control. Pedí otro whisky y, minutos más tarde, Mimi se acercó a mí para susurrarme al oído. «Le he hablado de la Fetish Fantasy y parece que vamos a tener compañía». Se me descarriló el corazón, Ruth. Es una de las fiestas más apoteósicas que existen, y te iba a encontrar allí. ¿Acudirías? Y yo, ¿iría?

Te vi pasear por el local con total familiaridad y comodidad. Mientras, me sumergí entre el personal para estirar las piernas y saludar a unos y a otros. Fue entonces cuando alguien me agarró del brazo. «Vaya, mira a quién tenemos aquí», dijo. Volví la cabeza y ahí estaba ella, tan indivisible e irreverente, tan incombustible e impasible. Joder.

XXII

Gloria

Tenía dieciocho años cuando empecé a trabajar en el Frenesí, el local que regenta mi tía, aparte de su tienda en la calle Valverde. Con una familia tan empresarial y especial como la mía, era lógico que tarde o temprano me uniera a su elenco de empleados a cada cual más variopinto. Antes de trabajar allí, fui en muy pocas ocasiones al Frenesí, y siempre cuando estaba cerrado, ya sabes. Para arreglar una tubería, ayudar a limpiar, desinfectar las salas y el material..., el típico adolescente que se ve obligado a echar una mano de tanto en tanto al negocio familiar. Para mí no era demasiada carga porque tenía poco que hacer más allá de leer libros y estudiar.

Una noche, a las puertas de cumplir dieciocho, mi tía me propuso trabajar como camarero los días más concurridos de la semana para el Frenesí, básicamente los viernes, sábados y domingos tarde. Por supuesto, acepté. Era algo frenético. Ponía copas, revisaba el material, atendía a la gente que se acercaba, guiaba a los nuevos curiosos que se habían adentrado en el lugar... Un sinfín de tareas que, poco a poco, hicieron que mostrara más mi personalidad. Fue el campo de batallas perfecto para salir de mi cueva literaria y sumergirme en la noche algo clandestina de la capital. Y todo esto lo combinaba con mis estudios y con mi inexistente vida social.

Hasta entonces, la única conexión que había tenido con el sexo había sido a través de la novela erótica, de los catálogos que mi tía acumulaba por casa, de las conversaciones que escuchaba de unos y otros y de los locales familiares que eran la cumbre del BDSM en Madrid. Mimi me daba charlas sexuales casi cada semana, «para naturalizar cualquier duda que tengas, mi niño». Y a mí me resultaba casi anecdótico todo lo que ella decía. Cuando todos los chavales de mi edad llevaban años enredándose con otros cuerpos, yo sacudía los hombros con indiferencia y me pajeaba en el baño.

El Frenesí cambió el rumbo de mi sexualidad e incluso, diría, de mi vida entera. Pasé de ser un polluelo bajo el ala de mamá a uno de los muchachos más queridos y solicitados del local. Esta metamorfosis fue progresiva, paso a paso, poco a poco, semana tras semana, hasta que me convertí en el hombre que soy ahora. Todas y cada una de las personas que se acercaban a pasar la noche entre látigos y gemidos me hicieron a su manera.

Aún recuerdo la primera noche en el local, después de una clase magistral de casi tres horas con mis tíos en la que me explicaron cuidadosamente cómo sobrevivir a la noche del Frenesí. Tragaba saliva y asentía, al mismo tiempo que captaba cada pequeño detalle para evitar cagarla sobremanera. En efecto, la cagué muchísimo en demasiadas ocasiones. Me estrené nada más empezar, con las manos temblorosas y el corazón acelerado, cuando me equivoqué entregando una monodosis de relajante anal en vez de un lubricante. Puedes imaginar cómo acabó la jornada.

El local es un lugar familiar e inhóspito a la vez, especialmente si eres nueva por allí. Suele ser rutinario para los amantes del BDSM, los mismos que semana tras semana repiten las mismas copas, las mismas prácticas y casi las mismas conversaciones. Una cotidianidad propia de los mortales, quienes repetimos una y otra vez las dinámicas hasta el fin de nuestra existencia y, cuando algo (o alguien) las trastoca, ardemos de cólera. Poquísimas veces hice *tours* por el local explicando las normas de higiene, seguridad y consenso, lo cual significaba que el público era fiel, leal y siempre repetía.

No fui un camarero normal; obviamente, la gran mayoría de las personas ya me conocían. «Yo te cambiaba los pañales», «yo te enseñé a montar en bici», «yo te recogía del colegio», y un largo etcétera de medallas que ni recordaba ni me interesaba. Asentía con simpatía y falseaba una risa cuando me contaban anécdotas a cada cual más escatológica de mi infancia. Eso me obligó a socializar más que al resto de mis compañeros.

Durante el inicio de la noche, me quedaba en la barra poniendo copas y limpiando las mesas que quedaban libres. No sé si has estado en el Frenesí, Ruth, entiendo que no. Es un sitio grande y amplio, con una sala principal para tomar algo y charlar. Tiene una barra enorme y a simple vista parece un garito como otro cualquiera, con mesas altas, decenas de licores en la pared y luces de neón que te salvan de la oscuridad absoluta. Sin embargo, a medida que vas entrando en pasillos y habitaciones, la cosa se complica. Hay un par de mazmorras que se pueden alquilar a gusto del consumidor, con todo tipo de mobiliario propio del sector; un espacio donde practicar *shibari* o cualquier tipo de suspensiones; un *jacuzzi* para los más liberales y una cama redonda giratoria rodeada de espejos, el colofón de las orgías, encuentros explícitos y desenfreno. Un cuarto semioscuro con un par de jaulas (una está colgada, lo cual es muy impresionante, créeme) y varios futones y sillones a su alrededor. Por supuesto, el material está enganchado en la pared, y en cada sala tenemos condones, lubricantes, relajantes anales y aceites de masajes en formato monodosis que vienen incluidos con la entrada. Las herramientas más delicadas, como agujas, jeringuillas, CBT o las ruedas de Wartenberg, las deben solicitar en la barra, puesto que están esterilizadas y desinfectadas.

Pasaron meses hasta que entendí la dinámica de las prácticas, la jerga, las emergencias, los fetiches, las manías y el estilo personal de cada uno. Me lo pasé realmente bien iniciándome en todo eso, como un simple camarero o auxiliar cuando la jornada avanzaba un poco más. A partir de las dos de la madrugada, me disponía a pasear por las salas con respeto para ver si alguien necesitaba un elemento extra a su diversión, hasta que cerrábamos casi a las seis. Y allí fue cuando conocí a Gloria.

Gloria tenía veintisiete años por aquel entonces, casi diez más que yo. Era una chica joven con una belleza muy característica. Tenía el pelo negro, muy negro, y rizado, con unos ojos azules que resaltaba tras capas y capas de kohl negro y máscara de pestañas. Recogía su melena con un moño bien tenso y engominado, sin dejar ni un solo pelo fuera de control. En realidad, Gloria lo tenía todo bajo su control. Era poderosa, una presencia cargada de energía que arrolla allá por donde pisa. Por eso, no le costaba tener sumisos que quisieran sucumbir a su enorme aura.

No era una habitual del Frenesí, pero se adentró gracias a la amiga de una amiga. El boca a boca, sin duda, ha sido la mejor publicidad para nosotros, e intentamos mantener alejados a los babosos y misóginos que utilizan estas prácticas para descargar su ira y su odio. Por eso el círculo es muy limitado, para ofrecer una sensación de cercanía, intimidad y familiaridad. Y, en ese sentido, cuando vi a Gloria por primera vez, pude identificar inmediatamente que desencajaba nuestra asiduidad y normalidad.

Me presenté con amabilidad y respeto, como siempre hacía con todos los nuevos miembros. Ella me observó de arriba abajo y se recreó con su posición, algo que me hizo sentir extraño más que incómodo. Después de repetir las normas y enseñarle dónde estaba cada cosa, le pregunté si quería tomar algo. Y pidió un mejunje digno de estudio. Fruncí el ceño cuando me lo describió, pero no me atreví ni a preguntar de dónde había sacado semejante infusión de bebidas. Se sentó en la barra conmigo y estuvimos hablando casi toda la noche, interrumpidos por los pedidos de unos y las necesidades de otros. Conecté con Gloria de una forma carnal, física, material. No había ningún tipo de suspiro hacia ella, de romanticismo instaurado en mi cabeza. Todo eran pajas y pajas al pensar en su presencia, su endiosamiento, en el moño tan tirante, en sus ojos azules y sus gestos. Se había despertado, al fin, mi atracción sexual hacia una persona sin saber muy bien por qué. Deseaba que fuese sábado cada semana (bueno, como el resto de la humanidad) para encontrarme con Gloria en el Frenesí y compartir copas, charlas y algo de tonteo.

Ella caminaba por la sala con sus dos sumisos: un hombre de unos cincuenta años y su mujer, Catarina, de la misma edad. Fueron los elegidos para pertenecer a su diminuta y limitada lista de conexiones e intercambios energéticos. Eso la hacía especial, casi una celebridad. La señalaban por ser algo arrogante, intransigente y elitista. Pero Gloria en realidad se estaba labrando su nombre como dominatrix y tenía que hacer lo propio. Su estrategia era sencilla pero magistral: presentarse como inalcanzable para ser deseable. «Lo que se consigue de la noche a la mañana es lo que se olvida con mayor rapidez», repetía. Y a mí me sonaban algo rancias sus palabras, como si esa frase de «hazte valer» y «no te acuestes en la primera cita con cualquiera» pudieran tener cabida en estos mundos.

Sin duda, a Gloria le fue genial. Muchísimas personas preguntaban por ella cuando se paseaba por el local con sus tacones imposibles, unos pantalones de vinilo y un corsé negro bien ajustado. Y entonces se sentaba en la barra y charlaba conmigo de cualquier tontería para añadir más y más gestos y movimientos a mis descargas seminales en su honor.

A mis casi diecinueve años, Ruth, y con varios meses de aprendizaje en el BDSM, seguía siendo virgen. Y fíjate, no me gusta nada esa palabra, la odio horrores. ¿Virgen? Fui perdiendo la inocencia con respecto al sexo desde que nací, cuando mi entorno retozaba en hedonismo y liberación mientras yo veía la televisión o jugaba con cualquier muñeco. Nunca consideré que fuese virgen, pero sí que no había llevado a la práctica todo aquello que ya sabía y que tanto me repetía mi tía. Bueno, me había besado con un par de chicas, pero había sido algo anecdótico y casi inexistente.

En mi retina guardaba las imágenes de personas enredadas en puro descontrol mientras realizaban prácticas a cada cual más sorprendente. No tenía ningún interés anatómico por el cuerpo humano porque lo había visto todo en posturas que no le recomendaría a nadie. Pero las sensaciones, el deseo, la magnitud del placer, la fusión... eran cuestiones que me apetecía vivir, aunque no sabía con quién.

Una noche, mientras acompañaba a Gloria con un whisky, le confesé mi ausencia de sexualidad más allá de la individual. «No te creo, pero ¿tú qué edad tienes?», preguntaba una y otra vez, algo que no me sentó especialmente bien. Lo cierto es que la brutal conexión con Gloria no estaba basada en el intelecto o en lo espiritual, incluso. Era carne, huesos, piel, músculos, poros, agujeros, superficies, fluidos, olores, hormonas. Un fuego incontrolable que se cernía sobre mí y mi inexperiencia. Y fue en ese momento, después de jurar y perjurar que jamás había tenido ningún encuentro más allá de unos besos mal dados, cuando me convertí en el Gloria de Gloria, un ser exótico que quería ser poseído y corrompido hacia el lado oscuro (¿o luminoso?) de la existencia.

Fue a partir de entonces cuando su actitud cambió radicalmente, cuando las conversaciones pasaron de ser mundanas a una infinidad de tiras y aflojas que me acercaban poco a poco a ella. Lo tenía todo bajo su control, Ruth, y yo simplemente era su peón. Ni siquiera un alfil, un caballo o la torre. No, un peón, el primero que sacrificas por tu propia conveniencia. Dentro de su esquema estratégico, una noche como cualquier otra, me pidió que la ayudara en el juego. Estaba con sus dos sumisos en una de las mazmorras donde probaba su destreza con uno de los instrumentos más difíciles: el látigo.

Para mí no era algo novedoso que ayudara en algunas prácticas de los clientes, especialmente en aquellas más delicadas, como la momificación, la hipoxifilia o las que implicaban sangre de por medio. Estaba preparado para actuar y obedecer, al mismo tiempo que guardaba todos los detalles más sádicos y masoquistas sin saber que, años más tarde, colmarían páginas y páginas de mis novelas.

Aquella noche, Gloria no me necesitaba en realidad. En cuanto entré por la puerta, echó a sus dos sumisos a la sala principal y nos quedamos a solas. El corazón me iba a cien, ni siquiera sabía cómo actuar. Tenía frente a mí a una mujer con una energía que jamás hubiese cuestionado, con la total seguridad de que, si lo hiciera, yo saldría perdiendo; y tenía un látigo bien calentito en la mano. Respiré con profundidad y la miré con cierto desafío. Ambos sabíamos lo que sentíamos, la tontería que llevábamos tantas semanas arrastrando con descaro. Gloria se acercó a mí mientras contoneaba sus caderas de un lado a otro de forma algo exagerada. No era una mujer de complexión delgada, al contrario. Tenía carne donde la sociedad castiga y, sin embargo, la mostraba con total seguridad y empoderamiento. A su lado, y con lo que respecta al físico, tenía las de perder. Siempre fui un hombre fibrado, sí, pero en la acera de la delgadez.

Una vez que estuvo frente a mí, me sonrío y yo hice lo mismo. Solo me dijo dos palabras que se convertirían en nuestro asiduo pistoletazo de salida: «¿Quieres jugar?». Tras pensar y meditar durante unos segundos, a la vez que situaba en una balanza los pros y contras de sumergirme en el sexo de la mano de una dominatrix, decidí aventurarme a ello. Asentí con un movimiento suave de cabeza.

—No te he oído —insistió.

—Sí —contesté.

—Si quieres jugar, ya sabes lo que va detrás de ese «sí». —Titubeé durante un instante sobre si eso era una buena idea, al fin y al cabo. Pero me rendí al deseo con los brazos abiertos.

—Sí, mi señora.

Gloria me guiñó el ojo y yo contuve la risa propia del nerviosismo del principiante. La había visto varias veces, Ruth, pero por primera vez la sentía en mí. Y era incontrolable. Gloria me cogió del cuello y me puso contra la pared. Con su mano apoyada en mi garganta, calibramos la sesión con un par de frases y una palabra de seguridad improvisada. Y a partir de ahí supe a qué sabe la entrega, la pérdida de control, la jerarquía, la sumisión. Fue a través de sus ojos azules que me sometí ante el poder de su presencia y me embriagué de endorfinas, las mismas que nacen al borde del masoquismo.

Me bautizó en el noble arte de infligir dolor y que sea placentero y, cuando el deseo ya se pudo palpar, nos adentramos en la habitación de la cama redonda y dimos rienda suelta al placer más explícito. Fue allí cuando me enredé con otro cuerpo por primera vez, como tantas noches en tantas ocasiones había presenciado. Y me adentré en la sexualidad más cuestionada mientras Gloria sostenía mi mano con fuerza.

A partir de esa fusión vinieron muchas muchas más. Gloria protagonizaba mis fantasías sexuales, mis fetiches, mis orgasmos, mis exploraciones corporales, mis aperturas, mis iniciaciones, mi sexualidad. Y cada semana nos encontrábamos en el mismo lugar. La ayudaba como su fiel asistente para, después, darme la propina en el baño, en su casa o en cualquier descampado. Era algo que no podíamos contener, no sé, la atracción de dos polos opuestos.

Mi tía me enseñó muchas, muchísimas de las cosas que sé hoy en día sobre el BDSM, por supuesto, pero Gloria las practicó conmigo. Ella me mostró la lucha energética y cómo rendirse a ella; la importancia del consenso antes, durante y después del juego; el desarrollo del poder y la dominación; lo imprescindibles que son los cuidados posteriores y el vínculo casi inquebrantable que se crea entre una persona sometida y su dominante.

Con Gloria no podía tener otro rol que no fuera el de sumiso, no por una cuestión de ego o etiqueta, no; simplemente no podía imponerme a ella. Lo intenté, en varias ocasiones, pero tarde o temprano acababa arrodillado y suplicando que hiciera de mí lo que quisiera. Fue mi maestra durante años hasta que apareció Julia y me dediqué a las novelas, despidiéndome así del Frenesí y de todo ese universo tan alucinante.

Por supuesto, más allá de Gloria estuve con otras chicas (y chicos) que iba conociendo en los ambientes, las fiestas y los eventos bedesemeros más importantes. Y con el aprendizaje de esa gran mujer, pude librar batallas energéticas y acompañar a otras personas en su propio camino hacia la entrega y la sumisión.

Los recuerdos con ella quedaron enterrados en una pequeña parte de mi memoria, donde guardaba con cariño las fusiones, las risas, los trucos y los consejos. Fue guía, instructora y sobre todo una gran amiga.

Aquella noche, en el Jazz, cuando me cuestionaba qué era todo aquello que había entre tú y yo, Ruth, y cuál era el motor de una atracción que jamás había experimentado, justo en ese instante, alguien me cogió del brazo. Y tras darme la vuelta la vi, a ella. Con su moño apretado, sus ojos azules enmarcados de negro, su cuerpo curvilíneo, su presencia arrolladora. Y el corazón se me paró en seco.

—Gloria.

XXIII

Un revolcón con el pasado

A veces la vida parece un puzle cuyas piezas encuentras por el camino, en un golpe caprichoso del azar. Pensamos que lo tenemos todo bajo control y la existencia da un volantazo para dejar claro quién manda. Si en algún momento pensaste que eras el protagonista de algo, te recuerda que eres simplemente el árbol que aparece en la obra de teatro. Y así funciona todo, ¿no? A base de volantazos para evitar chocar con cualquier árbol.

Llevaba más de diez años sin ver a Gloria. Diez años en los que he pensado en ella en innumerables ocasiones, sobre todo cuando aplicaba sus lecciones de vida. Y de repente ahí estaba, frente a mí. Con algunas arrugas más que ahogaban sus ojos azules llenos de fuerza, pero aparte de eso estaba exactamente igual. Y casi no supe ni qué decir. Encontrarme con la primera persona que me introdujo en la sexualidad y en el BDSM de forma oficial fue un viaje ida y vuelta al pasado, a ese que sentía tan lejano y que se presentaba sin artificios.

Qué curioso, cuando vemos a una persona después de tanto tiempo, es un tortazo con la mano abierta cargado de mortalidad y tictacs. Nos planteamos cómo es posible que ese ser tuviera tanta cercanía y conexión con nuestra vida si ahora solo es un soplo de reminiscencia. Y todo parece un capítulo de un libro antiguo y lleno de polvo que te encuentras de nuevo abierto entre las manos sin saber qué hacer, porque te olvidaste incluso hasta de leer.

—Cuánto tiempo ha pasado, ¿verdad? —dijo Gloria.

Y todavía recuerdo sus manos abrazando mi cuello y empujándome contra el acantilado de la entrega, contra el mayor reto al que un ser humano puede enfrentarse: regalar su dolor. Aún siento el peso de sus ojos azules que te asfixiaban a golpe de parpadeo y un ligero movimiento reticular. Y yo me hallaba nadando a contracorriente en un océano que me absorbía hasta el agujero negro central.

—¿Qué es de tu vida?

A todo esto, no podía ni vocalizar. Me quedé absorto por su presencia e intentaba salvar la situación de la forma más elegante posible. Recorrí con rapidez el espacio y deseé encontrarte, aunque fuera en alguna esquina, en algún pequeño rincón. Fíjate, Ruth, ni siquiera nos conocemos, pero en ese momento fuiste mi salvavidas. Verte en la distancia le dio sentido a mi pasado y, sin tú saberlo, me diste fuerzas para calibrar alguna palabra.

—Han pasado más de diez años, Gloria.

—Y parece que fue ayer cuando te estaba azotando, ¿eh? —Me quedé callado a modo de confirmación. Ella continuó su juego y se regodeó en su victoria, esa a la que estaba acostumbrada—. ¿Qué hay de ti?

—¿Todavía sigues bebiendo esas mierdas? —pregunté.

—¿El qué? Ah, ¿esto? —Gloria me sonrió y volví a sentirme pequeño en ese pasado que se abalanzaba sobre mí como un monstruo dentro del armario—. En efecto, sigo bebiendo la misma mierda. Pensé que me mataría pronto; pero mira, aquí sigo.

—Te veo bien.

—Bueno, lo intento. Han pasado muchas cosas desde la

última vez, Eme. —Eme es el apodo con el que me bautizó Gloria.

—Desapareciste.

—Tú también.

—Me esperaban otras oportunidades.

—A mí también.

Necesitamos unos instantes para cotejar la situación y, por un momento, estábamos en la barra del Frenesí con unas copas de más y un tonteo que nos llevaría a pecar una y otra vez. Pero algo había cambiado, tal vez mi energía, tal vez mis ganas de revancha, tal vez su vulnerabilidad.

—¿Sigues con ella?

—No, ha pedido el divorcio.

—¿Ella?

—Sí, ella.

—Vaya, ¿y cómo estás?

—Al principio fue un impacto, pero sin duda es lo mejor para ambos.

—Es que, Eme, no os entendéis en nada.

—No lo sabes.

—Bueno...

—No estuviste aquí, Gloria. No sabes nada sobre mí desde hace más de diez años. Las personas cambian.

—Ah, ¿sí? Pues yo te veo igual. Con tus gafas redondas, el pelo revoloteándote por la cara, tus camisas y los pantalones de pinzas.

—Tal vez por fuera esté igual, pero por dentro...

—Eme, a quién quieres engañar. Sigues siendo el mismo muchacho, solo que con diez años más.

—¿Qué haces aquí, Gloria?

—Miguelito me ha invitado.

—Miguelito celebra su cumpleaños cada año. Qué haces aquí.

—He vuelto de Alemania, Eme. Una visita exprés a la capital para ver cómo va todo. Lo cierto es que no esperaba encontrarte. Dejaste este mundillo cuando empezaste con... ¿Cómo se llamaba?

—Julia.

—Con Julia.

—Durante los primeros meses.

—¿Después fue diferente?

—En parte sí.

—¿Y cómo se lleva eso de adaptarse a una vida que no es la tuya?

—No sé, dímelo tú.

La relación con Gloria siempre fue violenta de entrada, una pasivo-agresividad digna de manual que nos mantenía en la cercanía y la intimidad. Nos basábamos en las bromas fáciles, las frases hirientes, los dedos en la llaga y el tira y afloja que nos unía en esa inmensidad. No era lo correcto, pero siempre fue así. Esa persona que te mira a los ojos y te dice las verdades sin vaselina, sin lazos ni florituras. Una certeza gris, áspera, maloliente y directa a tu corazón. Pero, por otro lado, la confianza nació de esa sarta de sinceridades que perpetuaban nuestra amistad.

—Vaya, ¿de dónde nace esa energía, Eme?

—De los más de diez años que llevo sin ti, Gloria.

—¿Me has echado de menos?

—No empieces.

—Sí o no.

—Es complejo.

—No, Eme, la pregunta es muy sencilla. Sí o no.

—No todo es blanco y negro. Hay un mundo tecnicolor ahí fuera.

—Yo a ti sí.

Sentí rabia con esa afirmación, un sentimiento me quemaba el interior del pecho y me provocaba ardor en el esófago. No llevo demasiado bien el abandono, Ruth, forma parte de mis traumas como huérfano a una edad temprana. Por eso, en ocasiones, me cuesta dejar ir, el desapego. Con Julia me sucedió. Obviamente veía que la relación no iba a nada, pero me había comprometido con alguien, con algo, y eso era mucho más importante que mi propio bienestar.

Deshacer la relación entre Gloria y yo fue un trabajo de ambas partes. Ella se fue a Alemania a probar suerte como dominatrix. Allí el BDSM está más consolidado e incluso aceptado, y no se carga con tanto estigma como puede suceder en España. Los alemanes son más abiertos para estas cosas y, sobre todo, hay un movimiento amplio y orgulloso de ser quienes son. Pero, al otro lado de la moneda, estaba yo y mi relación con Julia, la cual me llevó a tomar una decisión trascendental, un golpe en el juego que cambiaría mi apuesta. ¿Quería la normalidad que tanto pensé que añoraba o la continuidad de mi rutina que tan feliz me hacía? Opté por lo primero. En ese sentido, no puedo rebatirle absolutamente nada porque fui tan responsable como ella de que lo nuestro, lo que fuera que tuviéramos, se acabara.

—¿Hasta cuándo te quedas?

—Mañana por la noche sale mi vuelo de vuelta.

—¿Volverás?

—Mi vida está en Berlín, Eme. Deberías venir a visitarme, te gustaría. En Madrid no me queda nada, solo recuerdos. —Me miró con esos ojos aguamarina que se abrían ante mí sin piedad y yo me removí ligeramente ante una situación que creía que tenía superada. No sé qué tipo de relación tenía con Gloria, la verdad, pero era única. Una amiga donde poder cobijarme cuando la tormenta golpeaba, donde encontraba aprendizaje, disciplina y crecimiento a partes iguales. Ella me vio en los momentos más vulnerables y frágiles de mi juventud, en las posiciones más delicadas y comprometidas. Colgaba boca abajo de un fino hilo que ella mantenía en sus manos, admirando la adrenalina de una posible caída y aferrándome a la confianza de que nunca sucedería tal golpe—. Es cierto, has cambiado, Eme. Tu energía está más fuerte.

—Será la experiencia.

—Siempre es la experiencia.

—He practicado mucho tus enseñanzas, Gloria, y he acompañado a varias personas en su entrega y viaje.

—Lo cual te ha servido para más cosas aparte del BDSM, ¿no?

—¿A qué te refieres?

—Enhorabuena por tu éxito, escritor. Vi tu libro en un escaparate en Berlín. Tu nombre y apellido son inconfundibles, y, sobre todo, la fotografía de la solapa. Sales especialmente atractivo, aunque no es novedad.

—Pues, fíjate, al final fueron los libros.

—¿A quién le sorprende, Eme? Siempre fueron los libros. Te veía leyendo como un adicto tras la barra del Frenesí. Y ahora eres un escritor de éxito. Te va bien.

—Me va bien, sí. Gran parte de mi aprendizaje se lo debo a...

—A nadie, Eme, solo a ti.

—Bueno, ver de cerca la psicología del ser humano cuando tenía su fragilidad en mis manos ha sentado unas buenas bases para poder desarrollar thrillers. Sin duda, sin el BDSM no sería quien soy.

—Ninguno de nosotros lo sería, Eme, porque esta práctica te abre en canal y saca todo aquello que entierras tras capas y capas de indiferencia. Te enfrentas a los miedos, y eso descompone tu ego por completo. Y es ahí cuando te encuentras con quien realmente eres, y ya no puedes dar marcha atrás.

—Yo también te he echado de menos, Gloria.

Mi respuesta la pilló desprevenida, con la guardia baja. Una vieja fórmula que nace de su propia medicina. Ella me miró algo sorprendida y nos quedamos callados al ver el paso del tiempo entre nosotros. Las cosas no eran iguales, pero la esencia seguía siendo la misma. Esa atracción física que resulta imposible de controlar, que te atraviesa y te secuestra la razón, la coherencia, la sabiduría. Y simplemente te conviertes en víctima de tus impulsos, del latido bajo la piel, del ardor en tu entrepierna. Solo quieres poseer y dejar que los brazos y las piernas formen lazos imposibles de deshacer. Ahí estaba yo, Ruth, con las ganas comprimidas en un puño y la evidencia de que el tiempo modifica el cuerpo, pero el alma…, esta sigue intacta.

—Parece que no hayan pasado los años, Eme.

—Pero lo han hecho.

—Vaya, ya no eres ese muchacho cargado de miedo y timidez. ¿Cuántos años tienes ahora?

—Treinta y cinco, Gloria.

En paralelo, se oyeron muchísimos gritos al fondo del local. Un vocerío de celebración y victoria. Me asomé a través del pasillo y vi a un grupo de chicas que entraban en una de las habitaciones privadas del Jazz, y entre todas ellas estabas tú con una botella de ¿tequila? en la mano. Gloria se dio la vuelta para ver qué era lo que había captado mi total atención en un momento como ese.

—¿Y esa cara? —me dijo.

—¿Qué cara?

—La que tienes ahora mismo.

—Pues, no sé, es mi cara. No puedo hacer nada con ella.

—Venga, Eme, a mí no me engañas. Te he visto todo tipo de expresiones, pero justo esa es nueva. ¿Quién es?

—¿Quién es quién?

—La persona que ha provocado ese chisporroteo en tus ojos.

—No ha sido nadie.

—Eme.

—Gloria.

—Cuéntamelo.

Suspiré de forma exagerada y caí rendido a su complicidad y confianza. Pero, al mismo tiempo, dudaba en compartir ciertas cuestiones tan íntimas porque ni siquiera yo sabía qué me estaba pasando contigo, Ruth.

—Es una chica que conocí en el Comercial. —Por supuesto, me ahorré todo el tema de las pelucas, de nuestro choque fortuito (y, *a priori*, sin importancia en la tienda) y el sinfín de causalidades que nos habían llevado a compartir espacio en el Jazz esa noche.

—¿Cómo se llama?

—Electra. —Opté por tu nombre irreal, por si en algún momento coincidíais.

—Y... ¿qué hay entre vosotros?

—Es extraño.

—Qué novedad, las cosas contigo no son normales, Eme.

—Nunca hemos hablado, solo nos miramos y, no sé... Parece una tontería pero...

—Qué.

—Creo que sucede algo entre nosotros y que la atracción es mutua. Al mismo tiempo, me da muchísimo respeto todo esto, Gloria, porque jamás había sentido tanta intensidad desde tan adentro.

—Eres un intenso, Eme.

—Siempre lo he sido.

—Pero lo que estás diciendo es muy puro.

—Nace de las profundidades, eso seguro.

—Y al menos es una persona que, por lo que parece, entiende este modo de vida.

—Creo que sí. —Respiré algo aliviado porque encontrar algo con tanta atracción y en un contexto tan complejo como este es difícil no, lo siguiente. Prácticamente imposible.

Gloria pidió otro whisky y otro mejunje de los suyos y brindamos por la vida, los encuentros y las atracciones que nacen de las entrañas. La música y el ambiente subieron gradualmente hasta convertirse en algo casi fuera de control. Miguelito nos invitó a unos chupitos y, luego, ella me susurró algo que cambiaría mi noche al completo, aquellas dos palabras que tanto habíamos utilizado y que invocó en la cercanía de mi oído.

—¿Quieres jugar?

Tal vez estaba esperando lo inevitable, Ruth, o quizá no estaba preparado para volver a toparme con esa persona en aquel contexto. Pero, como siempre, medité durante unos segundos lo que mi cuerpo reclamaba, y me dejó sordo de tanto clamar el deseo. Inspiré y sonreí, a lo que ella respondió con la misma táctica. Alargué unos minutos la respuesta, aquella que tantas veces había vocalizado, que tantas noches me había regalado, que tanta adrenalina me había chutado. Y recreé la misma emoción con la que más de diez años atrás me entregaba a la persona que curtió mi ser.

—Sí, mi señora.

Gloria sonrió con cariño y me acarició la cara para, segundos más tarde, cogerme de la mano y atravesar el pasillo. Seguí sus pasos cual perro fiel, esquivando a aquellas personas exhibicionistas que se recreaban en medio de la sala. Pasamos cerca de una puerta cerrada a través de la cual se oían unos gemidos sordos y risas maliciosas. Ella se detuvo y nos miramos. Bastó un simple golpe de cabeza para entender lo que me ordenaba.

Dudé por un momento, pero no quise probar la fuerza y energía de Gloria una vez más. Me acerqué a la puerta e inhalé. Ella me sonreía y asentía con la cabeza. A pesar de que el voyerismo es algo habitual en el Jazz, sentí que invadía una parte muy íntima de ti, lo cual me pareció, como poco, incongruente: había acampado en la cafetería justo frente a tu casa y te había seguido en un par de ocasiones, ¿y me estaba resistiendo a espiarte una vez más?

Las personas que entran en las habitaciones de este lugar saben a lo que se exponen; de algún modo, forma parte del consentimiento no explícito de las fiestas del Jazz. Por lo que respiré profundo y me acerqué al griterío que se colaba a través de la madera. Abrí la rendija y ajusté mis ojos miopes al pequeño hueco.

Es posible que ni siquiera estuvieras en ese grupo, que tal vez te hubieras enredado con otras personas en otras habitaciones o que hubieras decidido ir al baño, qué sé yo. Vi un montón de carne amontonada en una sincronía digna de admiración. Eran todo mujeres, con todo tipo de constituciones, formas y pieles, pero con un vínculo carnal y placentero. Justo entonces levantaste la cabeza de esa entrepierna y admiraste el lugar en el que te encontrabas. Me gustó ver eso de ti: el hecho de querer ser consciente de dónde estás, de lo que estás haciendo, para guardarlo con cariño en las vivencias que te llevarás a la tumba. Sonreí al ver que, en eso, somos muy parecidos, que en las grandes ocasiones guardamos distancia para alucinarnos con la estampa. Y aquel fue uno de esos momentos.

No esperaba que te dieses la vuelta y me apuntaras con tus ojos, que oyeras el reclamo de mi presencia tras la puerta. Si te digo la verdad, me asusté. Aparté con ligereza el cuerpo y cerré la rendija. Gloria me miraba con cierto entusiasmo.

—¿Y bien?

—Se lo están pasando genial.

—¿Está ella? —Asentí con la cabeza—. Bien, vamos a ver si esta habitación está libre.

Gloria se dirigió a la sala contigua a donde tú te encontrabas. Por un momento me planteé dónde se encontraba la fina línea entre el morbo y la toxicidad, en qué momento empieza una y acaba la otra. En qué centímetro nos excita la situación y el contexto, pese a que no sea demasiado moral o incluso ético.

—Entra, Eme.

Las habitaciones en el Jazz no están aisladas y se oye todo con muchísima claridad, e incluso con una mayor amplitud de onda. Gloria cerró la puerta y se quedó mirándome con ternura y deseo. Le ponía la situación, y a mí, en parte, también. Era capaz de llevarte hasta los extremos internos y externos, de plantear una dicotomía tan profunda que difumina el bien del mal. Eso era parte de su poder, de lo que la hacía única en su raza.

De repente, una rutina que había olvidado se apoderó del momento con exactitud. Gloria me cogió del cuello y me estampó contra la pared. Calibramos la sesión con rapidez porque nos conocíamos, porque no era nuevo. Ni siquiera quise discutir la jerarquía, llevaba tiempo sin estar en el rol de sumiso. Me parecía divertido volver a sentirlo. Ella me sonrió, repetimos la palabra de seguridad y acto seguido me pidió que me arrodillara. Me quitó las gafas con delicadeza y las dejó en una esquina para, segundos más tarde, pegarme un tortazo que me obligó a volver la cabeza. Y otro, y otro. Gloria no era una fanática de los instrumentos, le apasionaba usar su propio cuerpo y fuerza para infligir dolor a otra persona. «El vínculo siempre es mejor piel con piel», repetía.

Era una mujer sádica; no lo ocultaba ni lo disimulaba. Le gustaba ver cómo las personas se entregaban al sufrimiento en cuerpo y alma, y estiraba del hilo hasta inducir un trance que borraba de un plumazo cualquier migaja de ego. Notabas el salto al vacío justo en el centro del pecho y no podías pararlo porque querías ver hasta dónde eras capaz de llegar. Y cada vez era un poco más, y un poco más. Cualquier pensamiento o intromisión de la mente quedaba resuelta en el primer golpe, y ahí entraba en el proceso meditativo más profundo que he experimentado.

Gloria se recreó con la violencia porque sabe ver cuándo es el momento de parar. Leyó mi cuerpo, como tantas otras veces lo había hecho, y yo me sentí seguro en sus manos, como tantas otras veces lo había experimentado. Llega un punto en que no sientes el dolor, Ruth, se convierte en una especie de estado constante que te aleja de la realidad, del contexto, del universo. Sientes que estás colocado por la adrenalina, las endorfinas y el conjunto de hormonas que se liberan bajo el sufrimiento. Entreabrí los ojos y noté las pupilas dilatadas, agucé los sentidos y os oí gemir con fuerza.

Acto seguido, Gloria me empujó contra el suelo y me obligó a tumbarme. Se puso a horcajadas y me desabrochó la camisa, el cinturón y el pantalón. Se quitó los tacones y tanteó mi cuerpo mientras buscaba el consenso en mi mirada. Sonreí, algo embriagado por el cosquilleo y el calor que todavía se mantenía en mis mejillas. Su pie cayó sobre mi pecho y contuve la respiración durante unos segundos. En el techo había una especie de barra metálica para este tipo de prácticas. Digamos que te ayuda a mantener el equilibrio y calibrar el peso que cae sobre el cuerpo de la otra persona. Gloria es una experta en *trampling*, sabe cómo moverse, los puntos más delicados y los más resistentes. Pero, sobre todo, sabe la fortaleza y la dominación que significa pisar a otra persona que te ve desde el suelo. Es un paso imprescindible para instaurar los roles, para provocar la sumisión y la rendición.

Tensé los músculos para sostener el peso de Gloria, un pequeño truco que aplico en las sesiones de *trampling*. Cada uno tiene su forma de enfrentarse a la pisada: algunos relajan cualquier parte de sí mismos y otros, como yo, aumentan la dureza para preservar los órganos a salvo. Toqué sus piernas y ella bajó hasta mi pubis y se volvió algo juguetona con sus dedos y sus masajes. Eso me excitó muchísimo y la erección fue evidente. Sonreímos al descubrir que se mantenían los viejos hábitos.

En un acto de rebeldía, aparté el peso de Gloria y me elevé. Ella se quedó sorprendida; era la primera vez en todos nuestros encuentros que me imponía sobre la jerarquía. Fui rápido y aproveché la ligera ventaja que había conseguido con la confusión para empujarla contra la pared.

—Conque quieres ponerme a prueba, ¿eh, Eme?

—Te dije que había cambiado.

Fue el pistoletazo de salida para el sexo más violento que habíamos tenido, y ya es decir. Un seguido de empujones, tortazos, tirones de pelo, azotes, mordiscos y sonidos incongruentes que salían del interior de nuestro pecho y conectaban con la parte animal que habíamos invocado. La fuerza de Gloria y la mía son muy parecidas, lo cual favorecía la eterna batalla que libramos en esa sala. Nos arrancamos la ropa, nos apretamos con fuerza la piel, nos embestimos, nos ahogamos, nos privamos de los sentidos, nos reímos, nos gritamos, nos insultamos y nos revolcamos con el pasado, que en aquel momento estaba tan presente, para volver a retomar el lugar que le pertenece: allí atrás.

Somos dos personas que podemos aguantar el dolor, que tenemos mecanismos para que la humillación psicológica y física no interfiera en nuestra realidad. Sabemos que es un juego, la materialización de una jerarquía energética entre dos personas que quieren imponerse. Conocemos las líneas rojas y prohibidas, los gustos, los traumas, los gemidos que demuestran los límites, los mismos que inician caminos. En todos estos años, hemos conocido tanto nuestras fronteras que podemos pasearnos por la fina línea que las separa. Sin caernos, sin dejarnos caer. Y lo que a simple vista hubiera parecido impactante, para nosotros era lo habitual. Sabíamos qué estábamos haciendo y habíamos venido a jugar.

Entre tanto forcejeo, marcas y pequeñas gotas de sangre que aparecían de los arañazos y los mordiscos, Gloria cogió un preservativo y me lo puso con esa rapidez que la caracterizaba. No te dabas cuenta de en qué momento había dado tantos pasos y ya tenías el condón puesto y casi la polla dentro. Así fue, no tardó en meterme dentro de ella, en absorberme con descaro y fuerza. Y volver a sentirnos desde ese lugar fue el detonante. La empujé con potencia, impliqué toda mi energía en ello. Y ella me miraba con esos ojos azules que me retaban y se burlaban de mi resistencia. «Venga, dame más. ¿Eso es todo lo que sabes hacer?», me transmitían. Y encontraba un nivel más en aquella intensidad que nos acercaba a la muerte.

No hubo besos, ni caricias, ni movimientos lentos y suaves. No hubo palabras bonitas, miradas amables, susurros cálidos, manos apretadas. Ni siquiera un roce de los dedos sobre la frente, la separación del cabello que cae por la cara. No hubo alma, ni sentimientos, ni emociones, ni bendiciones. Fue puramente animal, físico y carnal. Implacable, feroz, agresivo, duro. Unas embestidas que nacían desde las caderas, desde la rabia, la burla, la entrega, la búsqueda de dominación, la competitividad. Eso era lo que nos hacía perderle sentido a la vida y transmutar la energía estancada en nuestro interior.

Gloria ha sido la única persona en toda mi vida con la que he podido tener este tipo de sexo, y no digo que sea bueno. Digo que es real y para nosotros, necesario. Es el que provocamos, el que formamos, el que creamos. Nos acompañamos en ese grito sordo sobre una colina que te alivia el estrés, la ansiedad y los problemas. Somos el pobre cojín o saco de boxeo con el que descargar toda la mierda que se acumula en la mente. Y no hay más; servimos de alivio en un recorrido intenso y sádico, dominante e implacable.

Los gemidos que provenían de la habitación donde te encontrabas en tu propio viaje personal y sexual se hicieron más intensos. Gloria y yo no fuimos capaces de aguantar la risa al ser partícipes de un vocerío agudo y recurrente. Eso nos sacó ligeramente de nuestra pelea carnal, y dejé el peso sobre ella mientras vibramos al son de las carcajadas.

—Menuda fiesta tienen montada —añadió.

En ese instante, un pensamiento intrusivo atravesó mi mente y pensé en si alguno de esos gemidos provenía de tu boca y cómo sería su cadencia. ¿Aguda? ¿Grave? ¿Suave? ¿Decidida? ¿Risueña? ¿Cómo gemirías, Ruth, y cómo sería el sexo contigo? ¿Qué emoción predominaría entre nosotros? ¿Cómo nos compartiríamos?

Una de mis rarezas, una de tantas, es imaginar que el sexo tiene una gama de colores, como si fuesen obras de arte, porque no es para menos. Me he encontrado con todo tipo de cuadros. El primero que pinté fue con Gloria. Nuestro color es el azul eléctrico con unos toques negros que te inducen a la más absoluta oscuridad. Es un oleaje cromático que acaba con salpicaduras rojas, las mismas que también irrigan la piel. No hay matices de luz que puedan enredar sentimientos y romanticismo, más bien al contrario. Nuestros encuentros y amistad se han basado en ser la cara oculta de la luna, y estamos cómodos con eso, alguien tiene que estarlo.

Con Julia las cosas fueron distintas, por supuesto. El cuadro era de color vainilla, muy claro, con algunas pinceladas rosas y blancas. No había contraste, no buscaba la antítesis. Era el reflejo de la calma más absoluta, con unos tonos que no te sorprendían. Los esperabas así, como se presentaban. Con ese equilibrio luminoso que te induce a una paz normativa y rígida, anclada en la estabilidad y la impermeabilidad.

Aquella noche, en aquel instante, pensé en cómo sería nuestro color. Qué tipo de cuadro pintaríamos, qué tinte sería el predominante, de qué modo se fusionaría todo en su conjunto. ¿Tendría salpicones propios de la intensidad? ¿O pinceladas perfectamente trazadas que evidenciarían la constancia del encuentro, su horizontalidad? Quizá habría algún círculo que uniera la energía en el centro, pequeñas repeticiones que te elevan hasta el éxtasis. O puntos esparcidos por el espacio que indican el inicio del camino. Tal vez dibujaríamos ondas que nos mecerían en el profundo mar del éxtasis. O un goteo que anhela la entrega y la liquidez de los cuerpos. Me hubiese encantado tumbarme en el suelo, a tu lado, y preguntarte cómo serían tus encuentros sexuales si pudieras pintarlos. Pero, especialmente, de qué color imaginas el nuestro.

Desconecté del presente para conectar con el onirismo y la fantasía. Gloria se dio cuenta de eso y me preguntó si estaba todo bien. Asentí con firmeza porque, pese a nuestra extraña amistad, habían pasado muchos años sin ese trato tan cercano. No me sentía cómodo hablando sobre ciertos temas, entre ellos mis extrañas emociones hacia ti. Seguí con el encuentro, pero la potencia se vio reducida en un amplio porcentaje.

—Eme, creo que debemos terminar con esto.

Me quité el condón mientras Gloria se vestía y sonreía. Os oía reír al otro lado y caí en la cuenta de que apenas había oído tu risa. Dos de los sonidos más profundos que puede hacer una persona y no tenía el gusto de ponerle ondas o hercios. Al final, no sé nada sobre ti, ¿sabes? Y todo me parece una auténtica locura, un desvarío, un tren descarrilado que ha perdido el contacto con la vía que lo mantiene a salvo en su trayectoria. En mi caso, Ruth, estaba atravesando el bosque sin frenos ni raíles, salvaje, con la inercia de un pequeño empujón que me mantenía en constante flujo. Qué estaba haciendo, ¿eh?, porque ni yo lo entendía.

—Ha sido bonito nuestro reencuentro —me dijo Gloria.

—Sí, bueno...

—Oye, ha sido como debía ser. Son muchos años, Eme, y, como tú dices, hemos cambiado. No somos los de antes, no podemos pretender que la materialización también lo sea. Me ha encantado volver a verte y me he quedado sorprendida con tu energía.

No tardé en levantarme, totalmente desnudo, y apretujar mi cuerpo contra el suyo. Ella dejó de vestirse y me acompañó en ese choque de envoltorios, con sus propios pensamientos y desvaríos, sus propios problemas y soluciones. La comprensión también es uno de los puntos fuertes de Gloria; todo lo entiende, incluso la mayor rareza. Y no juzga ni señala. Jamás la he oído criticar a alguien; no pierde el tiempo con esas cuestiones. Tan solo desecha de su vida a aquellos seres que no le aportan absolutamente nada. Fuera, al contenedor correspondiente.

Sin duda, fue de las mejores enseñanzas y filosofías que me pudo otorgar. Y ahora, en aquel abrazo, quería agradecérselo. Ella también me hizo quien soy.

—Gracias —susurré.

—¿Por qué?

—Por la entrega.

La noté sonreír y volvió a regocijarse en el contacto que, por lo que intuí, tanto anhelaba. Pasaron los segundos, e incluso los minutos, durante los que descansamos nuestro cuerpo en una despedida que tal vez sería la definitiva.

—Eme.

—Dime.

—Habla con ella; no seas tonto.

Me guiñó el ojo y salió por la puerta, sin mirar atrás, sin dolor, ni pena, ni alegría. Bajo la total pasividad que tanto la caracteriza. Me vestí y descansé unos segundos más con la camisa entreabierta y los pantalones mal puestos, descalzo, en contacto con el suelo que, hacía un rato, nos había visto poner a prueba las leyes de la física y la química. Y fue ahí cuando te vi salir de la habitación de al lado, y me miraste. Me coloqué las gafas correctamente y te vislumbré de pie, en medio del pasillo, despidiéndote de todas aquellas compañeras que te habían entregado un recuerdo que nutriría tu memoria hasta el fin de tus días.

No hicimos nada, solo nos miramos durante un buen rato. Me encontraste vulnerable, Ruth, mientras encajaba piezas malditas que no cuadraban en el puzle de la existencia. Llevabas tu vestido un poco ladeado y la peluca pelirroja medio revuelta. Los tacones en la mano, los pies descalzos. El maquillaje algo corrido, el carmín por la cara. En ese instante actuaste, y me sonreíste. Una pequeña mueca que curvaba tus comisuras hacia el lado favorable, hacia la cercanía. Me pillaste desprevenido, con la guardia baja, con las puertas totalmente abiertas. Y no supe reaccionar con prontitud. En cuanto me di cuenta de lo que estaba sucediendo, de que tal vez aquel fuera nuestro encuentro más íntimo hasta la fecha, te devolví la sonrisa con un ligero desvío de la mirada hacia el horizonte, porque a pesar de todos estos años, todavía albergaba en mi interior a un chico introvertido y tímido con las cosas que realmente importan.

Ambos estuvimos a punto de dar ese primer paso, de invitarnos a una copa y charlar con calma. De preguntarnos sobre aquellas cosas que tanto odiamos o sobre esas otras que dejamos atrás. De, tal vez, poder rozarnos con delicadeza la piel, las manos, el vidrio de las copas. De que hubiera una posibilidad tangible en este holograma al que llamamos vida. Sin embargo, tras unos instantes bañados en suspiros y miradas colgadas con las pinzas de los párpados, elevaste el mentón y me bailaste un poco. Fue tan provocador que me robó una sonrisa con dientes, arrugas en los ojos y golpes sonoros que rebotan por el pecho. Y tú me acompañaste en esa fuga de control, en esa efusividad, en ese pulso por el poder y por sacarme del mando más exhaustivo.

Tras tu contoneo y tu malicia, te esfumaste. Sin decir adiós, sin haber dicho en un principio «hola». Seguiste el pasillo recto y, de ese modo, saliste de mi campo visual para volver a dejarme con el misterio, con las incógnitas, con esa curiosidad que tanto me ataba y de la que tan poco me gustaba ser esclavo. Y de nuevo me resigné a la adicción, como un yonqui con la droga en la mano que suspira ante la imposibilidad de detener aquello que lo está matando. O salvando, quién sabe.

XXIV

Cuentos de hadas

Aquella mañana me planteé si seguir con lo que fuera que tuviéramos, si es que había algo entre tú y yo. Abrí los ojos y los clavé en el techo liso y blanco que se cernía sobre mi consciencia. En ese instante me sentí algo solo y no porque echase de menos a Julia, porque no lo hacía. En parte, la nostalgia era predictiva, un adelanto de lo que le pasaría a mi cuerpo si no te veía, si no te buscaba, si no te encontraba de nuevo. Y me hallé siendo esclavo de lo que me había dado tanta libertad y tanta adrenalina. Inhalé profundamente hasta rebosar el margen que pueden soportar mis pulmones. Me dieron unos tirones que avisaban de que no podía entrar más aire, que ya había llenado el vacío. A pesar de eso, seguí y seguí y floté en el exceso, en la presión en el pecho. Me di cuenta de que llenar tanto los pulmones es muy parecido a cuando los dejamos secos por completo. Es la misma sensación. Y de esta forma entendí la alegoría de la existencia. Nos sentimos igual cuando lo tenemos todo que cuando no tenemos nada. Quizá se trate de dar diminutas bocanadas de aire para seguir manteniéndonos con vida, en equilibrio entre el «mucho» y el «poco», alejándonos del «todo» y la «nada».

No era la primera vez que me planteaba continuar con esta curiosa psicopatía que se había instaurado en mi cabeza, ni sería la última. Porque ¿quería seguir viéndote? Bueno, me temo que la respuesta es obvia. Por supuesto que quería seguir viéndote. La pregunta era más hacia el futuro: ¿en qué acabaría todo esto? Y eso me oprimía el pecho más que el exceso de oxígeno que solté con violencia y resignación.

Pasé unos días con esta nueva rutina entre la decisión y las dudas. Abría los ojos, tomaba una gran bocanada de aire y lo dejaba ahí hasta que no podía aguantar más presión, más carga, más oxígeno, más adicción. Me hacía un café y me ponía frente al ordenador, a teclear la futura entrega que ya había dado el pistoletazo de salida y había alegrado tanto a mis editores. Por la tarde caminaba sin rumbo por Madrid, me instalaba en una pequeña cafetería cerca de casa y me tomaba un expreso mientras devoraba un libro de tantos. Cuando caía el sol, volvía a la morada, me ponía un buen vinilo de jazz y cocinaba una ensalada o recalentaba las sobras del mediodía; después me servía un culo de whisky y perdía la mirada entre las luces que iluminan Ópera al anochecer. En cada minuto de esta rutina, Ruth, pensaba en ti. Era imposible que te fueras de mi cabeza, era inevitable tenerte dando vueltas por la redondez de mi cráneo, la amplitud de mi pecho y la infinidad de mi alma. Si cerraba los ojos te mostrabas ahí, tan provocadora con tu sonrisa y tu meneo, tan entregada al placer que dilataba tus pupilas, tan directa con el golpe de tu vaso sobre el poyete y tan curiosa en tu mirada. Cada noche protagonizabas mis últimos pensamientos y los primeros de la mañana, cuando el rayo de luz se colaba entre mis párpados y me hacía volver a apuntar las pupilas hacia el techo y llenar al máximo mis pulmones.

Qué estaba sucediendo en mí, Ruth, por qué me sentía así. Con esa pérdida de control que tan nervioso me pone, con esa entrega visceral, con la sensación constante de que me faltaba algo que ni siquiera llegaba a encajar en mí. Y de repente se había convertido en una pieza fundamental.

Reprimí todo deseo intrínseco por salir a verte de nuevo, por sentarme frente a tu piso y trabajar desde allí. Contuve la posibilidad de saber de ti, de conocer tu situación familiar, de pensar en si habías vuelto a enredarte con la ciudad. Y simplemente me tomaba un expreso con un libro, o un whisky con un jazz, y ahogaba cualquier intento de reanimar la adicción. Qué podía hacer yo por ti, Ruth. Nada, absolutamente nada.

La soledad pesaba en demasía. Había recibido una llamada de mi abogada para preparar todo lo relacionado con el divorcio. Julia se había asegurado de no pisar más esta casa llevándose todo aquello que le correspondía. Y yo encontraba una razón a la existencia lejos de la adrenalina y de la curiosidad, me refugiaba en un mundo paralelo totalmente ficcionado que invocaba a golpe dactilar. Pero tras dejar pasar dos semanas, tras plantearme un millón de veces si era lo correcto, aquella mañana abrí los ojos y los clavé en el techo. Y decidí que en vez de colapsar el tórax iba a hacer todo lo contrario: echar todo el aire que estuviera en mí, hasta dejar mis pulmones como dos pasas. En ese instante, perdí cualquier indicio de razón que hubiera adquirido en los últimos días. Pegué un brinco, me duché con rapidez y cogí el portátil para plantarme en la cafetería justo frente a tu piso. Guillermo, el dueño, me dio la bienvenida como tantas veces lo había hecho. Entendí que, pese a no saber a dónde nos llevaría todo esto, si es que tenía un puerto al que atracar, estaba muy a gusto navegando por este mar.

Volviste sobre el mediodía y me impactó observar tu rostro, Ruth. Temí que no tuvieras grandes noticias y entendí que, tal vez, estas estaban relacionadas con tu madre. Apreté los labios con fuerza y empaticé con tu dolor, ese que *a priori* estaba tan alejado de mí y que, sin embargo, sentía en mi interior. La muerte no es algo agradable para nadie, especialmente para aquellos que nos quedamos aquí, sosteniendo como podemos el peso de la despedida. Abriste la puerta con una actitud casi de resignación, en búsqueda constante de un soplo de aire fresco que pudiera reiniciar el momento presente. Pero agachaste la cabeza al darte cuenta de que nada podría sacarte de tu propia vida.

Fue cuestión de una hora cuando te vi asomada al balcón con una cerveza y la cabeza apoyada en la barandilla de hierro. Estabas en una postura forzada, para nada cómoda, pero te daba igual. Solo querías sentir el peso de tu cráneo contra las falanges de tus manos, que agarraban con fuerza esa cerveza. Tu mirada estaba anclada en el bloque de enfrente, y a veces la desviabas para observar a la gente que seguía con su vida, tan alejada de tu dolor. En ese instante temí que miraras a la cafetería y me vieras a través del enorme cristal. Por suerte, o por desgracia, no sé, no lo hiciste. Te esfumaste en ese entorno que te cobijaba del mundo exterior. Y yo, de nuevo, quise darte un abrazo fuerte y compartir el alcoholismo, el dolor y el silencio contigo. Sin esas mierdas que se dicen en estos instantes. «No te preocupes», «relájate», «ya verás que todo saldrá bien». Simplemente compartiendo la afasia del sufrimiento, tumbados boca arriba en medio del salón mientras dejas que las lágrimas te recorran las mejillas. Un apoyo, un abrazo, una mano que te entrelaza los dedos, un beso que te riega los pensamientos.

De repente, te vi salir con prisas y energía, como si todo estuviera resuelto. Y me sorprendí sobremanera al verte marchar con tanta desesperación hacia el lugar al que te dirigías. Pensé en seguirte, pero contuve el deseo. Hay una fina línea que separa el acoso de la curiosidad y, si te soy sincero, no tenía ni idea de en qué lugar me encontraba. Pero deseaba estar en el segundo, mantenerme ahí.

Pasaron las horas y te vi llegar con un montón de bolsas. Una de Lefties, otra de Primark y otra de... ¿Marjorie? ¿Acaso habías encontrado, de nuevo, otra salida? La adrenalina volvió a mí y con ella las ganas de saber más, de indagar más. Caía el sol y te acercaste al balcón para disfrutar de los últimos rayos antes de embarcarte en la próxima cruzada. Respiraste con calma y tu cara había cambiado por completo. Habías encontrado la bocanada de aire que mantiene la existencia en un punto neutral donde todo tiene sentido. Incluso aquello que se escapa a la razón.

Cené algo en la cafetería y pagué por adelantado porque sabía que, de un momento a otro, cogería mi maleta con el portátil y, esta vez sí, te seguiría, Ruth, o como quiera que te llamaras esa noche. La luz de tu piso se mantuvo encendida un buen rato y solo veía sombras y movimientos inconexos. ¿Cómo es tu rutina de transformación? ¿Tienes algún ritual o improvisas dependiendo de la situación?

Fue cuestión de una hora hasta que te vi salir, y me costó reconocerte. Llevabas una peluca rubia y larga, con un vestido rosa palo con un poco de vuelo y una caída inocente, algo lejos de como eres en realidad. O pensé que eras, claro está. Aguantabas el equilibrio sobre unos tacones del mismo color y, mientras, te colocabas las gafas correctamente. ¿Estarían graduadas o simplemente formaban parte del nuevo personaje? Salí corriendo tras de ti, y esta vez lo hice con una *scooter* alquilada y preparada para cualquier imprevisto. Nos sumergimos en el barrio de Salamanca y ahí comprendí a qué estabas jugando y cuál era el tablero de esa curiosa partida. Pasaste de ser Electra, una dominatrix pelirroja con un acento ruso muy gracioso, a una pija madrileña que se pasea por las discotecas más lujosas y se regodea con ricos y famosos. Me quedé fascinado por tu capacidad para la interpretación de personas tan distintas. Aunque eso debe de resultar más sencillo debido a tu profesión, ¿verdad? Sí, Ruth, adivinar a lo que te dedicas fue pan comido, con tan solo encontrar tu nombre completo en el buzón y una búsqueda rápida en Google, chas, ahí estabas.

Aparqué la moto cerca del primer garito al que entraste y atravesé mi cuerpo con la correa de la maleta donde llevaba el portátil y algunos papeles. Esta me acompañaría toda la noche. El lugar se llamaba el Dorado Club y era digno de estudio. Las luces azuladas, pelos repeinados, camisas de marca y bolsos carísimos. Subiste la escalera y yo decidí esperar en la barra porque no estaba muy concurrido y podía ser demasiado evidente lo que quiera que estuviera haciendo. Las canciones más comerciales sonaban un piso por encima de mi cabeza y te veía bailando sin control, ¿o más bien estarías calmada tomando una copa de vino o champán mientras sonreías con inocencia? ¿Quién eras en realidad?

No tardaste mucho en bajar y despedirte del sitio. Pagué y volví a tus andadas. Caminé una calle más y ahí estaba, otro lugar. ¿Qué había pasado en el anterior? El Silk pareció ser de tu agrado, te sentaste en la barra principal y miraste entusiasmada la pista de baile y el horizonte, donde minutos más tarde me di cuenta de que había una presa de interés. Me acomodé en un pequeño reservado con unas mesas bajas y fuera de tu campo visual para seguir preservando la distancia y ¿la integridad?

Pensé mucho en lo que estaba haciendo; no sé si es una pregunta que también te nace a ti en estas circunstancias.

Reflexionar sobre si esto tiene sentido, si hay algo que nos mantiene cuerdos entre toda esta locura. Me tomé un whisky para calmar los nervios y la ansiedad, el incipiente cacao mental que empezaba a pesar en mi cabeza. El ambiente era un tanto extraño y, a lo lejos, veía tu peluca rubia y tu espalda arqueada, tus piernas cruzadas y tu copa de vino blanco sobre la barra. Percibí que, a pesar de todo, ese no era tu lugar y suspiré con alivio. No entiendo muy bien el motivo. Creo que reafirmó que, en efecto, eso del conformismo y el postureo no era lo tuyo. Pero, aun así, te sacaba de tu vida; era un cambio radical a todo lo que transmitías, a todo lo que eres, a tu realidad.

El interés fue creciendo hacia ese hombre que estaba en el reservado. No paraba de sonreír y mirarte mientras hacía caso omiso a sus compañeros. No tenía ni idea de quién era, pero entendí que se trataba de alguien conocido porque la gente, desde la pista, lo señalaba con descaro y él ni se inmutaba. Estaba acostumbrado a ese foco, no le importaba, más bien al contrario. No tenía problema en sacar a pasear su masculinidad, de ser el ejemplo de todos los hombres del planeta, de esa presión por reproducir una y otra vez lo magnánimo de la casa de Playboy.

En mi hogar, Ruth, la masculinidad no se medía por lo grande que tenías el miembro viril o por cuántas mujeres conseguías en una noche. No se trataba de fardar del dinero que acumulabas en la tarjeta de crédito o de aferrarte a cualquier excusa con tal de enseñar el torso musculado y depilado. Tampoco iba de aparecer encima de un caballo, cual conquistador español, con la mirada perdida y un aura verde que rezumara el renacer del fascismo. Ser hombre era ser humano, y punto. Ni mejor, ni más, ni menos.

La persona que llevaba el negocio y quien tenía una fuerza sobrenatural para ellos era mi tía, la que levantó varios éxitos en Madrid y conquistó un sector tan estigmatizado y desconocido. Supo que el camino no sería fácil, pero desde el primer momento estuvo ahí, dispuesta a darlo todo en la lucha. Y ganó, vaya si lo hizo. Por el camino la acompañó Julio, quien siempre estuvo codo a codo, mano a mano con ella, sin cuestionar ni un instante si su masculinidad sufriría algún cambio por ello. Crecí con la idea de que no hay diferencia entre unos y otros, solo aquellas que señalamos bajo la ropa y que pensamos que nos caracterizan, que nos definen. En efecto, Ruth, supongo que a lo largo de tu vida te lo habrás encontrado. Ese tipo de hombres que solo tienen pene para todo lo que dicen, que aliñan su vida con un poco de esmegma y vellos púbicos. Esos que se abren la camisa cuando van borrachos o pegan golpes fuertes en la mesa cuando están cabreados. Esos que señalan con una superioridad incongruente a otros que definen con orgullo su orientación sexual. Otros que son menos, porque ellos siempre fueron más. Que tú, que yo, que el mundo entero. Hombres educados en el noble arte amatorio reducido a una descarga seminal y poco que rebuscar. Los mismos que cuentan los orgasmos que tuvieron sus amantes sin saber ni siquiera dónde se encuentra el clítoris (¿eso se penetra?).

Me encontré tantos hombres así a lo largo de mi existencia, Ruth, que me hicieron la vida imposible... Al principio fueron los libros. Después fueron mi falta de deseo y de incontinencia sexual. Más tarde fue mi orientación sexual, o la forma en la que vestía, o las declaraciones que aparecían en las entrevistas, o cualquier absurdez que haya manchado de realidad su enorme pozo de excrementos y escrotos. Señalaban, insultaban, humillaban, pegaban, amenazaban..., hacían todo lo posible para que la verdad se mantuviera oculta. Y la verdad es que eran unos inútiles acabados sin talento cuyo único propósito en la vida se basaba en ser hombre. Y nada más. Como si eso fuese de interés, como si el legado del machismo no pudiera caer en el olvido. Subnormales perpetuando la subnormalidad.

Perdona mis palabras, Ruth, pero este tema me enciende desde un lugar muy enterrado, muy olvidado y, por desgracia, muy reanimado. No lo pasé bien siendo un muchacho que no veía las diferencias, que fue educado en el equilibrio y la equidad. Cuando no jugaba al fútbol, ya era maricón, como si eso fuese algo malo, algo de lo que estar totalmente avergonzado, algo que me hacía inferior. Un hombre poco hombre. Cuando no ligaba con las tías, era un «picha corta», como si el tamaño de lo que tengo entre las piernas pudiera condicionar mi valor como ser humano. Y podría revivir y revivir un pasado del cual todavía guardo la llave.

La construcción de nuestra sociedad es totalmente desigual, Ruth; es la base del sistema de poder en el que vivimos. Nos instruyen en roles mucho antes de nacer, los mismos que perpetuamos hasta que besamos la tierra con los huesos. En el caso de los hombres, nos roban cualquier gestión emocional porque ser una persona con sentimientos es algo que no se puede tolerar, en especial si tienes un rabo entre las piernas. Cualquier problema al que te enfrentes debes buscarle una solución de inmediato. Es tu deber como hombre encontrar salvavidas que mantengan tu barca del éxito a flote. Porque otra cosa no, Ruth, pero la meritocracia es algo que nos meten hasta asfixiarnos con ella. Tenemos que ganar más dinero, llegar más lejos, ser más célebres, aumentar la notoriedad, vivir por y para lo material. De ese modo buscamos los mejores puestos, las mejores mujeres de las que presumir con los colegas, la mejor casa, el mejor coche, el mejor sexo, la mejor cuenta bancaria y la mejor deshumanización. Sin darnos cuenta de que cavamos nuestra propia tumba, de que el polvo desintegra nuestras uñas y de que nos sentimos atraídos por la oscuridad y la asfixia. Y así seguimos.

Cuesta darse cuenta de eso porque se vive bien. Y todos queremos vivir bien. Los privilegios ofrecen una cama mullida donde poder descansar el resto de tu existencia mientras ves a otros que duermen de pie, o ni siquiera se permiten tal lujo. Pero, qué más da, tienes los ojos cerrados en tu colchón de viscoelástica. Esa es la masculinidad.

Quizá le debo demasiado a la educación que recibí porque me hizo realmente libre, con plena capacidad para decidir y con la sensibilidad suficiente como para crear, transmitir y, sobre todo, vivir. Porque tal vez no sería el príncipe del cuento de hadas capaz de rescatar a la princesa, débil y frágil, y posicionarse así como el hombre fuerte que todo lo puede y todo lo soluciona. Más bien sería ese personaje secundario que hace gracia y ya está. Fundido a negro y a soñar con el rescate.

El hombre al que quisiste asaltar aquella noche era muy hombre, con todo el manual para poder sobrevivir a la cima piramidal. Una camisa blanca marcaba su fuerte musculatura multifunción, que sirve para rescatar doncellas de la torre como para empotrarte contra la pared en plena efervescencia animal. Estaba rodeado de otras mujeres, las cuales competían para ser las elegidas, las salvadas, las embestidas. Él solo tenía que señalar y disfrutar de su conquista, porque era todo lo que a los hombres les dicen que sean. Y sin embargo, Ruth, fuiste la que apuntó con el gatillo y disparó.

Me gustaba este juego de descubrir un lado nuevo de tu inmensa personalidad. Este fue, como mínimo, sorprendente. Tu elegancia, tu pijerío, tus movimientos, tu forma de sonreír, la capacidad de apartarte el pelo sintético de la cara o de recolocarte las gafas sin llamar la atención. Eras una más siendo una menos. Lo cual fue un golpe maestro.

Te cansaste de tanta tontería y decidiste ir a la pista. Allí te perdí de vista y me obligó a seguir tus pasos. Me adentré entre el montón de gente que bailaba reguetón y cantaba los estribillos. Calculé la distancia prudencial para no levantar sospechas, para que, de repente, no te dieses la vuelta y me vieras allí. «¿Qué cojones haces aquí?», y yo no sabría ni qué contestar. Porque, la verdad, no sabía ni qué hacía allí. Imaginé lo patético que sería ese momento hipotético.

Entre empujones y saltos, entre tus movimientos y mis esquivos, acabé justo detrás de ti. Y tragué saliva para que no quisieras conocer a quien tenías a tu espalda. Sentirte tan cerca fue conmemorar aquella noche en el Comercial, cuando después de bailar decidiste embriagarme con tu presencia desde tan corta distancia. Olías igual, Ruth; eso no lo cambias. Tu olor sigue siendo el mismo, tu aura sigue teniendo el mismo color. La atracción que ejercen nuestros polos mantiene el magnetismo. La mente sigue yendo a mil por hora y archiva todas las posibles formas de amarnos y su representación en la piel. No sé qué sentiste en aquel momento, pero a mí el corazón se me hizo de piedra. No percibí el entorno, ni el contexto, ni la música, ni los empujones. Ni siquiera me encontré en mi cuerpo físico; fue algo extraño.

Tu organismo estaba pegado al mío, tu espalda descansaba en mi pecho y el olor de tu pelo traspasaba cualquier barrera sintética. Inspiré con rapidez y se me aceleró el pulso bajo la dermis; simplemente quería sentir, fusionar, crear, estallar. El deseo es un impacto para el alma, Ruth, de esos que cuesta contener. Una presión sobre nuestro instrumento corpóreo que resulta imposible de sostener, que te dificulta la respiración, que te incapacita cualquier acción. Por más exagerado que esto resulte, aquel instante se expandió a través del tiempo y el espacio, y solo quería desintegrar la vivencia en mil pedazos para acabar creando un mosaico onírico que representara la realidad. Tragué saliva y dudé por un momento si dar media vuelta y salir corriendo. Coger la *scooter* alquilada y volver a casa para enterrar esto en el baúl más profundo de la memoria. Pero, sin embargo, el deseo se aferró a mis pies y generó tal parálisis que obstaculizó cualquier resquicio de sabiduría y coherencia, si es que quedaba algo ya.

Detuviste el movimiento, ese vaivén que nacía desde tus caderas quedó inmóvil al contactar con mi piel. Y presencié la modificación que ejercía mi aliento sobre el pelo rubio que caía por tu espalda. Entendí la entrega, la sentí en mí. No había música, ni local, ni luces, ni personas, ni ropa, ni huesos, ni nada que pudiera entrometerse entre tu alma y la mía. Tan solo había un hilo invisible que, de algún modo, nos unía en una dimensión paralela, en un submundo compuesto por sincronías y colores. Fue en ese momento cuando la respiración se me dilató, Ruth, e inhalé con profundidad para poder contener la sensación, para doblarla y compactarla en un tamaño portátil, y guardarla cerca de dondequiera que nace la felicidad.

Fue el instante justo en el que, bajo esa respiración, comprimiste tu cuerpo contra el mío y la carne adquirió sentido. Entendí para qué servía la materia y cómo podía aumentar la sensorialidad de la existencia. Cuando te entregaste a mí con tanta devoción y facilidad y sentí tus nalgas acariciar mi entrepierna. Lo quise contener, Ruth; te juro que lo intenté. Temblé por no dar rienda suelta al deseo y la excitación, por preservar la calma y no bombear sangre a la zona, pero no pude. Fue realmente imposible, como si el organismo respondiera ante lo tangible y la mente poco tuviera que decir. En efecto, la capacidad motora de este saco de huesos y carne no estaba bajo la dirección de lo sensato o lo coherente, de lo saludable y lo cuerdo. Todo funcionaba bajo el mandato de la piel y mis ganas de fusionar los poros y la angulosidad de tu ser con el mío.

Reflexioné por un segundo sobre si tocarte con las manos o no hacerlo, pero para aquel entonces mi mano ya estaba rozándote el hombro derecho. Si pudiera describir el tacto de tu dermis, Ruth, me iría al verano con un mar tranquilo y un sol que cae ante la oscuridad. Y simplemente disfrutas de un atardecer que jamás olvidarás, con tu piña colada y un extra de risas que aderezan tu bienestar. Tu piel sabe a chocolate caliente cuando ves la tormenta que repiquetea contra el cristal, o a libertad cuando corres campo a través. A nostalgia cuando piensas que los buenos momentos jamás volverán, o a esperanza cuando el futuro se presenta como un motor de nuevas posibilidades. A familiaridad cuando apoyas la cabeza en ese hombro que te acompaña en el camino, o a tristeza cuando sabes que ya no está.

Tu piel es la nave que atraviesa el espacio estelar, la misma que me hace entender qué hacemos en este mundo terrenal y por qué tiene sentido soñar con volar. La misma que rompe con los muros del qué dirán, que te mece ante el olvido de un día sin más. Aquella que reniega de lo mundano y te embriaga de novedad. Tu piel, que se derrite ante la magnitud de la vida en ella, que a veces se ciega por lo que pudo ser y nunca fue, y se olvida de lo que siempre fue y no pudo ver.

Esa capa que envuelve tus músculos y huesos y que decidió embarcarme en el camino de la abnegación y el lamento. Por eso honraba y adoraba cada milímetro tuyo que tocaba con mis huellas dactilares, cada ángulo que peregrinaba con los pies descalzos y la mirada al alza. Y te di las gracias en todos los idiomas por permitirme ser tu compañero en la exposición y la desidia. En este entrenamiento de cómo debe ser la muerte y en la elevación de lo que puede ser la vida.

A medida que mis dedos recorrían las epidermis sentí la destrucción de cualquier óbice, de cualquier freno, de cualquier centímetro que nos alejara de ese momento. Y nos coordinamos con el espacio y el tiempo, con el propósito de la vida y la desintegración de toda resistencia. Por un momento te enredaste en mis manos para ser sostenida y dejar que el mundo exterior se hundiera en el caos. Y fue allí donde entendí que no debía catalogar los sentimientos, ni las emociones, ni lo que quisiera que se estuviera formulando en mi interior. Que simplemente se trataba de desistir, de entregarse, de desnudarse y de fusionarse dondequiera que vayan las almas al morir.

Decidí incrementar la experiencia y dupliqué las caricias. Usé la otra mano para venerarte con total devoción, con el respeto que siento ante tu presencia y tu energía. Descendí con el mismo compás por tus hombros, tus bíceps, tus codos, tus antebrazos, tus muñecas y tus manos para acabar despidiéndome de tus uñas y volver a empezar. En ese minuto empujaste con violencia tu cuerpo contra el mío y yo sostuve como pude el impacto y el ansia por arrancarte la inocencia y conectar con la inmensidad desde tus adentros. Me detuve en tus caderas y aparqué el apetito en ellas. Apreté con fuerza la carne hasta enterrar mis uñas, hasta que aquella radiofrecuencia pudiera traspasar lo tangible y conectar con el más allá. Un movimiento suave y fugaz me sumergió en el meneo, al principio inocente, de tu cintura. Y me coordiné contigo para seguir creando un anclaje que nos impidiera naufragar.

La oscilación se intensificó y te volviste directa, agresiva, violenta, dispuesta. El roce de tus nalgas contra mi pantalón era tan perceptible que no pude contener la incipiente erección y su dureza, algo que pareció no molestarte, al contrario. En cuanto notaste cómo llamaba a la puerta, insististe en dejarla pasar. Hasta el momento, era lo más cerca que había estado de mezclarme contigo, Ruth, de sumar nuevos elementos para iniciar una fórmula mágica que nos repitiese lo sorprendente que puede ser la vida.

Tras ese forcejeo pélvico, tras tu indiscreción, tu rendición, tu dirección, tu total agitación, decidí que no podía soportar ni un fragmento temporal más sin empujarte contra la pared y lamerte entera. Sin besarte, masturbarte, arrancarte las ganas de morir y penetrarte con aquellas que mantengan el corazón a galope entre la razón y la perdición. Tal vez tomase una decisión estúpida, tal vez había alguna posibilidad. Pero lo cierto es que me di la vuelta y me perdí entre la gente que había a nuestro alrededor, ajena a ese colapso espacial y al consiguiente Big Bang. No quise comprobar si seguías allí, si me buscabas entre la inmensidad, si realmente había algo en ti que encontraba en mí. Hui, Ruth, como lo hacen los cobardes, como lo necesité en ese instante. Hui a pesar del griterío que se instalaba en mi mente con la garantía de desviar el sufrimiento al ministerio del dolor. Hui con esas prisas que te obligan a dejar el zapato de cristal atrás junto con la esperanza de volvernos a encontrar.

Salí del local a toda prisa e inspiré el oxígeno de una noche cálida en la capital. Qué había sucedido minutos atrás. ¿Sentiste lo mismo? ¿Veía deseo donde no lo había? Me obsesioné por tus emociones y tus sensaciones, Ruth, por conocer si realmente era algo de dos o solo estaba creando otra ficción en mi cabeza que me cegaba la realidad. Quizá mi profesión y la pasión por los libros me habían negado cualquier indicio de certeza. Tal vez fuese todo un seguido de exageraciones mentales y esquizofrenia no diagnosticada que me mantenía con la esperanza de algo más. Tal vez no había nada.

Caminé calle abajo y me deshice de cualquier pensamiento intrusivo a base de tequila y sal. Entré en varios garitos pijos del barrio de Salamanca para acabar distanciándome de aquella realidad que había nacido horas atrás. Y me embriagué de conversaciones ajenas y de licores rancios que me quemaban la garganta y nublaban cualquier malestar. Me sumergí en la medicina fácil, sencilla, universal. La misma a la que recurrimos cuando tenemos algo que olvidar o algo que rememorar. Me induje en un estado de buenrollismo y me despedí de la magia negra que se cernía sobre mi consciencia.

Dejé que el instante me sorprendiera, y así fue. Aquella noche conocí a una chica, Clara, menuda y divertida. Salía de fiesta con sus amigas, pero ella era más de rock y de beber en la barra hasta colapsar. Mientras, admiraba la capacidad motora de sus compañeras, que tocaban el suelo con las nalgas. Charlamos un buen rato sobre cuestiones poco trascendentales, ya sabes, las conversaciones de dos borrachos que se caen bien. Sabía poco sobre ella, más allá de su nombre, e intuía su edad por la falta de arrugas alrededor de los ojos. Debía de rondar los veintipocos, relajada ante la lejana crisis de los treinta. Era estudiante, no recuerdo de qué, la verdad. Tengo algunas lagunas de aquella noche que me impiden recrear la escena tal y como sucedió. La cuestión es que eran las cuatro y algo cuando Clara me propuso acabar la noche entre sus piernas. No me apetecía demasiado; todavía rondaba en mi cabeza la escena que habías protagonizado horas antes, el peso del deseo sobre mis hombros, el impacto de mi erección contra tu vestido, el terciopelo de tu piel en mis dedos. Pero asentí, movido por la desinhibición alcohólica y la búsqueda de fugas que me hicieran dejar de pensar.

Clara pronunció esas palabras tan peliculeras de «en tu casa o en la mía». Su oferta era bastante menos íntima que la que yo ofrecía. Compartir piso con cinco estudiantes más es sinónimo de empujones silenciosos y gemidos ahogados. Por eso preferí abrir las puertas de mi hogar y ofrecer una experiencia completa. Cogimos un taxi y me sentí algo extraño al entrar en mi casa con una mujer ajena a Julia. Era la primera que se adentraba en estas paredes después de una relación larga y duradera. Por un instante, perdí la capacidad de cuidar a un ser desconocido, aunque recuperé el protocolo con la clásica pregunta de «¿Quieres algo para beber?». Ella asintió y abrí un par de cervezas. Dejé el whisky para otro momento; llevaba varios grados de alcohol acumulados en el hígado. Pusimos vinilos de rock y se descalzó para demostrar sus mejores pasos de motivación musical. A mí me hacía mucha gracia su energía, Ruth; era un torbellino que no paraba quieto y contrastaba con mi pasividad y tranquilidad. Me gustó eso de Clara, su extremo optimismo y diversión. No sé si estaría fingiendo; ya sabes, los encuentros carnales de una noche tienen esas pequeñas exageraciones. A nadie le quieres contar la realidad, sino más bien todo lo contrario; te ayudan a poner la mente en pausa y estar ahí, en ese paralelismo espacial que se ha instaurado.

Se sorprendió al ver tantos libros y vinilos en el salón y me preguntó qué tipo de ser humano era para no tener una televisión. Me reí muchísimo y me sentí en una función donde ella tenía todo el protagonismo. Después de carcajadas, bailes y canciones que nos trasladaban a un pasado que ninguno presenció, Clara decidió que era buen momento para seducirme. Me insinuaba con sus pasos magnéticos, sus golpes de cadera y sus movimientos desmesurados, que acababan en ceños fruncidos y comisuras desencajadas. Su sensualidad residía en su locura, su torbellino, su batería, que siempre estaba cargada y lista para lo que hiciera falta.

Me gustó observarla, Ruth; me encontré cómodo en su mundo, tan juvenil y entusiasta. Hasta que tomé las riendas de la situación. Me levanté del sofá y puse unas canciones más calmadas, tal vez incluso eróticas, para propiciar lo que era evidente. Me acerqué a ella, que se quedó quieta por primera vez en toda la jornada, y me miró con unos ojos redondos e inocentes. Sonreí al ver esa otra cara que guardaba, la más sumisa y entregada. Todo ese huracán que generaba se veía reducido a una simple brisa que le mecía el pelo con suavidad. Ella suspiró con cierta exageración y entendí que era el pistoletazo de salida a la lucha energética, esa que tenía ganada desde que la conocí en el bar con sus amigas.

Separé mi cuerpo del suyo y acaricié su cara para enredarme con su pelo y esperar una pequeña señal de deseo y excitación. Encontré el consenso en sus labios entreabiertos y sus ojos hambrientos, y la besé con calma para aumentar la intensidad a medida que el organismo lo pedía. La misma impaciencia que Clara tenía en la vida se transmitió en el sexo, con una excitación descomunal tras el primer beso. Al inicio marcaba yo el ritmo, intentando que su calentamiento global fuese progresivo, pero no, ella decidió quemarse directamente con el sol. Así que hice lo propio, la cogí del pelo y acentué el contacto de los labios y las lenguas. Le quité la ropa con decisión y descubrí un cuerpo pequeño, compacto y con algunos tatuajes dispersos. Acabé de desabrochar mi camisa y cogí su mano para trasladarnos hasta la habitación.

Se sentó en la cama y la empujé con mi cuerpo para que adquiriera una posición horizontal. Sus ojos estaban envueltos de placer y se dejaba llevar a dondequisiera que fuese todo eso. No me siento incómodo con el control, Ruth, más bien al contrario. Me resulta familiar marcar los ritmos y la cadencia; con Julia hice un máster sobre esto. Y Clara, en parte, me recordaba mucho a ella, solo que con cierta inexperiencia en esto del sexo.

Bajé por todo su cuerpo a base de besos y caricias para ahogar mi lengua entre sus piernas. El ácido de sus fluidos bañaba cualquier rincón de sus labios, y saboreé con entrega la rosez de su entrepierna, que se abría en canal ante mí. Fui lento, pese a que ella buscaba el descontrol propio del deseo, pero soy de los que prefieren dilatar estos momentos. Ya tendríamos tiempo de ir rápido. Las piernas de Clara temblaban y generaban contracciones que la sacaban de su propiocepción, había perdido cualquier indicio del lugar y el momento en el que se encontraba. Tan solo apartaba más las extremidades para incrementar el contacto de mi lengua contra su clítoris. Recorrí todos los ángulos que se presentaban ante mí y el orgasmo no tardó en rebotar contra las paredes. Pensé en los vecinos y en las horas que ordenaban los primeros rayos de luz. Pero me ensimismé escuchando los agudos gemidos de Clara y las contracciones de su cuerpo.

No hubo un período refractario donde poder conectar de nuevo con la energía, ella quería seguir. Me bajó los pantalones con cierta torpeza y la ayudé en la búsqueda de mi erección. Tardó poco en aparecer y lo hizo dentro de su boca. Después de un par de lamidas y jugueteos, me pidió que me introdujera en su interior. Se volvió a tumbar y se abrió de piernas. Removí el cajón y me puse el condón para, segundos más tarde, penetrarla con suavidad. A Clara las cosas pausadas no le gustaban demasiado y me empujó con violencia. Me di cuenta de lo que realmente buscaba. Y la embestí con fuerza, graduando el golpe para generar placer y no lo contrario. Clara gemía de una forma exagerada y dejé caer mi peso sobre ella para seguir empujando con las caderas. Allí, en ese instante, me viniste a la mente, Ruth. Otra vez.

Viajé en el tiempo hasta nuestro primer roce horas antes, cuando presencié tu olor de cerca y me entregué al contacto de tu piel. Cuando tu culo paseaba por mi entrepierna como si fuese un delito y yo solo deseaba cogerte del cuello y hacer de todo eso una guerra carnal. Fueron esas imágenes, el sentirte en este lugar, en un mundo paralelo donde nos fusionamos al fin. Me excitó hasta llevarme frente al precipicio del orgasmo. Y decidí caer, con los brazos abiertos y el corazón por delante, hasta el agujero negro que significa el placer. Apreté con fuerza los párpados para rebobinar la misma escena una y otra vez, y generar encuentros lascivos en diferentes posturas y dimensiones. El pálpito de mi miembro golpeaba el interior de Clara, quien, ajena a todo, también estaba flotando en la inmensidad *climáxtica*.

Caí rendido en la cama y ella se hizo un ovillo a mi lado. Acaricié su pelo castaño y fijé la mirada en el firmamento del techo. Medité sobre el consumo de cuerpos, aquellos que sirven como masturbaciones de nuestras propias fantasías, y dejé fluir mi mente en blanco hasta que se instaló una pregunta que repetía una y otra vez.

Me había corrido pensando en ti, Ruth. ¿Y tú? ¿Te habrías corrido alguna vez pensando en mí?

XXV

Décimo día siendo Ruth

Un escalofrío me recorre la espina dorsal al leer la última frase, esa pregunta inocente. Joder, ¿que si me había corrido pensando en él? Pues sí, justo la misma noche, tal vez incluso a la misma hora. ¿Esto es una broma pesada? ¿De verdad dos personas pueden estar tan conectadas?

Sigo sin saber cómo sentirme con todo esto, sin conocer cómo gestionar las emociones que se agolpan en mi interior. Y sobre todo sigo desconociendo cómo acabará la historia. Vuelvo al balcón, me asomo a la ventana y vislumbro la cafetería. ¿Estará ahí?

Desde la noche en la que me convertí en Laura no he vuelto a saber de él. Tal vez no fuera a la Fetish Fantasy, tal vez desistiera de todo este embrollo de sincronías, no sé. ¿Dónde estará ahora? ¿Charlaremos alguna vez?

A todo esto, poco se habla del consumo de cuerpos y me gustaría abrir el melón. Te jodes. He caído en la búsqueda de la satisfacción y el placer personal a base de enredarme con otros cuerpos, sin importarme demasiado dónde empieza la necesidad y acaba el vicio. Y en estos enredos, en estos empujones y meneos, me he encontrado frente a frente con la masturbación de mis propias ideas a través de otras manos, otras lenguas y otras pollas. Me daba igual quién hubiera detrás.

Para que me entiendas, esto es como ir de rebajas. De repente, ves esos precios tan competitivos y, a pesar de que ibas simplemente a por una camiseta blanca y unos tejanos, acabas comprándote tres vestidos, cuatro pantalones, una chaqueta, cinco camisetas y unas sandalias. Las mismas que acabarán con la etiqueta puesta y que un día descubrirás al fondo de tu armario y dirás: «¿Por qué cojones me compré esta mierda?». Y esto no solo sucede una vez, no, sino dos: a principios de enero y en julio. Las putas rebajas que te empujan al consumismo descontrolado y a pagar por una camiseta con agujeros que nunca arreglas. Pero nos hace sentir tremendamente bien, ¿verdad? Cuando de repente ves todos esos descuentos, te pones cachonda y te vitoreas con tus amistades al fanfarronear de que has adquirido un mono por cinco euros y cincuenta cagadas estéticas más por el precio correspondiente. ¿Merece la pena?

Ahora vamos al sexo, sí, porque sucede lo mismo. Consumimos por el simple hecho de que podemos hacerlo, de que nos alientan a seguir manteniendo relaciones sexuales, a seguir comprando camisetas con agujeros. Son un simple canal para nuestra autosatisfacción personal, pero ¿qué relación tenemos con esa prenda? Poca, algo más allá de disfrutar una noche y dejarla olvidada al fondo del armario. No podemos parar, es algo inevitable que todos, en gran medida, hemos experimentado.

Y, oye, esto no va de culpas, en absoluto. Va de darse cuenta. La noche que me acosté con Marcelo poco me importaba su persona, su profesión o si echa primero la leche o los cereales. Me la sudaba, la verdad; solo quería lo que habitaba en su entrepierna y su capacidad lingual y manual. Lo demás estaba de más. Fue el canal que me conectó con el placer y con la fantasía de estar, bueno..., revolcándome con otra persona que no era esa. Con ese hombre de gafas redondas que, en efecto, horas antes había estado aumentando mi deseo y mi humedad vaginal. ¿Por qué no estuve con él? ¿Por qué me fui con el equivocado?

Al mismo tiempo, sus gafas redondas estaban sobre la mesita de noche —porque espero y deseo que no esté follando con gafas, qué incomodidad— y él estaba penetrando a otra persona imaginando que era yo. La misma escena en distinto contexto. Joder, ¿y por qué no estamos con las personas con las que realmente queremos estar? ¿Por qué usamos a otros a modo de parches solo por nuestra cobardía? Y lo peor: ¿por qué somos incapaces de disfrutar de ese instante y de respetar a quien tengamos delante?

Incluso hay veces que no necesitas imaginar que estás con otra persona; es tan sencillo como sustituir tu mano o el vibrador por una lengua húmeda, ¡y listo! ¿A esto hemos llegado? ¿Este es el sexo del siglo veintiuno? Follar sin mirar a los ojos, imaginar que estamos con nuestro *crush* —¿considero al hombre de gafas redondas un *crush*? Puede—, utilizar las partes que más nos interesan y acabar comprando ropa que no te llena pero que te hace feliz de forma momentánea.

No nos damos cuenta de que el consumismo es el gran problema social. Que lo llena todo, lo manipula todo, lo abarca todo. Estamos en una búsqueda constante de la paz interior a golpe de tarjeta o de revolcón que nos lleva a un estado búdico que dura unos segundos, y vuelta a empezar. Y no digo que no podamos follar o comprar cosas; se trata de que lo hagamos con conciencia. Que a la próxima persona con la que te enredes la mires a los ojos, coño, y le entregues el alma, porque si no de qué sirve. O que la próxima camiseta que cuelgues en tu armario te dé poder y te haga sentir una potra poderosa. Porque si no de qué sirve.

Sé lo que estarás pensando. «Ruth, no eres la más indicada para hablar, hija, que te has gastado una pasta en compritas y peluquitas y has estado follando mientras mirabas de qué color eran los techos de tus amantes». Sí, vaaale, es cierto. No lo oculto, entre tú y yo no hay secretos, pero ¿y tú? ¿Lo has hecho diferente? ¿Cuándo fue la última vez que estuviste con alguien dándole al ñiqui-ñiqui y lo miraste a los ojos? O le sonreíste. O lo amaste, aunque fuera por un momento, aunque fuera ese instante.

Podemos cambiar las cosas, o eso creo. El sistema establecido es más jodido, pero nuestra vida..., esa nos pertenece. Podemos cambiarla, podemos empezar a ser más conscientes de lo que hacemos, de lo que queremos, de lo que entregamos y reclamamos. Y nos equivocaremos, ¡vaya si lo haremos! Soy experta en tropezar cientos de veces con la misma puta piedra, pero aquí estoy, no he muerto —de momento—. Y si yo puedo, tú puedes.

Dejemos de vivir la vida como si nos perteneciera; no es así. Es una estrella fugaz, un grano de arena en esta playa. No significamos nada para el universo: si tú o yo no estuviéramos aquí, la vida seguiría el mismo transcurso. No se modificaría nada, y tú, fíjate, no habrías experimentado todo lo que hasta ahora has vivido. Flipas, ¿eh?

Somos una mota de polvo, pero disfrutemos de ello. Joder, mi madre falleció hace dos putas semanas, y la vida sigue. El mundo gira, el sol se pone, la luna sale y tú estás aquí, aguantando mis pajas mentales. Todo funciona con ella o sin ella, contigo o sin ti. Porque somos prescindibles para el resto, pero imprescindibles para nosotros mismos. Así que, no sé, haz algo con tu existencia y aleja el consumismo de ti. Que cada céntimo que gastes sea por una motivación, que la ropa que compres en rebajas te moje los tobillos o que le entregues a la próxima polla o coño que te lleves a la boca toda la efimeridad de tu presencia. No sé, hagamos por mejorar las relaciones que mantenemos con este universo. Eso es de lo poquísimo que nos llevaremos a la tumba, la verdad.

No caigamos en la trampa del consumismo exacerbado y olvidemos cómo cojones se llamaba aquella persona con la que ayer estuvimos que si toma, que si dale. Aprendamos a vivir de forma intensa, sí, pero en equilibrio, porque este puede ofrecer la mayor de las profundidades.

Lo que planteo es algo difícil, lo sé. No te cagues en mí, por favor. Es reestructurar tu propia existencia y experiencia en este mundo. Pero hagámoslo juntas. Nos podemos acompañar en la distancia temporal y espacial para encontrarnos en el propósito. Coge tu dedo meñique, métalo en la boca. Ew, eso es. Ahora ponlo junto al mío y enlacemos este mejunje de bacterias en un juramento íntimo y nuestro. Leamos en voz alta la siguiente declaración, con nuestros dedos apestando a babas. No imagino mejor escena en este momento, sinceramente.

Me llamo ____ (aquí va tu nombre, ¿vale?), y a partir de ahora no quiero follar si no es amando. Me da igual si hace dos segundos que conozco a esa persona o una vida entera. No quiero follar si no es mirando, descubriendo, entregando. No quiero adentrarme en nadie si no es venerando. No quiero cabalgar si no es sudando, riendo, explotando. No quiero comer si no es succionando, lamiendo, degustando.

Abrazar la posibilidad de que, mientras nos averiguamos, susurre al oído un «te amo». Sin previos, sin adelantos. A la mierda. Y sí, seguramente se quede ahí, ¿asustado? Pero me la suda; no quiero follar si no es navegando entre el grito que bombea las venas y el descontrol que colapsa las arterias.

Por qué tengo que separar el amor del sexo o el sexo del amor. Por qué no puedo simplemente fusionarme con otro(s) ser(es) y crear mil historias sin necesidad de encontrar la verdadera. Por qué me da más vergüenza desnudar el sentimiento antes que el cuerpo. Por qué no puedo besar como si fuera el oxígeno que tanto anhelo. Por qué no puedo saborear la inmortalidad por un puto momento. Por qué nos deleitamos con nuestras cenizas y no nos damos cuenta de que podemos parar el tiempo. Por qué no estamos, por qué no nos vemos. Por qué no follamos si parece que lo estamos haciendo.

Si a partir de ahora alguien se enreda conmigo, aunque sea por un segundo, aunque sea por un fragmento, lo voy a amar, ya lo advierto. Porque cuando roce la tumba con mis huesos, no quedará ningún hueco que no esté completo. Porque cuando se me pare el pulso y me embriague el miedo, no me llevaré los bolsillos llenos de lamento. Porque todo el amor que entregue en esta vida seguirá danzando por el universo.

Porque, aunque no le vuelva a ver o no se repita ni una vez, lo amo desde donde lo siento, aquí, en mis adentros.

Lo prometo.

«Cuidado, que si rompes esta promesa harás llorar al niño Jesús». Esto siempre me lo repetía mi madre, y a mí me daba igual; jamás conocí a ese niño. Que le den por culo. Pero, en nuestro caso, te lo voy a poner difícil. Te doy a escoger entre «hacer llorar a todos los gatitos de internet» o «no volver a degustar la pizza».

Piensa en mí la próxima vez que folles. Yo tendré tu dedo meñique lleno de saliva estrujándose contra el mío en mi mente, lo cual no sé si me gusta o me disgusta. Pero será el empujón definitivo para follar con el alma, porque si no de qué sirve.

(En realidad es porque no puedo soportar que esos gatitos sufran. O quedarme sin ese tanque de carbohidratos
con queso que tanto agradezco cuando tengo la regla o voy
borracha. Dios mío, es la esencia de la vida, joder).

XXVI

La máscara

Hacía frío aquella noche de noviembre en Londres. La lluvia otorgaba ese ligero tono grisáceo tan característico de la ciudad y los autobuses rojos generaban un pequeño toque de color en el monocroma de la oscuridad. Tenía veintidós años y muchas ganas de comerme el mundo, aunque la carrera universitaria me estaba consumiendo toda esperanza de llegar a algún lugar. Era increíble cómo una licenciatura relacionada con la literatura podría incrementar mi odio hacia las letras. En efecto, para esa época estaba replanteándome seriamente si dejarlo todo y buscarme la vida por mi cuenta. Total, trabajo ya tenía. Y por eso estaba esquivando coches que conducían por la izquierda y que tenían el volante en el lado contrario, para descubrir cómo se vive el hogar que me vio crecer desde otra perspectiva.

Mimi y Julio me acompañaron en esta aventura, por supuesto. La familia inseparable cuyas vacaciones y viajes se basan en lo mismo: mejorar el negocio. Salíamos poco de la capital, y allá a donde fuéramos teníamos que conocer cómo estaba el sector. Era un fetiche de mi tía, una adicta al trabajo que no podía dejar de pensar en crecer más y más. «Conocer cómo lo hacen los demás te inspira», añadía. Y yo no sabía hasta qué punto podemos considerar inspiración algo que has calcado a la perfección. Pero no pasaba nada porque nadie se iba a enterar. Al final, eso es algo que han hecho los grandes autores durante toda la existencia, ¿no? Ya lo decía el misógino de Picasso: «Los buenos artistas copian, los genios roban». Y me daba escalofríos cada vez que pensaba en ello, y en tantas cosas deleznables que hizo aquel ser, pero eso da para un libro entero.

La historia que nos importa ahora, Ruth, es la de mi viaje a Londres con la familia. Cada año veraneábamos en distintas capitales clásicas de España, y como buenos madrileños conquistábamos todas las costas en busca de un poco de sal y arena. Lo mejor de tener dos locales es que, al final, conocíamos a muchísima gente y siempre nos invitaban a unos apartamentos, a unos chalets o a una casa rural. A lo largo de esos años, alguna mansión cayó, no nos vamos a engañar. Por lo tanto, mi relación familiar con los viajes se basaba en instalarnos en alguna casa y disfrutar. Poco más, en realidad.

Aparte de las vacaciones, mis tíos organizaban una escapada muy muy importante. Hasta que no tuve edad de conocer de qué se trataba, me quedaba en casa de algunos amigos que me cobijaban con amor. Los mismos que, años más tarde, rememoraban las anécdotas mientras les servía copas en el Frenesí. Esa escapada era un clásico anual y, por primera vez, me pidieron que los acompañara. «Ya tienes edad de entrar en estos lugares, mi niño». Ahí estaba yo, con mis gafas redondas y mi moño, a punto de hablar en inglés y comer *fish and chips*.

Era un viernes cuando aterrizamos, el único fin de semana que el Frenesí se cerraba. Estaba más que justificado: íbamos a una de las grandes fiestas (por no decir la que más) dentro del BDSM. Durante una noche se reunía todo el sector europeo e incluso estadounidense de las prácticas en unas macrodiscotecas dignas de estudio. Y yo no podía ni imaginar lo que me iba a deparar el futuro. Jamás había vivido algo semejante, Ruth, y mira que he vivido todo tipo de cuestiones, créeme.

El plan era sencillo: hacer algo de turismo el viernes, descansar y salir al día siguiente a prepararnos para la gran noche que se presentaba por delante. Claro, conciso, directo. Nos hicimos fotos en todos los monumentos emblemáticos de Londres. El Big Ben, la Tower Bridge, la abadía de Westminster, Piccadilly Circus, el Palacio de Buckingham y poco más. Acabamos la noche cenando unas hamburguesas en un sitio que recomendaban en TripAdvisor y nos alojamos en el hotel.

El sábado no madrugamos demasiado, lo suficiente para disfrutar del desayuno calórico londinense. Nos pusimos ropa cómoda y salimos a visitar Camden. Allí descubrí mi rincón favorito de la capital, el mismo que llevo visitando casi de forma anual. Serpenteé por tiendas de vinilos y libros, me compré ropa de segunda mano y comí en los *food trucks* que encontraba por el barrio. Fue un momento glorioso, la verdad, que recuerdo con mucho cariño. Tras ese capricho, acompañé a mis tíos a los lugares de interés bedesemero que se escondían por las calles. Se probaron modelitos en algunas tiendas para la noche que teníamos por delante y conversaron con unos y otros. Algunos se conocían de foros; otros, de fiestas anteriores. Es curioso lo minúsculo que en realidad es el universo, Ruth, aunque qué te voy a contar que no sepas. Nuestra historia es una prueba de ello.

Mimi me regaló unos pantalones de pinzas negros y una camisa satinada que acompañó con unos tirantes. Siempre he tenido buen gusto para la ropa a pesar de mantenerme al margen de la moda y las tendencias. En realidad me siento más a gusto con el estilo de los años cuarenta o incluso cincuenta, con esos pantalones de tiro alto y las boinas estilo *Peaky Blinders*. Era un intento absurdo de recrear a los escritores de dichas épocas, una idea que lleva instaurada en mi cabeza desde entonces. Y aquí sigo, con mis pantalones de traje y mis camisas, con mis tirantes y mis boinas, con mis guantes y mis cigarrillos mal liados.

Tras nuestra caminata y cargados de bolsas, volvimos al hotel para descansar un poco y salir a cenar. A mí la siesta se me fue de las manos, Ruth, y al final mis tíos me levantaron a golpe de portazos y llamadas perdidas. Después de ingerir algo, llegó el momento de ducharse, asearse y ponerse acorde con la fiesta a la que nos dirigíamos. Me recorté la barba, me hice un moño manteniendo a salvo los pelitos con un toque de gomina y me vestí. Cogí mi chaquetón de lana negro y los guantes de piel sintética, y salimos a conquistar la ciudad. Mis tíos estaban guapísimos, siempre acababan por coordinar algún detalle entre ellos que los distinga y los una en estos ambientes tan dispares. Esa vez mi tía llevaba un vestido estrecho con unas tiras que dejaban al aire varias partes del cuerpo y mi tío la acompañaba con una camiseta que sugería el mismo efecto. Estábamos guapos, una familia peculiar vestida de negro y lista para ver qué le depara la vida.

El BDSM en Europa está algo más aceptado que en España, Ruth, aunque sigue siendo difícil. Poca gente se sorprende si hablamos de sadomasoquismo, de fetichismos y del mundo *kinky*, aunque no lo compartan. Y en Reino Unido, donde albergan el club fetichista más grande del continente, menos. Estamos hablando del Torture Garden, ¿lo conoces?

El Torture Garden se creó en otoño de 1990, por David Wood y Alan Pelling; un año importante para los ingleses, puesto que en noviembre acabó el mandato de Thatcher.

El país estaba en un momento de represión sexual y los periódicos se llenaban de noticias amarillistas donde destapaban los escándalos lascivos de unos y otros. Por lo tanto, señalar la vida íntima de los demás era algo que estaba a la orden del día. Y de repente nace un club dedicado a esas prácticas que tanto condenaban.

Se presentó como un lugar moderno, con música ecléctica y con algunas *performances*. Esto hizo que en su primer evento reuniera a cien personas y, en el siguiente, a quinientas. Y así hasta convertirse en el mayor club de Europa y atraer a miles de personas de forma mensual.

Como es de esperar, no fue un camino de rosas. Durante los tres primeros años, los periódicos se retozaban en noticias y noticias sobre ese nuevo lugar tan extraño y lascivo. Con el paso del tiempo se cansaron, no sin antes provocar la irrupción policial en varias fiestas y su cancelación.

En los noventa, Ruth, era impensable que tu entorno conociera lo que estabas haciendo. Con el acceso a internet y varios documentales que trataron la sexualidad de una forma diversa, la población se fue relajando y abriendo la mente hasta el día de hoy. El Torture Garden se convirtió en un club donde se reunía todo tipo de personas, desde las más conocidas del sector artístico hasta el panadero del barrio. Era un lugar donde liberarse, donde fusionar el sexo con el arte.

Desde hacía algunos años, el mismo local organizaba una fiesta emblemática que se celebraba de forma anual. En un principio, empezó en Londres, pero poco a poco amplió las miras y fue la excusa perfecta para que los amantes fetichistas y bedesemeros hicieran las maletas. Berlín, París, Ámsterdam, Roma y, por supuesto, la última, en Madrid. ¿Te suena? En efecto, se trata de la Fetish Fantasy, Ruth.

Ese sábado era el gran evento del año que todos estábamos esperando; fue mi primera vez en el Torture Garden y, en concreto, en la Fetish Fantasy. Estaba nervioso, no te voy a engañar. Me temblaba el cuerpo entero. Pese a que no era nuevo en este sector y había visto todo tipo de hazañas a golpe de látigo y azotes, me quedaba mucho por conocer. Tomamos algo antes de entrar y, después, nos acercamos al lugar donde tenía cabida dicho evento. Era un local enorme, una especie de nave industrial diseñada específicamente para el ocio nocturno. Teníamos las entradas compradas desde hacía varios meses; este tipo de fiestas tan puntuales suelen estar muy cotizadas.

El sitio ofrecía un espacio para cambiarse de ropa o para deshacerte de ella al completo. De hecho, ya en la entrada había un par de personas totalmente desnudas que guardaban sus pertenencias en las taquillas. Esa es la parte más curiosa: ver el sector a punto de colapsar. Me resulta muy divertido, Ruth, porque esas personas que entran con tejanos y camisetas, incluso con chándal, son las mismas que minutos más tarde te encuentras cabalgando cualquier juguete erótico o exhibiéndose entre el personal. Siempre me he preguntado quiénes eran en realidad, qué había en su mundo interior. ¿Acaso es necesario elegir? Eso es lo mejor, es la verdadera revolución.

En nuestro caso ya íbamos vestidos según el *dress code*. Simplemente dejamos nuestros abrigos en la guardarropía y nos sumergimos en lo que sería una de las grandes noches de mi vida sin saberlo.

El interior era sorprendente, estaba fuera de cualquier imaginario. Todo lo que puedes crear en tu mente, elevado al cuadrado. Dos grandes efes rojas que se reflejaban en las paredes, una oscuridad que te obligaba a calibrar las pupilas. Personas con diferentes estilos, una eclosión artística en la identidad personal. No había normas ni límites, aparte de los obvios: el consenso, el respeto y los cuidados. La música era electrónica y se abusaba del sintetizador sin pedir perdón. Y todo era sexo, Ruth, miraras por donde miraras. Una mujer guapísima que cabalgaba sin control a un tipo musculado mientras un montón de curiosos se acercaban a presenciar el acto. Otros, desnudos, retozaban entre sí para azotarse, morderse y saborearse. Perros, caballos, gatos y unas hadas muy curiosas que aliñaron mi noche a base de polvos del amor. Podía tomarme un whisky en la barra y ver el origen de la humanidad frente a mis narices. Y me pareció bellísimo, Ruth.

Coincidimos con unos amigos que también viajaban desde España y nos hicimos un pequeño hueco, lejos de los encuentros más explícitos. Charlamos un rato hasta que tuve contacto visual con un chico. Llevaba unos pantalones de cuero apretados y un arnés sin nada debajo, unas botas militares y un pectoral digno de estudio. Me educaron en la libertad, y no sabes lo que agradezco eso, puesto que en ese instante no tuve que reflexionar por qué sentía atracción hacia una persona de mi mismo sexo. Simplemente estaba allí, sin interferencias sistemáticas que me hicieran replantear mi orientación sexual. Nunca fui muy dado a las etiquetas.

Lo que más me llamó la atención, Ruth, fue su máscara. Una máscara de látex negra que ocultaba su rostro. Quién había detrás y por qué no paraba de mirarme. Lo desafié con un guiño y una mueca atrevida, y él ni se inmutó. Me estaba esperando en medio de la pista, ambos ajenos al mundo que nos rodeaba. Decidí acabarme el whisky y me puse frente a él. Admiré su cuerpo, su presencia, su grandiosidad, pese a que ambos teníamos el mismo tamaño. Había algo en él que te atrapaba en la inmensidad, y solo podía ver sus ojos y sus labios, nada más. Eso aumentaba la excitación, la curiosidad, la atracción. Y sin mediar palabra nos besamos. Fue algo tan sucio, tan violento que nos despegamos con un círculo a nuestro alrededor que se deleitaba al contemplar el encuentro. Qué había sucedido, es algo que todavía no comprendo. Pero fue puro, tan mágico que repetimos. Y una y otra y otra vez. Unos besos apasionados que nos enzarzaban en movimientos húmedos y miembros erectos bajo el pantalón. Rozamos nuestros cuerpos sudorosos y suplicamos por aliviar lo que quisiera que se estuviera formando.

Llegó un punto, Ruth, que el deseo se hacía doloroso. Y esta es la mayor tortura que un ser humano puede experimentar, incluso más que el *medical*. Después de, no sé, una hora, decidimos adentrarnos en los diferentes espacios que había en el club. Fue en uno de esos divanes donde dimos rienda suelta a la pasión y nos masturbamos, azotamos, empotramos y comimos con un arrebato que nos indujo en el trance absoluto. Ese hombre cuyo físico desconocía, que se enmascaraba tras esas capas, que me había seducido con la mirada, me llevó a uno de los orgasmos más abismales que he experimentado. Era una guerra de dominación y sumisión, en la cual a veces ganaba él y otras, yo.

Y, sin duda, en ese instante agradecí no tener todo ese tipo de opresión en la cabeza que me limitaba la existencia y me robaba la vida en su versión más hedonista. Agradecí hacer con mi cuerpo y mi sexualidad lo que me diera la gana sin darle explicación a nadie. Luego de ese forcejeo lascivo y esos empotramientos agresivos, nos curamos las magulladuras a golpe de caricias y risas. En ese momento, Ruth, cuando ambos nos acurrucamos en el mismo diván que minutos antes había sostenido el peso del sexo, se quitó la máscara. Imagina, su cara estaba llena de sudor. Se levantó y cogió un poco de papel que había en cada sala para aliviar las gotas que caían al suelo a cada rato.

Conversamos un rato sobre el mundillo, sobre nuestra vida y lo divertido que había sido la efusión energética que habíamos experimentado. Tras eso, me vestí y nos abrazamos. Y en ese instante me regaló algo que cambiaría el juego.

Alzó la mano y sostuvo la que había sido su herramienta más poderosa, aquella que me había atrapado en la dicotomía, en la intriga, en la profunda atracción. Me regaló su máscara de látex negra e hice la promesa de que la llevaría en cada Fetish Fantasy a la que acudiera. En Berlín, París, Ámsterdam, Roma y..., por supuesto, en Madrid.

Y con ella, Electra, te volví a conocer. Otra vez.

XXVII

Mario

Cené temprano aquella noche, estaba algo nervioso. Mi tía me había enviado un mensaje el día anterior, de esos adivinatorios que tanto le gustan. «Adivina quién viene a la fiesta de Miguelito». «Adivina a quién le he hablado de la Fetish Fantasy». «Adivina quién estuvo ayer en la tienda comprándose un vestido».

Me enfundé en unos pantalones negros de traje y una camisa blanca entreabierta con un arnés negro por encima. Encendí un pitillo y lo saboreé al mismo tiempo que observaba Madrid desde el balcón. Pensé en ti y en mí, otra vez. Tenía ganas de ver qué habías escogido para esa noche, qué disfraz te pondrías. Qué historia contarías. Qué inventarías. Estaba ansioso por observar mi rol en todo eso, sería la primera vez que estaríamos en el mismo lugar, con la misma gente y sin que pudieras identificarme. Esto cambiaba las leyes del juego, y deseaba lanzar los dados.

Sobre las nueve de la noche salí para el Frenesí, donde mi tía compartía copas y charlas con amigos, los mismos que conociste aquella noche. Me tomé un whisky con ellos y, tras unas risas y unas horas, decidimos poner rumbo a la fiesta. Por el camino, mi tía me cogió de la mano y me aisló del resto.

—Ayer vino a mi tienda.

—Ya me lo has dicho, tía. Tienes unos acertijos muy fáciles de resolver.

—Ay, me reí muchísimo.

—¿Por qué?

—Me explicó cómo decidió ser dominatrix.

—¿Y qué te dijo?

—Que lo había hecho para pagar la carrera universitaria.

—Un clásico.

—Lo que sucede siempre, ¿verdad?

—En efecto.

—En realidad estaba nerviosa porque no tenía mucha idea de por dónde salir. Así que decidí compartir esta teoría y se aferró a ella con los dos brazos. Ay, cariño, me encanta esa chica. Es tan inocente y al mismo tiempo tan salvaje...

—A mí también me encanta, Mimí.

—Esta noche te vas a quedar sin habla, mi niño. Se llevó ayer un vestido de látex..., madre mía. Espectacular.

—¿De látex? —La idea de verte con ese tejido me excitó de inmediato. Uno tiene sus pequeños fetiches, ya sabes.

—Lo sé, cariño. Fue muy divertido cuando estábamos en el probador. Le tuve que ayudar porque, sin duda, era su primer vestido de esas características. La embadurné en polvos de talco y empezamos la locura que significa enfundarte en tal pieza. No sé cómo lo hará hoy para vestirse ella sola.

—Se estará peleando. —Nos reímos.

—Oye, vas guapísimo. ¿Llevas tu máscara?

—Llevo mi máscara, por supuesto.

—Electra tiene madera de dominatrix, esa energía tan fuerte y esa presencia tan apabullante.

—Sin duda.

—¿Crees que alguna vez habrá tenido un sumiso?

—¿En serio, Mimi?

—No sé, pregunto. —¿Has tenido alguna vez un sumiso, Ruth?

—Diría que no.

—Pues hoy voy a poner remedio a eso.

—¿Con quién? —pregunté con cierta curiosidad.

—Con Claude. ¿Qué te parece? Lo hablaré con él.

Cuando mi tía tiene ideas brillantes, se esfuma. Toma el control de inmediato sobre la escena y maneja todos los hilos para que eso suceda. Créeme que ceder su sumiso no es algo que haga con frecuencia, es anecdótico. Claude es un francés majísimo que conoció en un foro. Desde entonces, cada vez que coinciden tienen una sesión juntos. Mi tía lo hace por pura vocación. «Mis negocios son otros», comenta siempre. Pero con Claude tiene un vínculo especial, de esos que nacen cuando dos personas establecen los roles energéticos y las pautas. Entregar el dolor a alguien es muy difícil, Ruth, muy íntimo. Por eso, la conexión se puede mantener durante años y años, siendo inquebrantable en muchas ocasiones. Y eso sucede con Claude y mi tía, cuyo vínculo es exclusivamente bedesemero, sin quitarle la importancia que merece.

Claude es un tipo masoca que aguanta todo y más. Le encanta el *medical*, es decir, fantasías en torno al mundo sanitario. Agujas, bisturíes, batas blancas y demás cachivaches propios del sector. Lo maravilloso de todo esto, Ruth, es que mi tía estudió enfermería, por lo tanto sabe hasta qué punto puede estirar el hilo. Maneja los instrumentos y tiene conocimientos anatómicos para mantener al sumiso siempre seguro y cómodo. Por eso, Claude está encantado con ella. Y ella con él, claro, porque el umbral de dolor del francés es de los más elevados que he conocido.

Sabía que aquella noche te lo pasarías bien con Claude y me intrigaba verte en ese rol, en tu papel de dómina. ¿Sería tu iniciación? Al final, pensé en lo poco que te conocía más allá de lo evidente, de lo intangible, de lo interno. Sentía que podía verte, a ti, a quien albergaba en el interior de ese cuerpo. Pero el contexto me quedaba tan lejos, tan difuminado... ¿Qué estaba haciendo?

—¡Ya estamos aquí! —gritó Luz.

La enorme mansión donde se celebraba la Fetish Fantasy era de esos monumentos madrileños que jamás había visto. Entramos en grupo y nos emocionamos al ver algo tan emblemático en nuestro territorio. Me puse la máscara y la ajusté con delicadeza frente al espejo del baño. Acto seguido, abrí la enorme puerta, bajé la escalera y me introduje en el lugar que me vio crecer.

Me encontré con viejas amistades, saboreé varios whiskies, charlé con personas que hacía mil que no veía. Y justo en ese instante, cuando la fiesta empezaba a emerger y la música se volvió más electrónica, apareciste.

—Ahí está —dijo mi tía.

Te apoyaste en la barra para disfrutar del horizonte que se presentaba ante tus pupilas, y yo dejé la bebida sobre la barra para evitar que se me cayera de la mano. Estaba impactado, Ruth, totalmente fascinado por tu presencia. Llevabas un vestido de látex negro que te quedaba espectacular, y un collar del mismo tejido que rodeaba tu cuello. La peluca pelirroja caía por tus mejillas, y me hubiese arrodillado a tus pies hasta besarte el alma en ese instante. Qué atracción, qué poder tan sobrenatural el que me arrastra a ti, Ruth.

No podías moverte, y entendí la sensación interna que significa acceder a ese lugar por primera vez. El arte, la moda, el hedonismo, la música, las dos grandes efes rojas reflejadas en la pared, la carne, el sexo, el olor, el calor, la condensación, la magia, la vida. Sonreí para mis adentros al ver que tu cara cada vez se desfiguraba más, hasta que mi tía fue a tu rescate.

Te volviste sorprendida debido a la presencia de Mimi y ella te abrazó con ese amor y cariño que inunda todo su ser. Tras una charla rápida, bajaste la escalera y te vi con ciertos problemas. Sí, tal vez fuese la gran cagada del local. ¿A quién se le ocurre? Durante toda la noche había observado a todo el personal aferrado al pasamanos para no experimentar el dolor sin consentimiento. Hiciste lo mismo, pero con ese toque elegante que tanto te caracteriza. Sonreíste al notar el suelo firme con tus pies y te acercaste a nosotros. Entonces me puse nervioso. Qué tontería, ¿verdad? Ni siquiera sabías quién era; no era fácil reconocerme. Me gustaba verte desde ese reinicio que nos situaba en otro lugar, en otra energía. ¿Te fijarías en mí igualmente?

Cuando te tuve cerca, me acomodé más a la barra y ladeé el cuerpo. No sé ni por qué lo hice, la verdad, salió a pasear esa timidez que alberga en mi interior. Mimi se dio cuenta y te presentó a todo el grupo, excepto a mí. Julián, Cheché, Luz, Dómina Neural, Dómina Karla y sus respectivos sumisos. Tras eso, pediste tu clásico vodka con hielo —¿de verdad te gusta esa bebida o es solo por el tópico de «ser» rusa?— y te acomodaste en uno de los sofás con los demás. Te integraste de forma rápida, sonreías muchísimo y me encantó verte tan inmersa. De repente, parte de mis amistades estaban a tu alrededor, y fantaseé con estar algún día a tu lado sin máscaras ni incógnitas. Reduje mi intensidad y me coloqué nuevamente en mi centro.

Después de un rato, propusiste un brindis improvisado. Se unieron todos y, en ese momento, alcé la copa al aire y te acompañé en tu celebración. Me miraste, Ruth, y colisionaron nuestras pupilas, otra vez. Un golpe en el pecho, un corazón acelerado, una sonrisa imposible de domar, una respiración entrecortada. Sonreíste y te bebiste el vodka mientras interactuabas con tu alrededor, pero algo había cambiado en ti... y en mí.

Le susurraste a mi tía, quien se volvió hacia mí y me sonrío con efusividad como la buena celestina que es. No sabía qué sucedía, pero actuó con rapidez. Enseguida, observé que te obligaba a avanzar por el espacio hasta llegar a mí. Sé lo fuerte que puede ser Mimi, lo he comprobado desde que tengo uso de razón. En unos pocos segundos estabas frente a mí. Tragué saliva. Entendí que tú sentías el mismo descontrol porque se te escaparon un par de parpadeos que delataban tus emociones. ¿Sería esa nuestra presentación oficial?

—Mario, ella es Dómina Electra. Dómina Electra, Mario.

Te deleitaste al escuchar cómo sonaba tu nombre falso con ese adjetivo. «Dómina Electra». Te sumergió en poder, en grandiosidad, en expansión. Sin embargo, yo me quedé algo sorprendido al escuchar que Mimi había usado mi nombre real. Y que era la primera vez que lo escuchabas. ¿Qué pretendía, Ruth? ¿Quería esconderme bajo el anonimato y las gafas redondas? Pronunciaste las palabras que inaugurarían esta conversación, las únicas que habías dirigido a mí desde que nos chocamos en la tienda de pelucas. «Un placer», y sonreíste. «Un placer». Joder, sin duda lo era.

Asentí con la cabeza y mi tía, ahora sí, soltó el bulo de que era «un viejo amigo muy querido en la comunidad». Entendí que no buscaba implicación, que quería preservar nuestra intimidad. Y que tal vez, si te hubiese dicho que era su sobrino/hijo, habrían cambiado tus planes hacia mí. Tras esa manifestación, Mimi se fue y nos quedamos solos. Nos miramos un buen rato, fue algo mágico, Ruth. No conocía al detalle el color de tus ojos, no desde tan corta distancia y con tanto protagonismo. Tienes una mirada que cuesta mantener, que te atraviesa el cráneo y te vuela los sesos por la sala con cierta exageración y extra de sangre, a lo Tarantino. Unos ojos que te silencian la boca con violencia y te apuntan a la cabeza. Y tú, bajo esa amenaza, solo puedes obedecer. Pero encierran la súplica, Ruth, la calidez, el aliento, la cura, la salida. Son el origen del universo, la primera dimensión que encierra la unidad, el Todo, la creación. Y desde ahí, se fragmentan en la polaridad, en el bien y el mal, en la luz y la oscuridad. Tus ojos guardan el secreto de las leyes cósmicas, y en unos pocos segundos había encontrado el motivo y la motivación para esta existencia.

—¿Quieres algo? —me preguntaste.

—Otro, por favor. Él ya sabe qué ponerme —contesté. Me las quise dar de interesante para ocultar el estallido que estabas provocando en mi interior.

Pediste un vodka con hielo y Pedro, el camarero, me sirvió otro whisky solo. En ese momento me escaneaste con total descaro. Sin disimulo, sin reojos de por medio. Con la mirada fija y recorriendo desde mis zapatos hasta el final de mi máscara de látex. Me gustó esa libertad, algo que cualquier otra persona hubiese tapado con capas de ojeadas furtivas y excusas baratas. A ti no te hacían falta, porque si tú querías algo, ibas con todo a por ello.

Cuando Pedro nos entregó los tragos, cogí el mío y alcé el brazo. No te diste cuenta de lo que pretendía, por un momento dejaste fuera de tu control la situación y eso me gustó y me incomodó a partes iguales. Dudé por un instante en hacerme el loco, como cuando intentas chocar los cinco con alguien y esa persona ni te ve, pero los demás sí. En el instante en que te percataste de mis intenciones, cogiste a toda prisa tu vodka y lo empujaste con violencia contra el cristal de mi vaso, lo que creó un tintineo algo estruendoso. Mientras saboreábamos el amargor y la fuerza de unos licores sin añadidos, seguimos empujándonos al vacío con nuestra mirada y nuestro choque visual.

—¿Tu primera fiesta? —te pregunté, sin darme cuenta de que se trataba, al mismo tiempo, de la primera vez que escuchabas mi voz.

—Mi primera Fetish Fantasy. He ido a varias fiestas BDSM. —Supe que me estabas mintiendo, Ruth, y por eso decidí tomar el control de la partida, sacarte de tu confort ficcionado, entender cómo se desarrolla tu personaje y hasta qué punto puedes sostener una mentira.

—Entonces ya conoces cómo funcionan los protocolos, ¿no?

—Por supuesto. —Asentiste con firmeza, sin dubitación. Moví ficha.

—¿En qué rol te defines? —pregunté. Te hiciste la sorprendida de una forma exagerada. Reuniste las piezas de tu poder y me vacilaste.

—Soy dómina, creo que María nos ha presentado ya, ¿no?

Me sentí en medio de una jugada de ajedrez donde cada movimiento nos situaba en un lugar distinto. Inspiré y medité ligeramente la pregunta para, esa vez, hacerla más personal.

—¿En qué rol te defines conmigo?

—¿Perdona? —Te acercaste a mí unos milímetros. En realidad era una modificación nimia de la distancia, pero la suficiente como para poder embriagarme de tu perfume, el mismo que llevabas aquella noche en el Comercial, en el Jazz y en el Silk.

—¿Qué rol tendrías conmigo? —volví a formular la misma pregunta, y te quedaste callada intentando buscar una respuesta rápida, exprimiendo tu cerebro al máximo para que no fuera demasiado tarde. Sentí compasión, Ruth, y te ayudé—. ¿Podrías dominarme?

¿Podrías?

—Sí, ¿acaso no lo estoy haciendo ya? —soltaste.

Me sacaste de la autoridad con una simple respuesta, un golpe maestro que me pilló con la guardia baja. Te acercaste más a mí, y te juro que no podía ni respirar. Cada poro de mi piel reclamaba la tuya, cada ángulo de mi cuerpo clamaba encajar con el tuyo. Con tu mano derecha recorriste mi cabeza enfundada en esa máscara de látex que separaba la identidad de la verdad. Me retuve en tus ojos sin buscar la salida del infierno, acomodándome en tus párpados hasta encontrar un refugio entre tanto fuego y caos. Ninguno de los dos pestañeó, luchamos como dos gigantes en medio de la ciudad.

El deseo tenía un sabor metálico y me estrujaba las entrañas hasta hacerlas papilla, hasta desintegrarme con un solo giro de muñeca. En mi interior temblaba cada partícula que componía la materia, vibraba con tanta fuerza que me generaba un ligero escalofrío hasta la médula. Y quise amarte, Ruth, y te amé con toda mi resiliencia.

Por eso fue relativamente sencillo cambiar el resultado, imponer el control, acogerme a la energía que descansaba en mi interior. Aireé los restos que quedaban despiertos y que deseaban salir a pasear y los dejé libres para que se encontraran con los tuyos en un pulso inevitable.

—El BDSM es una lucha de energías, Electra. —Cogí tu muñeca derecha y detuve el recorrido por mi cabeza—.

No se trata de definirse en un rol o en otro, eso es para cobardes que no quieren darse cuenta de su propia vulnerabilidad. —Moví tu brazo hasta tener las manos a la altura de mi boca, que sobresalía por el agujero de la máscara—. La esencia del BDSM consiste en... —Acerqué tu dedo índice a mis labios, y tuve que contener las ganas de tapar tantas cavidades como nos fuera posible— leer la carga energética de la persona que tienes delante y sucumbir a ella.

Fue ahí cuando te dejé entrar en mí, Ruth, cuando me entregué en cuerpo y alma a tu esencia. Apreté ligeramente tu dedo con mis dientes, lo suficiente como para marcar el territorio sin aniquilarlo con un solo movimiento. Dejé que floreciese la tierra en tus ojos, que me suplicaban encontrar un camino llano y seguro. Y yo te ofrecía ese camino, la ruta que se iniciaba en la cueva húmeda, la misma que te conduciría directamente a la toma de poder de ese reino que te pertenecía, a nadie más que a ti.

Con mi lengua toqué la punta de tu índice y quise recrearme como si de otro lugar se tratara, como si pudiera enterrar mi cara entre tus piernas. Lo deseaba, Ruth, lo deseaba tanto que quemaba. De algún modo, de nuevo, habíamos creado un espacio donde renacer, resurgir, reclamar, recrear. Donde las leyes físicas no tenían sentido, donde se establecían otro tipo de pautas, de limitaciones, de gravedades, de ilusiones, de verdades. Estábamos frente a frente, construyendo un cubo intangible que insonorizaba azotes, gemidos, música y conversaciones. Que maximizaba el estruendo de nuestros agujeros negros, que acariciaba la galaxia corneal hasta someterla a la entrega, a la sumisión, al «ya está, te lo doy». Y sentí tu entrega, Ruth, y tú sentiste lo mismo. Hicimos de todo lo que somos y lo que seremos un paquete cuadrado con un lazo para dejarlo descansar sobre las manos del otro, algo sorprendidos al entender que toda nuestra vida y nuestro ser cabían en cuatro paredes de cartón y una cinta colorada.

Me arrodillé ante tus ojos y te pedí clemencia, un levantamiento de esa batalla que solo podíamos librar a golpe de besos y sábanas. Me di cuenta de la nimiedad que significaba la vida antes de chocarme contigo en aquel lugar, antes de encontrarme a mí tan perdido, tan nostálgico, tan obsesionado.

Respirabas con dificultad, Ruth; entendí que era por la presión del vestido que envolvía tus costillas y por la carga que sosteníamos en el mundo material. Pero, de nuevo, estaba equivocado. No era un peso, más bien estabas desprendiéndote de aquello que se aferraba a tu poder, a tu control, a tu presencia, y no te dejaba inhalar con tranquilidad. Buscaste generar el desorden, sembrar el caos cuando cogiste mi mandíbula con firmeza. Todo lo que quise hacerte en ese instante, no cabe en palabras. Pero allá donde estuviéramos, en un espacio tal vez invisible y energético, allí, en esa dimensión, estábamos follando con Dios.

Tuve que detener lo que quisiera que estuviéramos creando, lo que quisiera que estuviéramos salvando o ahogando, lo que quisiera que formáramos cuando nos encontrábamos en la vida. Tuve que parar porque pensé que iba a estallar, que tanta locura no cabía en tan poca piel. Solté tu dedo con cierto vacile y tú seguiste apretándome la mandíbula con ese poder que irriga cada célula de tu ser, con la corona que preside tu cabeza, con el trono que acomoda tus nalgas. Te deleitaste en la victoria y me quedé con sed de revancha. De poner el contador a cero y aprender a sumar.

Intenté suplicarte por todos mis medios que paráramos

con eso, que mi vida física estaba en riesgo. Y ambos empezamos a jadear con una cadencia similar, con esa que nace del fuego y se apaga con los cuerpos. Sentí que penetraba en ti desde otro lugar, desde aquel que escondes, desde uno que no logro adivinar. Pero me encontraba en un rincón oscuro venerando cual peregrino la luz que emanaba de tus ojos. Y comprendí por qué había gente creyente, Ruth, cómo de inmenso puede ser el cielo o el nirvana. Entendí al dalái lama cuando decía que esta era la única forma de alcanzar la salvación. Benditas todas las religiones que albergan tu nombre. Bendita la existencia si es en este lugar, donde «amen» no tiene tildes que institucionalizan la fe, donde la Trinidad es el nexo entre los ojos, los almos y las memorias. Donde tu razón de ser era la misma que me desintegraba. Y te recé con todos mis sentidos hasta perder la sonoridad.

Fue en ese instante, cuando me encontraba absorto ante tal iluminación, ante semejante revelación, cuando decidiste probar a qué sabía el cielo y cuánta distancia lo separaba del infierno. Sonreíste con una mueca que me resultaba familiar, ese regalo envenenado que tantas veces había aceptado, y sacaste la lengua para marcar un trazo desde mi barbilla hasta la punta de mi nariz, escondida tras la máscara de látex. Olía tu aliento desde la imprudencia del pecado y me contuve de llenar tu garganta de gemidos y orgasmos hasta que perdieras la percepción terrenal, hasta que me suplicaras que parara. Tenía la energía y las ganas suficientes de pasar el resto de mis días entre tus piernas, porque era la única forma de vida posible.

Soltaste mi mandíbula con algo de violencia y seguiste elevando con ligereza tu comisura para, segundos más tarde, u horas, no sé (¿acaso había tiempo en ese lugar?), acabar ordenándome que me terminara el whisky.

Como si nada hubiera pasado, te largaste con dignidad. Me quedé pensando en lo que había sucedido, en si la descarga eléctrica sería habitual. Y fue en ese instante cuando me percaté de que eso tenía que acabar.

XXVIII

Derrota de titanes

Tal vez fuese el momento de tirar la espada y guardar toda esperanza. Tal vez esto no nos llevaría a ningún lugar y, simplemente, se tratase de dar vueltas y vueltas sobre la misma obviedad. Tal vez moriría sin conocer a qué sabe el deseo cuando lo pruebas desde la necesidad, o si es posible anhelar algo que jamás experimentaste. ¿Te hubieras fijado en mí sin la máscara, al conocer mi verdadera identidad? ¿De qué nos escondemos?

El miedo apretó mi garganta hasta dificultar la respiración y te observé pedir una copa más. Quise celebrar contigo en la distancia, mostrarte parte de la cultura del Fetish Fantasy, aliñar la victoria con las pupilas dilatadas y un incremento de la sensorialidad. Llamé al hada del amor y le indiqué que fuese a por ti para obtener tu merecido premio, tu brindis químico. Al mismo tiempo, pedí otro whisky para tragar cualquier idea o absurda posibilidad. Mi interior se resquebrajaba en dos, Ruth, entre continuar o parar. ¿Había llegado el momento? ¿Tal vez fuese una señal?

Me miraste con cierto cariño y me agradeciste el gesto con un ligero movimiento de cabeza y una sonrisa, te imité. De nuevo, se te escaparon un par de parpadeos que decidiste disimular con un giro corporal y un baile improvisado.

—¿Estás bien? —oí. Era Mimi; me conoce demasiado.

—Creo que esto ha llegado a su final.

—¿Qué ha pasado?

—Qué no ha pasado, Mimi. Ni siquiera hemos conversado, no sé. Qué está sucediendo, no lo entiendo.

—Pues conversa, mi niño.

—¿Qué pasará si sabe que soy «el de siempre»? Ese tipo loco que la persigue allá por donde vaya.

—Pero qué dices, cariño. No estás loco.

—Ah, ¿no? Estoy imaginando cosas donde no las hay.

—¿Que no las hay? Os he visto, eso no se encuentra todos los días, ¿eh?

Dejé que mis pensamientos me arrollaran la cabeza, la cual ni entendía. Ahora que habíamos experimentado tal acercamiento, que nos habíamos encontrado desde ese lugar, ¿por qué no quería avanzar más? Entendí que el miedo se aferraba a la escasa posibilidad, a la falta de aceptación, a la cantidad de mentiras que nos contábamos tú y yo. ¿Se puede construir algo con una base tan desdibujada?

—Voy a por ella, mi niño, que la veo muy sola. ¿Tú estás bien?

—Sí, Mimi, voy a salir a fumar un pitillo y a que me dé el aire.

—¿Volverás?

—No lo sé.

—Pues toma tu beso, por si acaso. —Mimi me abrazó con esos brazos fuertes y energéticos que te cargan las pilas y te desaceleran el cerebro. Sus apapachos son sanadores; es una experta en la limpieza neuronal.

Antes de ir a por ti, Ruth, Mimi me sonrió desde lo más profundo del corazón. En ella vi la compasión y la comprensión; supe que reconocía el sentimiento que estaba atravesando mi alma y que, en parte, identificaba esa ansiedad. Cuando las cosas se ponen más intensas, cuando la ansiedad gobierna las emociones, salimos corriendo. Es algo muy de humanos, ¿no crees? Negar todo lo que experimentamos y ser incapaces de disfrutar de la existencia cuando se tiñe de rosa. Adelantamos cualquier suceso con esas ideas fugaces que nos bombardean por dentro. «Las cosas van demasiado bien, va a pasar algo que lo joderá», «si estoy tan feliz, significa que en breve estaré igual de triste», «estas historias no me suceden a mí»... No sé, ¿tan difícil es estar abierto a todo lo que venga? Parece que sí.

En ese instante, volviste con Mimi al reservado. Nuestras pupilas danzaron nuevamente y, de algún modo, entendí que era el último vals. Que no nos íbamos a pisar más los pies, que la orquesta no tocaría para nosotros. Mi tía te presentó a su sumiso, Claude, con la excusa de que sería «un buen cliente». Nada más lejos de la realidad. Él se entregó a ti sin mediación, estaba encantado de estar a tus pies (además, de forma literal). Cogiste su correa y te lo llevaste al salón de juego, no sin antes volver la cabeza y guiñarme el ojo. Yo te regalé una media sonrisa; me encantaba verte tan feliz, Ruth, tan en tu lugar. Habías encontrado un mundo que te fascinaba, o eso parecía, y resulta que en cierto modo yo formaba parte de él. Inspiré hondo y observé cómo te esfumabas entre el personal y la fiesta. Me levanté, Mimi hizo un gesto con la cabeza y supe que era una señal no verbal sobre mi estado emocional. Asentí y sonreí. Sin despedirme de nadie, me largué. No sabía si iba a volver, mi cabeza daba tantas vueltas que no podía parar. Y a mí eso de la falta de control no es algo que me guste en demasía.

Salí al exterior y me fumé un cigarrillo al mismo tiempo que observaba la luna menguar. Te imaginé con Claude en cualquier sala mientras tomabas posesión del poder que te pertenecía. Y te vi tan grande, Ruth, desde el lugar donde debías estar. Sin prisas, saboreé las últimas caladas. Volví a entrar y me quedé meditando en la oscuridad, sentado en el pequeño sillón de terciopelo rojo. Y te vi atravesar la sala e ir al baño con cierta urgencia. Se me escapó una risa por la causalidad que cursaba el universo. Y me digné a aceptar lo que sentía mi alma.

Tardaste un buen rato en salir. Entendí que te estabas peleando con el látex, sé lo que es. Cuando volviste, te quedaste unos instantes ajena al mundo mientras te cobijabas en un rincón para respirar y retomar el aliento. Pude comprender el momento que atravesabas; a veces las fiestas pueden ser abrumadoras. Nos encontrábamos igual.

Es interesante observar a alguien cuando piensa que está totalmente solo. Es como una diminuta muestra de magia que nos hace volver al hogar para refugiarnos. Allí estabas, con tu naturalidad, con la descarga al dejar el disfraz. Con la fugacidad de volver a ti. Y, sin quererlo, deseé compartir contigo lo que me pasaba por la cabeza a modo de despedida del alma, qué sé yo.

—Es interesante ver las cosas desde otra perspectiva, ¿verdad? Cuando nos alejamos de la vida es cuando podemos ver su totalidad.

Te diste la vuelta y seguiste el sonido de mi voz mientras entrecerrabas los ojos en busca de un resquicio de luz que te ayudara a localizar de quién se trataba. En cuanto supiste quién era, sonreíste y te colocaste de nuevo en tu lugar, en tu trono, en tu poder.

—Nos volvemos a encontrar —dijiste.

—Eso parece.

—¿Qué haces aquí?

—Necesitaba una pequeña fuga, ¿y tú?

—Igual. ¿No tienes calor con esa máscara?

—¿No tienes calor con ese vestido?

—Me asfixio.

—Estoy igual.

Te sentaste algo exhausta a mi lado y yo encontré cierta paz. Era extraño, Ruth, calmabas ese runrún que se había incorporado en mi cabeza, la posibilidad de abandonar.

—Te he ganado.

—¿Cuándo? —Y cuándo no, Ruth. Me habías ganado desde el primer instante.

—Antes, cuando me has preguntado sobre la energía.

—¿Tú crees que me has ganado?

—¿A quién quieres engañar, a ti o a mí? —Inclinaste tu cuerpo hacia el mío y yo me resigné a la entrega. ¿Sería esa la conversación que necesitaba? Ladeé la cabeza y te sonreí. No podía evitarlo, la atracción clamaba mi nombre. Solo podía avanzar cual verdugo mientras sostenía el peso del deseo.

—Me has pillado con la guardia baja.

—Ya, eso dicen todos. —Se escaparon unas carcajadas y, de repente, hicimos del instante algo nuestro.

—¿Quieres la revancha? —te pregunté.

—¿Estás preparado para volver a perder?

—¿Y tú?

—Ay, querido, yo estoy acostumbrada a ello. —Nos quedamos en silencio, no supe ni qué responder. Sentí que te habías deshecho de todos los fantasmas, de todas las capas, de todo el cemento. Tal vez se te escaparon la resignación y el dolor que se te acumulaban tan adentro, quizá fue ese rincón donde reinaba la confianza y la conexión. No lo sé, Ruth, pero quise abrazarte como tantas otras veces lo deseé. Estar a tu lado sin decir nada pero ofreciéndote compañía, que es tan escasa. Lejos del contacto físico, compartí una de las grandes verdades que me había enseñado la vida a estas alturas.

—Eso es una ventaja, ¿sabes? Cuando estamos acostumbrados a perder no nos da tanto miedo el fracaso. Es entonces cuando nos hacemos invencibles.

No dijiste nada, solo te acurrucaste de algún modo en esa invencibilidad que te caracterizaba. Y pude ver que la magia que había entre nosotros iba más allá del deseo, de la carne, de lo físico. Que la vida nos había empujado para estar allí y en ese momento, en ese lugar, resolviendo problemas del ser humano que no logramos ni comprender.

—¿Tienes miedo? —preguntaste. Me sorprendió tu radar, Ruth, porque estaba aterrado. Por lo que sentía en mi interior, por la necesidad, por la despedida, por la ambigüedad. De ese modo, antes de contestar, te pedí que afinaras el tiro.

—Especifica.

—¿Tienes miedo de enfrentarte a mí? —reiteraste. Sí, sin duda. No sé qué me pasaba cuando estaba a tu lado, desde el momento en que chocamos los cuerpos en esa tienda de pelucas hasta el instante en el que nuestras almas se entrelazaron. Tenía miedo de no encontrar la salida y perderme en ese laberinto. Me quedaban pocas migas de pan para seguir marcando el camino de vuelta y la oscuridad se cernía sobre el horizonte. Aun así, hice una masa con todas mis fuerzas y me aferré a ella. Que fuera lo que tuviera que ser. Disfrutaría de la caída y sufriría el dolor del impacto. No hay más.

—¿Quieres comprobarlo? —vacilé.

—¿Cómo? —preguntaste.

Me acerqué a ti casi tanto como la razón me permitió. Sentí de nuevo tu aliento cálido; el olor de tu piel me endulzaba las fosas nasales con un toque picante que no conseguía adivinar de dónde surgía. Bizqueaste ligeramente y fue muy tierno, como cuando esos parpadeos que tanto te esfuerzas por ocultar salen a pasear. Como las palabras certeras que habías compartido minutos atrás. Como la fusión nuclear que se instalaba en el campo invisible de la realidad. Volví a llamar a la puerta de tu alma y otra vez me dejaste entrar. Me serviste el café caliente y amargo que reflejaban tus ojos. Me contaste mil historias a golpe de adrenalina y fugas de pis imprevistas. Me fumé un porro mientras admiraba tu falta de coordinación y, al mismo tiempo, tu sensualidad al bailar. Me encontré en ti desde la reminiscencia y te supliqué fusionar números térmicos y huellas dactilares.

Sentí el grito de tu carne, la súplica del deseo. Luego, tal y como hiciste horas antes, retomaste el control de la situación. Saldaste el forcejeo con la distancia y te pusiste tan cerca de mí como lo permitía la métrica. Los milímetros que separaban tus labios de los míos eran anecdóticos. Te formulé una pregunta, la misma que me atropellaba la mente cada vez que cruzaba el camino de tus ojos.

—¿A qué juegas, Electra?

—A que pierdas la cabeza —susurraste.

Pero te equivocabas, Ruth; mi cabeza ya estaba ocupando carteles que ofrecían grandes recompensas al mejor cazador. Si hubiese tenido sentido del peligro, tal vez no hubiéramos alargado el cuento. Pero en ese momento no pude hacer más que sucumbir a tu presencia. Así que poco a poco nos acercamos más y más mientras alargábamos lo inevitable, lo evidente, lo que gritaba en nuestros adentros con tantas fuerzas que desgarraba la voz y ensordecía el tímpano.

Un mechón de tu peluca pelirroja se interpuso entre

nosotros e hice lo propio. Lo aparté con cariño y devoción, al mismo tiempo que rocé tu mejilla. Inspiraste con una respiración entrecortada por la dificultad de soportar la aflicción que gobernaba nuestros pechos. Jugamos al escondite entre las pestañas y los reflejos, entre las luces y los espejos del alma. Fuimos refugio de una tormenta tan magnética que nos atraía cada vez un poco más, y un poco más. Y te reclamé tantas veces que pararas, que no podía aguantar más. Te lo supliqué de todas las formas posibles, en todos los lenguajes existentes. Te lo rogué con la cordura que aún albergaba en un lugar de mi cabeza, de cuyo nombre no lograba acordarme.

—No voy a poder aguantar mucho más —jadeé.

—¿El qué? —dijiste.

Cuando todo estaba a punto de estallar, el universo se puso caprichoso. La música se hizo más evidente y unas risas algo ebrias se colaron en el silencio. Nos apartamos con brusquedad, como si lo que estuviéramos haciendo fuese pecado, como si estuviera mal. ¿Lo estaba?

La pareja se metió en el baño y nos regalamos miradas y sonrisas algo furtivas que nos mantenían en la efusividad. ¿Habías sentido lo mismo que yo? Quise despedirme de ti saldando una cuenta pendiente. Me levanté, me coloqué correctamente la camisa y el arnés y te entregué mi mano. Accediste a ella, me acompañaste hasta ese rincón arquitectónico con algo más de intimidad. En él nadie nos molestaría y podríamos probar, al fin, el aire de la superficie.

Apoyé la espalda contra la pared y poco a poco calibramos las pupilas a la negritud del ambiente. Los ojos perdieron valor y cedieron el paso a la piel, que reclamaba venganza. Te sentí algo torpe, por lo que te ayudé a posicionarte en el lugar correcto y ofrecer esa comodidad que tanto anhelabas. La encontraste al instante. Inspiraste con algo de nerviosismo y me vi reflejado en tu inquietud. ¿Había llegado el momento? ¿Sería este?

Con mis manos palpé tu cuello y subí con delicadeza hasta tus mejillas. Descansé en ese lugar unos segundos para reunir fuerzas y acabar de encajar la espada que atravesaba mi interior, para regocijarme en la libertad antes del impacto inminente contra el firmamento.

La oscuridad te impidió medir la distancia esta vez y, de ese modo, rozaste mis labios sin querer. Te quedaste inmóvil, ¿algo avergonzada quizá? Y me rendí, Ruth, me cansé de luchar contra la verdad. Inspiré, preparé todas mis células para la bomba nuclear y me sumergí en el amparo de tus labios. Lo hice suave, sin prisas, deleitándome con lo que tantas veces había fantaseado. Respondiste con una descarga abismal, con una búsqueda de lo que reclamabas como propiedad y siempre fue tuyo. Empujaste tu cuerpo contra el mío y aumentaste la velocidad, la humedad, la excitación. Y fue ahí cuando me entró el pánico, al entender que ese deseo no se apagaría con facilidad. Al comprender que, por más que nos revolcáramos en sábanas negras los corazones blancos, siempre tendríamos la necesidad. Que tal vez hiciera falta una vida eterna para minimizar esa pasión que se cernía sobre nosotros.

Quise controlar el flujo energético y retomar el control de lo que ya estaba perdido. Cogí tus muñecas y te obligué a doblegar los brazos, y tal vez el alma, sin darme cuenta de que estaba peleando con otra autoridad. Con la reina de su propio territorio, con una corona que anhelaba el confort del poder. Situaste tu rodilla contra mi paquete en señal de amenaza o de conquista, no lo sé. Y así estalló la guerra, cuando hicimos historia en esta humanidad. Cuando la violencia tomó posesión del cargo y nos estrenamos siendo animales en esa selva tan personal. Tuve que parar, Ruth, porque no quería que lo que fuera que tuviéramos se situara en una lucha de gigantes a punto de eclosionar.

Separé mis labios de los tuyos y detuve el vaivén de los cuerpos, el combate del sexo. Inspiré con cierta dificultad hasta que encontré los colores en el viento. Y sonreí al ver que tal vez existía una posibilidad. ¿Hubieses actuado igual sin máscaras de por medio? Quién sabe.

Icé la bandera en son de paz y me volví a encontrar con la humedad de tu interior para cabalgar entre la desidia y la vitalidad. Un oleaje se instaló entre las caderas, que nos mecían en erecciones y fluidos, en palpitaciones y aperturas. Acaricié tu espalda con total devoción, con la entrega de toda esperanza a la invisibilidad. Te empujé más, te quería más cerca. La erección atravesaba tu vestido de látex y gemías bajito en señal de futilidad. Y me vi abriendo un puente entre tu instinto y el mío. Oí por primera vez cómo era el sonido de tus auxilios, de tus reclamos; esos que estaban tan familiarizados con los orgasmos. Quise quedarme sordo con la vibración de tu garganta mientras el clímax te arrastraba. Deseé experimentar eso, en algún momento, en algún instante antes de abandonar este holograma.

Tras desabrocharme algunos botones de la camisa y hacer palpable esa necedad, detuviste el encuentro bruscamente. Algo atravesó tu cabeza.

—Mierda, mierda, mierda.

—¿Qué pasa? —me asusté.

—¡Claude!

Y mientras pronunciabas su nombre, te esfumaste sin mediar palabra, sin una despedida, sin nada más que la fugacidad, esa que protagonizaba todos nuestros encuentros. Escuché la música tras la puerta y, de nuevo, el silencio de ese lugar, que había visto la batalla más emblemática entre dos seres. Observé tu vodka en el suelo, cerca del sillón de terciopelo, y llené los pulmones de todo el aire que pude inhalar, hasta percibir ese límite que difumina el «todo» de la «nada», la cavidad por la convexidad. Y tras ahogarme de oxígeno, volví a naufragar en la materialidad.

Y ahora, ¿qué?

XXIX

El manuscrito

Medité unos instantes en el rincón que fue partícipe de la metamorfosis de los cuerpos y me resigné ante la existencia. Dudé en volver a la sala y resolver lo que habíamos iniciado. Pero, lejos de eso, me di media vuelta y salí por la puerta. Me quité la máscara y limpié las gotas de sudor que me salpicaban los poros con la manga de la camisa. Abroché los botones que minutos antes habías abierto cual exploradora y sentí el dolor de la caída en mis órganos.

Apareciste justo en uno de los momentos más complejos de mi vida, Ruth, y me devolviste la adrenalina, la fe y la esperanza de que había algo más allá del conformismo y la normalidad autoimpuesta. Reconecté con mi esencia, en parte gracias a ti. Y entendí el propósito de tu presencia porque, sin tú saberlo, me habías ayudado a reestructurar mi vida entera.

Aquella noche dormí con dificultad y no paré de darle vueltas a la cabeza. ¿Eso sería así siempre? ¿Un toma y daca que no termina? ¿Una tensión que está a punto de romper la cordura? Quizá debía dejarlo todo tal y como estaba, no tocar nada de lo que habíamos creado. Darle la espalda al pasado y continuar, cada uno por nuestro lado. Con la clara obviedad de que jamás volveríamos a encontrarnos ante tal atracción, ante la sincronía de las almas. Ante la claridad del reclamo.

Mi tía me llamó al día siguiente para charlar conmigo sobre la noche anterior. Me contó que te lo habías pasado realmente bien con Claude, y yo sonreí al comprender tu placer y tu bautizo bedesemero. Qué bonito compartir tanto y, sin embargo, qué carga que no sea reconocido.

—¿Tú cómo estás, mi niño?

—He pensado mucho, Mimi.

—¿Ayer pasó algo?

—Nos besamos en la entrada. Y fue..., no tengo palabras. Inefable.

—Te entiendo.

—Hay demasiado deseo, se aferra a mi interior y es, incluso, doloroso.

—Claro, especialmente cuando no se libera, cariño.

—¿Sabes qué pasa?

—Dime.

—Que no hay un consenso explícito y tal vez ella no sienta lo mismo. Me pone nervioso esta situación. Creo que sí, que también lo percibe y lo desea, pero no hay una verbalización ni una muestra. Me estoy volviendo loco, joder. Qué hago, Mimi. Qué hago.

—Cariño, ¿y si lo escribes?

—¿El qué?

—Lo que has vivido, todo lo que has experimentado en tu interior. Esas emociones, esas dudas, ese deseo... Eres escritor, ¿no?

—Sí.

—Pues ahí tienes tu salida. Vomítalo todo con los detalles que puedas recordar y ya está. Después lo lees y tomas una decisión. Ordena las ideas, mi amor, que te conozco, y cuando llegas a esos puntos no piensas con claridad.

—No es justo que me conozcas tanto.

—Son muchos años, mi niño. Lo estás haciendo bien.

—¿De verdad?

—De verdad. —Inspiré con fuerza y solté el aire con un resoplido.

—Vale, me voy a escribir.

—Eso es. Y oye...

—Dime, Mimi.

—Que te quiero mucho, cariño. —Ella siempre sabe cómo robarme una sonrisa y enviar un resquicio de paz a mi alma con una sola frase.

—Y yo a ti.

Al instante de colgar la llamada, me senté frente al portátil y empecé a teclear. Sin demasiado fundamento, sin pensar. Conecté con lo que quisiera que estuviera naciendo en ese momento y volqué sentimientos y emociones que dificultaban la digestión de la realidad. Hasta hoy, hasta este instante, hasta el final de nuestros encuentros furtivos y cazados, de nuestros avistamientos mágicos en lugares ajenos y distantes.

Siempre tuve dificultad con las despedidas, Ruth, y con el abandono. Ser un niño huérfano tiene sus inconvenientes, los mismos que te acompañan toda la existencia. Creo que por eso me fue imposible dejar a Julia cuando la ocasión lo merecía, cuando ya no quedaba nada y simplemente arrastrábamos el cadáver de una relación que nunca vio la luz, que nació sin respirar ni vibrar. Pero ahí estaba yo, aferrado a la posibilidad de ser como los demás, de tener una vida normativa, de conformarme con la realidad, de sentirme uno más entre el rebaño. Tantos años durante los que he llevado un disfraz, que he entrado en casa para enfundarme en el hombre que jamás fui, del que crecí lejos. Y no supe parar, no pude hacerlo. Me ahogaba el miedo a la soledad, volver a sentirme en ese desamparo, en la ausencia de cariño y amor, en la más absoluta nostalgia. Por eso, tuvo que ser la mujer adicta a ser normal la que me empujara a avanzar. Y ahora, fíjate, me encuentro en la misma situación, a punto de soltarte la mano sin querer separarme de esta quimera. Estoy alargando las palabras como si fuesen las uñas rasgando los milímetros de los dedos. Porque no puedo decirte «adiós» sin dejar la puerta entreabierta. Eso es así.

En estos momentos, no tengo ni idea de si algún día sostendrás este montón de hojas y palabras en tus manos, si te llegará la verdad del desconocido de las gafas redondas a tu vida. Tal vez te abras una de esas cervezas y salgas a observar la cafetería que hay frente a tu piso y adivines si me encuentro dentro.

Sin más dilación, acabaré esta historia como la empecé. Con la fascinación absoluta hacia la sincronicidad del universo. Puesto que en el mundo hay siete mil setecientos millones de personas, seguramente, cuando leas esto, podrás darle la bienvenida a unas y despedirte de otras muchas. De todas esas personas, tal vez puedas conocer a unos miles a lo largo de tu paso por este planeta. Y de esos miles, quizá con unos cientos acabes manteniendo conversaciones más o menos interesantes. De esos cientos, con unas decenas tendrás una intimidad que implique un contacto físico, mental o incluso, no sé, ¿espiritual? Y de esas decenas, con pocas decidirás recorrer la fugacidad del tiempo y permitir que la efimeridad de la existencia se metamorfosee en la permanencia de la huella. Pero solo con una de estas últimas acabarás enredándote en la causalidad de los eventos, en la magia de los encuentros, en el peso del deseo, en el reclamo de los cuerpos, en el reconocimiento de las almas.

Voy a utilizar las primeras palabras que me dirigiste aquella noche de guerras, estallidos y rezos. Estoy de acuerdo contigo, Ruth, fue «un placer» chocarme contigo en la tienda de pelucas, coincidir en el Comercial y formar un enredo de sucesos y decesos. Conoces mi universo casi tanto como yo el tuyo. Si quieres, ya sabes dónde encontrarme.

Gracias por lo vivido.

MARIO

XXX

Duodécimo día siendo Ruth

Mantengo la cerveza fría en la mano, que empieza a cambiar los grados de este elixir dorado. Observo a través del balcón la cafetería de Guillermo y me doy cuenta de que nunca he entrado, ni siquiera sé cómo es por dentro. A modo impulsivo, apuro las últimas gotas, me pongo algo de ropa decente y bajo a la calle. Cruzo la carretera y entro en la cafetería. Sé que no va a estar, sé que no volverá. Y lo entiendo, es mejor así.

—Hola, buenas —saludo. Me percato del lugar y localizo de forma inmediata la mesa y la silla en la que él se sentaba. En un gesto tal vez romántico, no sé, decido ocupar ese rincón—. ¿Me puedo poner aquí?

—Claro. Ahora voy. Dame unos minutos.

—Sí, sí. Tranquilo.

Me acomodo en el asiento y no tardo mucho en desviar los ojos hacia mi balcón. En efecto, se ve a la perfección, con todo lujo de detalles. Conque él estuvo aquí, ¿eh? ¿Cuándo fue su última vez?

—Hola, dime. Qué te pongo.

—Un café solo, por favor.

—Marchando. —De golpe, Guillermo se vuelve con cierta violencia—. ¿Tú eres la hija de Lourdes?

—Eh..., sí.

—Vaya, siento mucho tu pérdida. Tu madre era muy querida en el barrio.

—Gracias, ¿os conocíais?

—Sí, desde hace años. Fui a su funeral, de hecho.

El funeral de mi madre parecía un festival por la cantidad de gente que asistió. Casi nos echan del cementerio porque no cabíamos más. Jamás pensé que mi madre conocería a tantísima gente, lo cual, por un lado, me llenó de felicidad. Era una mujer maravillosa y cariñosa que cuidaba de todo el mundo. Pero, por otro, me dio qué pensar, en esas cosas que no deberíamos pensar —o sí, yo qué sé—. La cuestión, que reflexioné sobre mi propia muerte y la gente que acudiría. Y el recuento se limitó a cuatro gatos y poco más. No tenía amistades desde hacía años. «Qué vida más triste», pensarás. Gracias, imbécil. Sí, lo es. Por un motivo u otro, fui perdiendo amigos con el paso de los años. Tampoco es que partiera de un número muy elevado, la verdad. Era fácil que llegase pronto al cero. No me esforcé demasiado en preservar, y mucho menos en renunciar. Mis objetivos eran otros, ya se sabe. La carrera, la cerveza, las redes sociales, la soledad. Las lamentaciones sin sentido, el retozarme sobre mi propia mierda, la autocomplacencia.

A los treinta años suele ser difícil hacer amigos, y más si no tienes a nadie con quien salir a tomar algo. Te empieza a dar pereza enfrentarte a esa parte de tu vida y te acostumbras a montar tus propios planes. Que si vinos, pizzas, películas, noches enteras viendo vídeos de TikTok..., lo típico, vaya.

En Instagram tenía seguidores, pocos, pero bueno. Algunos que me habían visto en alguna serie de segunda o se habían enterado de una obra de teatro y les gustó mi trabajo. Pero sobre todo tenía un círculo que un día estuvo tan cerca de mí y que ahora observaba a través de la ventana digital. Algunos con niños, otros viajando, otros emparejados y otros ausentes. Y sí, nos contestábamos a las stories con un «ey, nos tenemos que ver pronto», o comentábamos las fotos con un «prontito ese vino». Pero jamás llegaban, como era de esperar, claro está. ¿Acaso alguien se ha tomado un café con una persona de su pasado gracias a un mensaje de Instagram? Pues, entonces, qué esperaba.

Después de sentirme más sola que la una y entender que a mi funeral iría la familia y poco más, comprendí que el círculo se podría ampliar. Seguramente la Mari y toda su *troupe* se sentarían al final de un tanatorio vacío y depresivo —más—. Quizá el hombre de las gafas redondas al que ahora voy a llamar por su nombre, Mario, también asistiría. Agustín, Carlos, Joselito, Rodrigo..., y Annika me dejaría su turulo metalizado sobre el ataúd. «Para que te esnifes las nubes, rusa».

He comprobado que las cosas pueden suceder y he tenido que comprarme tres putas pelucas y varios modelitos para entenderlo —bien de consumismo—. Que da igual si me llamo Laura, Electra, Minerva o Rosa Melano. Todo lo que siempre quise ser, lo puedo ser. Sin disfraces de por medio. Porque, al final, esas personas que me han acompañado durante los meses más duros de mi existencia y que, sin quererlo, me han ayudado tanto, son las nuevas amistades que reúno. Son las personas a las que quiero volver a ver, siendo pelirroja o, no sé, siendo yo. ¿Qué sentido tiene ocultarse si ya no es un juego?

—Aquí tienes, maja. Me alegra verte por aquí —dice Guillermo.

No sé, quizá las personas no son tan malas, ¿no? Quizá todo puede cambiar, avanzar, adquirir otro color. Recuerdo a mi madre cuando supo que tenía cáncer y cómo modificó su forma de ver la vida. Aunque para ella nunca fue una carga, un peso que sostener, pero desde que supo que le quedaban días contados, empezó a fascinarse por la tontería más grande. Pero, claro, imagínate. Algo tan habitual como las nubes, los árboles o la sonrisa del panadero para ella podría ser la última vez. ¿Cómo observas el mundo si solo te quedan días? ¿Y cómo vivirías? Exactamente, a fuego.

Tal vez esa haya sido la mayor enseñanza que me ha dejado mi madre, la de vivir con todo a pesar de que el mar esté bravo. Sigue remando, sigue asombrándote por la navegación aunque vayas a naufragar, aunque todo esté a punto de colapsar. Sin duda, el momento más jodido se convirtió en el punto de inflexión que me hizo entender las cosas que quiero y las que no. Pero sobre todo para dejar de lamentarme y pasar a la acción, convirtiéndome así en la persona que quiero ser.

«¿Quién eres?», me preguntó Mario cuando fue al funeral. ¿Y qué hacía allí? ¿Por qué decidió entregarme el manuscrito? ¿Qué pretende conseguir? ¿Y yo? ¿Acaso voy a negar la atracción evidente que llevo sintiendo hacia él todo este tiempo? ¿O la felicidad que he sentido al encontrarme con un mundillo que me ha abierto los brazos de par en par, sin importarles en absoluto las verdades o las mentiras? Ahí estaban, dispuestos a celebrar la vida, una vez más.

«Y ahora qué, Ruth. Y ahora qué». A dónde voy, qué hago. Aparte de quemarme la lengua con el puto café ardiendo y volver a clavar los ojos frente a mi balcón. Es bonito que me supiera ver y, en parte, yo a él. Creo, no lo sé. Es asombroso que nos chocásemos tantas veces y que nuestras vidas se fusionaran hasta ese punto. Que todo se hiciera un batiburrillo de causalidades que nos empujaran más y más a la piel, al contacto, al sentimiento, al «y ahora qué». ¿Todo acaba aquí? ¿Así?

Tal vez sea mejor no tocar las cosas, ¿sabes? Dejarlas tal y como están colocadas. Ya está, si algo funciona, para qué vamos a cambiarlo, ¿no? Para qué volver al pasado, para qué encontrarnos otra vez. Qué quiero conseguir de él. ¿Y él de mí? ¿Acaso tengo algo que ofrecer? Bueno, parece que sí. Al menos unas cuantas páginas y un quebradero de cabeza fruto del deseo medio difuminado.

Y por otro lado... —porque claro, las cosas no pueden ser fáciles y sencillas, no—, pues, no sé, me tomaría una copa con él. Me apetece una conversación y ver qué pasa. Si todo ha sido una consecuencia de ser Electra o si realmente ha sido una concordancia de las almas. No tengo mayores pretensiones ni intenciones, o sí; pero no tengamos expectativas del asunto, que el universo ya nos ha sorprendido mucho en estos últimos meses tan caóticos.

Me despido de las vistas de mi balcón y me prometo a mí misma bajar una vez por semana —o dos, ¿me estaré volviendo loca? ¿No seré yo «Ruth la Social»?— al bar de Guillermo a desayunar o a escribir ese monólogo que tanto quise interpretar y no me atreví. Quién sabe, ¿ha llegado el momento? Puedo ser quien quiera ser. A tomar por culo.

Subo la escalera a casa y retomo una rutina casi olvidada. Me sumerjo en la bañera con espuma y apuro las horas y los pensamientos. Ir o no ir, esa es la cuestión. Volver al pasado, coincidir en el presente, pero esta vez intencionado por ambas partes. Charlar con él, preguntarle esas dudas que todavía rondan en mi cabeza. Comprobar si eso que había todavía existe, si todavía queda, si perdura, si aún comprime. Presentarme ante él con el poder que he reunido durante todas estas semanas y mostrarme renacida como las aves fénix que resurgen de las cenizas. Explicarle quién soy, contestar a esa pregunta *a priori* inocente que obedece al camino interno, al mandato del tiempo.

O quizá se acabó, fue bonito mientras lo experimentamos. Una etapa de mi vida que supuso un parche al dolor, a lo que tanto afligía, a lo que tanto ahogaba y pesaba. Toca seguir con la existencia, con el recuerdo de lo vivido, pero sin aferrarse a ello. Agradecer, soltar y ceder. ¿Ceder? No. ¿Volver? Tal vez, joder, tal vez. A quién quiero engañar. A ti no, por supuesto. Sé que sabes lo que va a pasar. Y sabes que sé que lo sabes. De eso se trata nuestra relación, de acabar con las frases y reírnos en alto para que todo el mundo sepa que somos ese tipo de amigas. ¿Vendrías a mi funeral?

Hundo la cabeza en el agua sin espuma cuyo color me sorprende, la verdad. No pensaba que necesitara un baño con tal urgencia. Aguanto la respiración y lleno los pulmones a su máxima capacidad. Retengo el oxígeno en mí, la totalidad, el vaso colmado, el armario al borde de su cavidad, la nevera cargada, la mochila a punto de estallar. La abundancia que buscamos con ese apuro y que cuando la tenemos nos ciega, nos aparta, nos devuelve al punto original. Cuando lo tenemos todo, sentimos que no tenemos nada. Y quizá Mario tenía razón en eso: es mejor pasearse entre la escala monocromática antes que apostar al blanco o al negro. Al final es el mismo color pero con distinta graduación. ¿Qué es el gris, si no?

Mi cuerpo lanza la señal de respirar, una alarma de urgencia que he oído en anteriores ocasiones con cierta asiduidad. Pero yo lo mantengo, la mente tiene el control. Hay veces que somos el boicot de nuestra propia existencia, ¿no? Cuando algo de repente duele y hace que roces con la punta de los dedos la muerte y ahí sigues, disfrutando del descontrol, con la mente feliz. Qué somos, dime. Aparte de gilipollas, claro está.

Empiezo a colapsar pese a tener los pulmones llenos de oxígeno, el organismo pide más y más. «Si ya lo tienes todo, qué cojones necesitas». La cavidad, eso es. El vaivén del bien y el mal, la abundancia y la escasez, la luz y la oscuridad, el yin y el yang. De eso trata la vida: de encontrar el equilibrio en la dualidad, de no aferrarse, de desapegarse de todo. Si total, nos vamos vacíos. O llenos de recuerdos, y de orgasmos, y de vivencias, y de dolor, y de experiencia. ¿Me aferro a él si me desapego? ¿O me desapego si me aferro a él? ¿Dónde está ese punto clave que todo lo cambia?

Me mareo y decido sacar la cabeza a la superficie y respirar. Inspiro de forma agresiva hasta oír un gorgoteo que me rasca la garganta. Los pulmones se expanden con exageración y el corazón galopa lo más rápido posible para activar el flujo sanguíneo. ¿Y si todo es más fácil y simplemente se trata de dejarse llevar, de vivir, de escuchar lo que pide el cuerpo? ¿Y este qué quiere? Es sencillo: respirar.

Me seco con cierta prisa y voy al comedor mientras dejo las huellas descalzas sobre el suelo. Vuelvo a leer la última hoja del manuscrito, que todavía descansa sobre la mesa de centro. «Si quieres, ya sabes dónde encontrarme». Si quiero..., ¿quiero? Y todo cae sobre una jodida tilde capaz de cambiarlo todo, entre la afirmación y la reflexión.

Justo en ese instante, mi gata se sube a la mesa del comedor y tira la botella de tequila. El estruendo es tal que sale disparada con el rabo entre las piernas y me mira acojonada desde el rincón. Por supuesto, casi me meo encima del susto; pero ese suceso me obliga a desviar la mirada hacia el minúsculo museo de experiencias pasadas, de noches desenfrenadas, de drogas, alcohol, sexo, mentiras, encuentros y vida, mucha vida.

Siento un pellizco en el tórax y esa presión que, cuando la notas, tanto insiste Google en que cojas el teléfono y llames al 112 porque te mueres, gilipollas, eso es un puto infarto, corre al médico que no llegas, correee. Sin embargo, lejos de obedecer a las leyes de la hipocondría, identifico la razón de mi sentir. Y es la misma señal que me mandaba el cuerpo cuando estaba ahogándose con los pulmones llenos. El síntoma de la supervivencia, de pasar a la acción, de asumir las riendas y el control. ¿Me voy a morir con las ganas? Por supuesto que no.

«Si quieres, ya sabes dónde encontrarme».

Bien, allá voy.

XXXI

Decimotercer día siendo Ruth la Social

Pongo rumbo a mi destino y pienso el mejor plan posible. En mi interior suena una risa maléfica acompañada de una llamarada morada que prende a mis espaldas. El pecho se mueve de forma exagerada hacia arriba y hacia abajo mientras que los dedos se tocan de forma intermitente los unos contra los otros. ¿Es original esta estampa? Hombre, pues no; pero qué quieres, he crecido con todos los villanos de Disney. Tengo poco que aportar.

En el metro escaneo mi atuendo y solo pienso en que todo salga tal y como yo lo recreo en mi mente. Pero, claro, también pensaba que sabía bailar y, ya ves, parece que no. Al menos lo intento, le pongo empeño y hago todo lo posible para coordinarme, como intento hacer con mi magnífico plan.

Llego a Tribunal y me bajo en la parada. Salgo con prisas hasta la calle Valverde y, justo antes de entrar, inspiro con profundidad. ¿Qué cojones le vas a decir si está ahí? «Ay, hombre, tú por aquí..., pues mira que no te esperaba, ¿eh?, je, je, qué gracia». «Eh, tú, ¿de qué coño vas?». O tal vez podría recurrir a las grandes palabras de uno de los mayores sabios del siglo XXI, Daddy Yankee: «Tú y yo tenemos algo pendiente, tú me debes algo y lo sabes».

«Conmigo ella se pierde. No le rinde cuentas a nadie».

«Zúmbale mambo pa que mis gatas prendan los mo-
tores».

«Zúmbale mambo pa que mis gatas prendan los mo-
tores».

«Zúmbale mambo pa que mis gatas prendan los mo-
tores».

«Que se preparen que lo que viene es pa que le den...
¡dur...!».

—¡Mi niña! Qué sorpresa.

—Hola, Mari. ¿Cómo estás?

—Bien, muy contenta de verte, corazón. ¿Y tú? ¿Cómo
estás?

—Mejor, Mari, atravesando el duelo. Siento a mi madre
muy cerca y es algo muy bonito.

—Claro, cariño, las personas mueren cuando desapare-
cen los recuerdos.

—Exacto.

—¿Qué te trae por aquí? ¿Has venido a verme? Ven
que te dé un abrazo bien grande, anda. —Y la Mari me
comprime contra sus tetas, y yo no me puedo quitar la puta
canción de la cabeza.

—Más o menos, Mari.

—Cuéntame, mi niña.

—Verás, abrí el sobre... —A la Mari se le cambia la cara
por completo. No sé si se hace la sorprendida o es que realmente lo está—. Pero Mario ya lo sabía todo.

—¿Mario?

—Mari, yo también lo sé todo.

—Ay, niña, menos mal, porque yo no sé disimular.

—No te preocupes, no tienes que hacerlo. He venido
porque he leído el manuscrito hasta el final.

—¿Y?

—Necesito un vestido.

Le cuento mis intenciones y a la Mari se le cambia la cara, y esta vez sin pésimas interpretaciones. «Y el Goya a la mejor actriz revelación va paraaa...». Sonríe con ilusión y se recrea en el momento pasteloso del día. Sin embargo, esa adrenalina y esa sensación acaban entrando en mí e invaden allá por donde pasan. Todo vibra, todo se mueve, todo adquiere un meneo propio de la excitación. La Mari me coge de la mano y me mira con los ojos demasiado brillantes, y yo, sinceramente, me planteo si debo salir corriendo porque quizá en esta familia están todos un poco tururú. ¿Y yo? ¿Acaso no formo parte del club?

—Mira, pruébate este y este. O no, mejor esto.

Sobre mis manos descansa un esmoquin negro elegante y sexy a rabiar. Un traje con unas aperturas de lo más sugerentes. Me sorprende que en esta tienda se pueda encontrar algo así, a lo que la Mari me responde sin necesitar una pregunta.

—Hay ciertos fetiches que...

—Ah, entiendo.

Me adentro en el probador que ha visto transformarme en tantas ocasiones y me visto con delicadeza. El pantalón es recto, algo acampanado, que marca culo, y eso que no voy sobrada. En las caderas tiene unas aperturas que dejan claro que eso de llevar bragas no va contigo. La chaqueta, sin embargo, tiene un escote pronunciado.

—Mari, necesito un top o algo para debajo.

—¿Cómo? No, no. Mira, niña.

Y como siempre, con total facilidad y confianza, entra en el probador y me ajusta el conjunto, de guarrilla suprema a guarrilla novata. Abrocha los botones de la americana y corrige la solapa satinada.

—Esto va así, sin nada debajo, ¿ves? Mira qué escote más bonito. Pareces una modelo. A ver, desfila.

—¿En serio?

—Claro, niña, yo no bromeo. Desfila que yo te vea.

Me resigno ante su orden y atravieso toda la sala con unos tacones negros que dificultan el movimiento. Lo cierto es que me queda muy bonito, elegante, poderosa, lista para la ocasión que lo merece.

—Ponte esto también. —Coloca un collar alrededor de mi cuello con una cadena dorada que cae por el escote—. Es el toque bedesemero que necesitabas. Ahora estás perfecta.

Sonrío victoriosa y la Mari me observa con tanto amor que atraviesa cada rincón de mi ser. Bendito universo y sus decisiones. No sé qué pasará, hacia dónde va todo esto. Lo que tengo claro es que a esta mujer la quiero cerca.

—Tienes una magia muy especial, mi niña.

Vuelvo al probador y me observo unos instantes frente al espejo. Me suelto el moño y dejo mi pelo rizado al viento. Pienso en mi madre y en lo mucho que le gustaba que lo llevara así. Cierro los ojos, desarchivo un recuerdo. Noto sus dedos acariciándome el cuero cabelludo, limpiando las ideas que colapsaban mi cabeza, susurrando que todo iría bien. Se me escapan un par de lágrimas y algunos parpadeos, pero me observo fuerte y, sobre todo, acompañada. Siempre acompañada.

Me visto con mi ropa algo desaliñada y vuelvo al mostrador, donde la Mari ya me ha preparado todo el conjunto en una bolsa.

—¿Cuánto es?

—Nada, niña, regalo de la Mari.

—No, no. Dime cuánto es.

—No vas a poder conmigo, cariño.

—Pero...

—Está todo bien. —Me pone la bolsa en la mano y me

obliga a cerrar las falanges. Siento cómo su dominación fulmina cualquier posibilidad de negación. Me guiña el ojo y sonríe. De nuevo, me espachurra contra sus tetas con tanta fuerza que me impide respirar. Sí, es cierto: sus abrazos tienen algo especial. Son sanadores.

—Gracias, Mari.

—A ti, mi niña. Estoy emocionada.

—Lo sé. Si te soy sincera..., no sé, yo también. En fin.

—En fin —suspira.

Intento no alargar estos momentos porque me pongo más nerviosa y no es algo que me guste. Asumo el control de la situación y, justo cuando estoy a punto de salir, me doy la vuelta. Inspiro y sello el plan que me llevará en unas horas a estar, tal vez, frente a él.

—Nos vemos en el Frenesí. Dile que ya sabe dónde encontrarme.

XXXII

¿Último día siendo Electra?

Volver a ella me causa recuerdos que no sé si estoy preparada para revivir. La última vez que estuve en su interior fue cuando mi madre seguía viva y, de algún modo, esto me recuerda que ya no está. O tal vez sí y no la puedo ver, no la puedo percibir. ¿Aquello que no vemos significa que no existe? ¿Tan limitada es la mente?

Llego a casa y me siento en el sofá. El calor empieza a difuminarse y las noches refrescan en la capital. El otoño está a la vuelta de la esquina, preparado para que todo muera y así volver a renacer, revivir, sembrar. ¿Nos veremos esta noche? ¿Y qué pasará? ¿Hasta qué punto estoy preparada? ¿Esto es una estupidez?

Acallo la mente con una cena ligera y me meto en la ducha otra vez para regenerar las energías y conectar con Electra, quien, con o sin peluca, se encuentra en mi interior. ¿Acaso no es una graduación de mí misma? Una regulación de la intensidad, de la personalidad, de la proyección. Tal vez lo somos todo y simplemente elegimos desde nuestros adentros qué persona queremos ser esta noche. O en este contexto. O en este día. Al final, esto es un juego y hemos venido a jugar. Mi padre estaría orgulloso.

Me unto la piel con crema hidratante y me seco el pelo para después guardarlo en una rejilla color beige. Me maquillo con calma, sin prisas, deleitándome con este hábito que sigue inundando mis venas de vitalidad y alegría. En mi interior lo vivo como una despedida, pero, de algún modo, hay algo en mí incapaz de decir «adiós». A la noche, a la libertad, al hedonismo, a la fuga, al resquicio por donde expandir el alma. Me hago un *eyeliner* con el culo apretado porque es, sin duda, el momento más tenso de toda mi existencia. Controlo el tembleque de mi pulso e intento igualar los rabillos en el mismo ángulo. De verdad, deberían convalidar la carrera de arquitectura por semejante obra de arte.

Me pinto los labios de un rojo pasión y me coloreo con un tono melocotón los mofletes. Perfumo mi cuello con ese olor que según Mario es tan característico, y me visto en el comedor frente al espejo. Elijo una lencería de encaje color negro antes de caer en la cuenta de que, con este esmoquin, es inevitable la ausencia de ropa interior. Me resigno y me enfundo en ese pantalón de traje que me marca el culo. Es oficial: se ha convertido en mi prenda favorita. Me coloco el collar alrededor del cuello y dejo que la cadena caiga sobre el escote, con más protagonismo de esternón que de glándulas mamarias. Cojo la chaqueta y paso un brazo por una manga y otro por la otra. Cae de una forma elegante sobre mis hombros. Desempolvo aquellas sandalias malditas que me destrozan los pies, con la esperanza de que hoy esté más sentada que de pie. Abrocho los botones de la americana y, con un golpe de solapa, la ajusto a mi cuerpo. Este traje tiene tanto de especial y de poderoso que me sorprendo a mí misma por la estampa que se refleja en el espejo. ¿Será todo cuestión de la ropa o tiene algo que ver con el cuerpo que la sostiene, con el alma que la interpreta?

Y ahora sí, el momento ha llegado. Son las doce y media pasadas y Electra me espera algo despeinada sobre la pelota de fútbol. Sonrío porque nos volvemos a encontrar. La agarro con cuidado y la peino con delicadeza para, segundos más tarde, colocarla sobre mi cabeza. No tengo prisa en ajustarla como tantas noches lo he hecho. Escondo cualquier pelo que pueda delatar la farsa y vuelvo a peinar los mechones pelirrojos que caen por mi cara. Añado un toque de perfume y me observo desde las alturas, desde el lugar donde se deben de sentar los dioses. Es cierto, parezco una modelo. O una actriz que llena las calles con carteles o las alfombras rojas con su indiscutible presencia. La misma sobre la cual la gente murmura cuando pisa el suelo y se muestra así, tan eterna. «Es ella», dicen. Sí, soy yo.

Guardo el pintalabios, el móvil y la cartera en el bolso de mano negro y vuelvo a releer su nombre escrito en el manuscrito que descansa sobre la mesa. «Mario». ¿Vendrá? ¿Y qué pasa si mis preguntas no tienen respuestas? ¿Acaso requieren de ellas? Sonrío al espejo para ver si tengo carmín entre los dientes porque no queremos dejar el listón tan alto desde el primer momento. Ya habrá tiempo de cagarla. Tras eso, cuando estoy a punto de bajar a la calle y parar un taxi, de poner rumbo a mi destino, me vuelvo a admirar mi reflejo, pero esta vez sin ser una extraña. Sin sentimientos ajenos o autoimpuestos, sin ceños fruncidos o sorpresas expresivas. Desde la mayor fortaleza que reside en mi ser, desde ser Ruth con una peluca y no Electra con cientos de excusas. Que nada cambia, que nada se modifica, que todo permanece con o sin disfraces. Que lo importante ya está aquí, en mi interior. Tal vez sea esa la clave que llevo buscando desde hace tanto tiempo. ¿Tal vez he vuelto a mi cuerpo?

Salgo por la puerta y bajo la escalera. Me cruzo con una vecina y saludo. Se me queda mirando, algo extrañada. En la calle, solicito un taxi que llega en menos de un minuto. Le doy la dirección.

—Eso está por Malasaña, ¿no? —pregunta.

—Sí, exacto.

No he estado nerviosa hasta ahora; el corazón me va a mil por hora y tengo unas ganas tremendas de cagar. Tengo una presión en el pecho que me impide respirar con normalidad y mantengo una inhalación breve y espasmódica en la parte superior del tórax. Un cosquilleo se instala por mi médula espinal y recorre todos los nervios de mi cuerpo para hacer honor a su nombre. Es imposible controlar el vaivén de mi pierna sobre el suelo, como si un muelle alejara la posibilidad de encontrar la calma, la paz, el sosiego. ¿Qué me voy a encontrar? ¿Qué voy a decir? ¿Estará allí? «Si quieres, ya sabes dónde encontrarme». Pues, Mario, si tú quieres, ya sabes dónde voy a estar.

Es la una de la madrugada y el taxista gira por una calle un tanto estrecha, donde prueba sus habilidades indiscutibles como conductor experimentado.

—Pues... —dice mientras inclina el cuerpo hacia delante y agacha la cabeza para encontrar el número exacto—. Aquí es. —Pisa el freno y detiene el taxi justo en la puerta. Por un momento, estoy a punto de decirle: «Gracias, ya nos podemos ir a Vallecas de nuevo», pero mantengo la estrategia.

—Perfecto, ¿cuánto es?

Pago con tarjeta y me despido, no sin antes pelearme con el traje y mis tetas pluriempleadas. No sé cuántas veces he enseñado los pezones en un tiempo récord. Cierro la puerta y me quedo frente al Frenesí. Algunas parejas me sonríen y entran, mientras el portero me observa algo incrédulo. «Esta es novata», pensará. Lo cierto es que no va desencaminado. Soy algo novel en esto de encontrarme con un tipo con el que he coincidido en innumerables ocasiones, que hemos cortado y freído la tensión sexual, que hemos moldeado el deseo tan tangible que cernía sobre nosotros; y, tal vez, ahora me lo encuentre cara a cara. Cojones, estoy chalada, joder. Qué coño estoy haciendo con lo a gusto que estaría en mi casa. Pero de esto trata la vida, ¿no? De salir de la zona de confort porque allí todo sucede. De coger las riendas y tomar una puñetera decisión. De hacer locuras que le dan sentido al juego. De adentrarte en mundos que siempre quisiste descubrir y así no te irás a la tumba sin conocerlos.

Bien, vamos a por ello. Joder, coño. Hostia ya. Vamos, Ruth, da un puto paso. Coge la pierna y muévela hacia adelante y luego coges la otra y haces lo mismo. Es muy sencillo, lo llevas haciendo toda tu puta vida, ¿cómo es posible que se te haya olvidado? Levantas el pie, avanzas unos centímetros y lo dejas en el suelo mientras que doblas las rodillas y haces lo mismo con el siguiente pie. Venga, uno y otro.

—¿Vas a pasar? —me dice el portero.

—Eh, sí, sí.

Camino —por fin— por el espacio y me quedo frente a una puerta oscura con un cartel de neón morado. FRENESÍ. La tipografía es algo *groovy* y me recuerda a esos carteles de los años setenta. Cualquiera diría que es una asociación cannábica donde se escucha reggae y se fuman unos porros dignos de ingeniería industrial. Lo cierto es que esto está lejos, muy lejos de esa idea.

El portero me abre la puerta y me da la bienvenida con cierta seriedad. En la entrada hay una zona donde dejar la ropa. Al igual que el resto de los locales del mismo estilo, existe una zona de vestuarios y taquillas para que te acomodes y te enfundes en el personaje que quieras interpretar. En mi caso, voy con los deberes hechos.

—Hola, bonita, ¿qué tal estás? ¿Nueva por aquí?

—Sí.

—Ay, espera. Tú eres Electra, ¿no?

—Eh..., sí.

—Perfecto, estás invitada. La Mari me dijo que vendrías esta noche. ¿Ves ese pasillo?

—¿El de las luces moradas?

—Exacto. Pues todo recto, pasas la cortina de terciopelo y llegas a la sala principal. Que lo pases muy bien. Cualquier cosa, mi nombre es Ana Mari. Aquí estoy.

—Gracias.

Ana Mari es una chica joven de unos veintialgo con mucho carisma y cierta actitud maternal, esa que Dios se olvidó de repartir cuando me tocó a mí. El lugar es precioso, con unas luces moradas como protagonistas, las mismas que te salvan de la más absoluta oscuridad. Huele bien, y ya es decir. Dejo pasar a una pareja que visten unos trajes sanitarios, los veo desaparecer tras la cortina negra. Qué manía tienen con el puto terciopelo en este sector, ¿eh?, un claro abuso, vaya.

Sigo los leds por el pasillo y, cuando estoy a punto de apartar la cortina, me detengo. Inspiro con profundidad y rezo para que nadie salga y se choque conmigo en esta situación tan estúpida. «¿Qué cojones hacías detrás de la cortina?». «Pues mira, querido, que parezco la reina de Azotelandia, pero en realidad soy una cagada».

Escucho un rock con aires sensuales que te embriagan los tímpanos de dominación y sumisión sin moverte del sitio. Un murmullo de gente me ofrece ciertas pistas de que el interior está bastante lleno, algo lógico teniendo en cuenta que es la una y pico de un sábado noche.

Siempre pensé en hacer puenting, pero me caga la idea de estar con todas esas cuerdas y ese arnés en el coño, acariciando con los pies el borde del puente, mientras me pregunto en qué momento eso parecía una buena idea, si es que lo hubo. La gente esperaría a mi alrededor, algunos gritarían: «Pero tírate ya, que no tenemos todo el día», y yo ahí de pie, cogida con todas mis fuerzas a la barandilla mientras rezo el padrenuestro y me olvido de la mitad.

Pues este momento es igual, solo que en vez de cuerdas y arneses llevo tacones y un traje. Y no será porque aquí no tengan ese material, ¿eh? «Padre nuestro que estás en los cielos, santificado sea tu nombre, venga a nosotros tu reino, danos hoy nuestro pan de cada día y perdona... las ofensas como nosotros perdonamos a los que nos ofenden. Bueno, a veces, ¿eh?, porque hay cada gilipollas por ahí, Padre, que podrías tener un poco de ojo, que se te han escapado los experimentos. Líbranos del mal —o no—. Am...».

—¡Electra!

—Hombre..., qué bien verte. —Esto de ser Ruth la Social se me va de las manos. No me acuerdo ni de su nombre, pero me suena su cara. Creo.

—¿Te acuerdas de mí?

—Sí, sí. Claro. —Como para olvidarme, ¿eh?, je, je—. ¿Del...?

—De la Fetish Fantasy. Soy Julián.

—Claaaro, ¿qué tal estás? —Julián, cariño, esa noche no me encontraba ni el ombligo, mi vida, como para acordarme de tu nombre.

—Qué bien verte por aquí.

—Sí, justo estaba a punto de entrar, fíjate. Con la mano abriendo la cortina, ¿eh? Menos mal que no nos hemos estampado, porque hubiésemos empezado la noche por todo lo alto, a base de tortazos ya, ¿eh? Ja, ja. —Pero qué cojones estoy diciendo.

—Eres tan divertida como te recordaba. Pues nada, ahora nos vemos.

—Sí, sí. Ahora..., ahora nos vemos... dentro.

—Sí.

—Eso.

—Bueno, pues... voy a ajustarme el uniforme.

—Venga.

—Vale.

—Hasta luego.

—Hasta ahora.

Me quedo de nuevo frente a la cortina y Julián se vuelve, algo extrañado al observar que me despido de él sin adentrarme en la sala principal. En cuanto entra en el vestuario regreso a mi lucha interna. Vale, venga, vamos allá. Dejemos de hacer el imbécil. Conecta con esa energía interna. Groar. Leona, vamos, abre la cortina. No mires hacia abajo, salta y punto. Bah, joder. Coge la mano, ponla en la cortina de terciopelo y muévela. Sal a matar. Diosa. Que sepa quién manda. Tú tienes el control de la situación. Pisa fuerte, aplasta el suelo. Que se queden alucinados al verte. «¿Quién es esa diosa?». «Es Dómina Electra». «Guau, besaría la superficie por donde pisa». Demuestra quién eres.

Inhalo, retengo el aire y lo suelto en un solo soplido. Elevo el mentón y salto al vacío. Abro la cortina y ante mí se presenta un local bastante aglomerado, con grupos que charlan en las mesas elevadas distribuidas por la sala y otros en sofás que gobiernan las esquinas. Hay tres pequeños escalones para descender hasta la pista principal, pero de momento me siento con una buena perspectiva del espacio desde las alturas. Me detengo unos segundos y aprieto mis esfínteres, porque de aquí voy directa al váter y no me hago responsable.

El morado de las luces led sigue reinando y veo que es el color principal del lugar. Hay una barra amplia al fondo y un par de camareros que sirven con calma y delicadeza los tragos. Varios pasillos salen de mi campo visual y entiendo que derivan en las salas oscuras donde hacer realidad todas las fantasías.

El personal me observa y se queda algo extrañado. Eso evidencia que todos se conocen en mayor o menor medida, y que cuando entra una cara desconocida la detectan con facilidad. Localizo a la Mari, que se vuelve y me sonríe desde la distancia. Yo hago lo mismo y me dispongo a acercarme a ella para acurrucarme bajo su ala de protección y cuidados. Pero justo cuando estoy bajando la escalera, elevo la mirada y lo veo a él, ajeno a la conversación en la que, segundos antes, parecía estar inmerso. Nos miramos con cierta fugacidad y no controlo los parpadeos, que casi me provocan una caída. Junto con el impacto de mis párpados, se me escapa una sonrisa que contengo con un apretón de pómulos y comisuras.

Camino despacio, con elegancia y seguridad, aunque mi interior esté intentando calmar la guerra que ha estallado. Sostengo los ojos de Mario, que no han dejado de apuntarme en ningún momento. Los siento más allá de mi cuerpo, meciendo el alma que tanto me pesa dentro. De camino a la Mari paso por su lado. Desvío la mirada un segundo, una milésima temporal capaz de encoger todos los átomos que materializan mi organismo. Ni me fijo en su atuendo, solo en el estallido de sus ojos escondidos tras esas gafas redondas. Saco a pasear una mueca que eleva ligeramente mi comisura izquierda y oigo el estruendo de nuestras pupilas al colisionar, una vez más.

—Hola —susurro.

—Hola —me responde.

Y lejos de detenerme continúo mi trayectoria hacia la Mari, que me espera con los brazos abiertos. Como siempre, lleva un escote imposible que pone a prueba la elasticidad de los tejidos y la cavidad de los sujetadores. Está rodeada de un grupo de personas que desconozco por completo, o eso creo. Digamos que no soy muy buena recordando las caras, especialmente cuando estoy de fiesta.

—¡Mi niña! Pero qué guapa estás, madre mía.

—Hola, Mari. Pues esto es gracias a ti.

—¿Qué dices? Esto es por el cuerpazo y la belleza que tienes. Mira qué poderío, ¡madre!

Acto seguido, me achucha fuerte contra su cuerpo y yo aumento la fuerza para sentir un resquicio de tranquilidad y armonía en medio de esta explosión molecular.

—Me alegra verte en el Frenesí.

—A mí también.

—¿Qué te parece?

—¿Acogedor?

—Ja, ja, ja. Sí, lo es. Nuestro pequeño hogar. Aquí nos conocemos todos.

Intento introducirme en la conversación, pero sigo con ese runrún en mi interior que no se detiene. Ya estoy aquí, ¿y ahora qué? ¿Volvemos a lo que siempre hubo? ¿Hay algo más?

—Mari, voy a pedir algo.

—Claro, niña, estás invitada. Pide lo que quieras a Diego.

—No, no. No hace falta, puedo...

—Cariño, estás invitada. —No intento rebatir a la Mari, está fuera de mis posibilidades.

Agradezco el gesto y me siento en unos taburetes negros que hay en la barra. Diego me sonríe con amabilidad mientras sirve otra copa al grupo que hay justo a mi lado. Es un tipo atractivo, con cierto aire vikingo. Lleva el pelo rubio atado con un moño y los brazos llenos de tatuajes. Es de complexión delgada y compacta, y con una luminosidad propia de la gente que te da buen rollo, así, de entrada. Algo que nunca me pasó a mí.

—Ahora ya estoy contigo, ¿qué te pongo? —Medito por unos instantes mi respuesta. ¿Seguiría bebiendo la misma copa si no fuera un personaje ruso cargado de tópicos? Tal vez.

—Un vodka con hielo, por favor.

—¿Solo vodka?

—Sí, solo vodka.

Diego me mira algo extrañado por mi respuesta y yo me hago la dura enseñando ese bíceps imaginario que está más cerca de la atrofia que de la halterofilia. Él se ríe y me sirve un vodka con hielo y un chupito para ambos de algo que no sé ni qué es.

—Por tus bíceps. —Y brinda su vasito diminuto contra el mío antes de engullir el líquido oscuro que ocupa esos cinco centímetros de cristal.

—¿Qué es?

—Licor a base de hierbas. —Eso me suena a alucinógeno. Espero y deseo que no sea así.

—Gracias por el chupito.

—A ti.

No sé por dónde empezar. Creo que necesito con cierta urgencia un chute rápido de lo que quiera que sea este mejunje oscuro. Me lo bebo de un trago y aprieto los ojos con fuerza por el impacto que crea en mí. Diego asiente desde la otra punta de la barra y me muestra orgulloso su pulgar hacia arriba en señal de aprobación. Yo sonrío, y en un gesto no verbal le transmito que me ha quitado diez años de vida por lo menos. Él se ríe y sigue con su trabajo mientras que, en mi caso, intento volver a la normalidad y a la soledad extraña que siento en este lugar. Y en ese momento, cuando estoy a punto de coger la copa y deshacer el camino hasta la mesa de la Mari, noto una presencia, y me resulta familiar.

—¿Puedo? —me pregunta al mismo tiempo que señala el taburete. Asiento con la cabeza sin saber muy bien qué decir—. Diego, ¿me pones un whisky solo, por favor?

Mario tiene algo que te atrapa en las catacumbas del deseo, un misterio que no sabes descifrar, pero te pasarías la vida resolviendo ese acertijo. Y que no, que no hay manera, que no sabes lo que es. Te atrapa en su aura enigmática llena de posibilidades que van más allá de lo visible, de lo característico. Es una mezcla de destellos que no sabes a qué galaxia pertenecen, porque sin duda no son de este planeta.

En estos momentos pongo especial atención a su vestimenta. Su apuesta también ha sido todo al negro, con unos pantalones clásicos de pinzas y una camisa con dos botones abiertos. Lleva algunos collares que se pierden por el pecho y que no logro identificar, y las mangas están perfectamente dobladas por debajo de los codos. Jamás había visto sus manos; son algo grandes para el tamaño de su cuerpo, bastante musculosas y fuertes. Las decora con algunos anillos plateados que mueve con su pulgar y su dedo índice. Los mechones de su pelo color castaño caen por su cara y él inicia una pelea con el control capilar que está a punto de perder. Se coloca las gafas redondas y me mira a través de ellas con cierta curiosidad y admiración, como si nos conociéramos de toda la vida.

Diego no tarda en servirle el whisky y, para entonces, seguimos callados sin saber qué cojones decir. Porque ¿qué le dices a un tipo de cuya vida sabes a través de un manuscrito, con el que te has chocado en varias ocasiones, con quien te has liado hasta colapsar el universo y hacia quien sientes un deseo evidente? Pues no tengo ni idea, la verdad.

Supongo que él también está algo nervioso, porque se

mueve demasiado. Creo que en varias ocasiones me lo dejó claro mediante las palabras plasmadas en ese montón de hojas. «En el fondo, sigo siendo ese chico tímido». Menudo par. Mi corazón no para de bombear y la pierna adquiere su propio ritmo al margen de lo establecido. Observo a cada rato que mis tetas sigan dentro del esmoquin para no poner las expectativas a ese nivel. Mario vuelve con su pelo, con sus manos, con sus gafas, con algunas miradas furtivas que nos regalamos y que somos incapaces de sostener. Pero qué edad tenemos, coño, ¿quince años?

—Brindemos —rompo el hielo. Él alza el whisky con prisa y nos quedamos con los vasos suspendidos en la dimensión terrenal. Me quedo callada un rato mientras pienso rápidamente las palabras exactas que hagan inolvidable este momento. Pero no las encuentro. Entonces, presa de la agitación, me pongo a reír. No un «ja, ja, qué risa, ¿eh?», no. Una de esas risas que ponen a prueba la resistencia de la máscara de pestañas de lo que estás llorando, que te atraviesa las costillas y te hace retorcerte de dolor por la vibración muscular.

No puedo pararla, bajo el vaso a una superficie segura y sigo riéndome sola. Mario me mira con los ojos bien abiertos y se contagia del estallido que se ha cernido sobre mí. Y ahí estamos los dos, a punto de desfallecer, con un jolgorio cuyo origen desconocemos. Es algo imparable que, gradualmente, va descendiendo hasta ser invisible, pero mientras está presente se hace incomprensible.

Mario se quita las gafas para secarse los ojos y yo me ayudo del lateral de mis dedos para evitar que el *eyeliner* se vaya a tomar por culo. Me apoyo en las costillas y aprieto la carne para paliar el dolor del flato que se ha instalado en mi interior. Me fijo en él, en su sonrisa, en su explosión. Es la primera vez que lo veo fuera de esa seriedad y ese control, de esa capacidad de dominarlo todo desde su asiento, con esa pasividad que tanto lo caracteriza. Y ahora lo veo con todos sus secretos expuestos, porque sé que es una fachada de fortaleza y poder que esconde un universo de emociones. Que por dentro sigue con sus inseguridades y sus miedos, como siento yo los míos revoloteando en este instante.

Justo cuando las risas están menguando y el dolor florece en la piel, Mario lanza una mirada furtiva que cazo al vuelo. La única vez que lo había visto sin ellas fue cuando estaba tras una máscara de látex, y aun así mi alma lo reconoció de algún modo. Me sorprende cómo cambia la cara de alguien cuando se quita las gafas. En mi caso, se transformaba totalmente. Pasaba de ser una niña marginada a tener algo de posibilidades en el campo de nabos. Por eso me operé y, bueno, por comodidad, claro. Pero él muda de ser alguien tierno y cariñoso, un osito de peluche que abrazarías toda la noche, a un depredador a punto de lanzarse a tu cuello y devorar tu ser. Un atractivo que no es impactante a simple vista, más bien sigiloso, como ese animal al acechar a su presa bajo la hierba de la sabana. Y tú te quedas mirando el horizonte y te planteas si realmente hay alguien o si es fruto de tu imaginación, hasta que, segundos más tarde, ¡sorpresaaa!

Vuelve a ponerse las gafas tras secarse de nuevo las lágrimas que recorrían sin medida por sus mejillas. Y, pum, de nuevo la dulzura, la estabilidad, la paz, el equilibrio, la calma, el bienestar, la hierba mecida por el viento, tus paranoias de animal herbívoro.

—Ahora sí, por esto, Electra —dice. Alza otra vez el vaso al aire en un segundo intento de entrechocar los cristales y generar un acercamiento propio del alcoholismo y la atracción sexual.

—Por esto.

Un tintineo fuerte nos hace pestañear ligeramente y mantenemos el choque de pupilas en el tiempo mientras bebemos un trago de nuestros respectivos vasos. Desvío la mirada con rapidez; me es imposible ganar esta lucha. Hay algo vulnerable en mí que se remueve y sale de su trono, de su poder. Todo lo que soy y lo alto que vuelo se vuelve para serpentear por el suelo y besar la tierra con los dedos. La grandiosidad que siente mi ego se ve encerrada en el cajón de los recuerdos. Lo que sea esto, me devuelve a un punto negro en mitad de una sala blanquecina y luminosa, en medio de un vacío sustancial que me libera de toda carga y de todo truco. Simplemente, me obliga a ser desde la esencia en adelante. Y trazo mil caminos para volver al centro, y me recreo en la pérdida de todo sustento.

El silencio se instala con más violencia. Un tortazo que nos deja tambaleándonos en este oasis que nos forzamos en crear, y no, que no lo conseguimos. ¿Tanta magia se ha esfumado, así, sin dejar abierta la posibilidad? Desvío los ojos para escanear el lugar; la gente nos observa con un disimulo que hace poco honor a su nombre. La música obliga a mantener una conversación con los decibelios altos y el ambiente cada vez se vuelve más sexual y dominante. Y nosotros aquí, uno frente al otro, con tantas preguntas que responder que se nos olvidan dónde quedaron los interrogantes. Mario mantiene sus ojos sobre mi cuerpo y escanea mis pensamientos con total precisión. Se une a mí en la observación espacial que nos indica que eso de la soledad no es algo que hayamos compartido.

—¿Damos un paseo? —propone.

—Creo que sí.

Nos acabamos las copas casi de un trago, como si se trataran de un chupito bien largo que quema el esófago y aclara las ideas. Él se levanta del taburete, coloca bien las mangas de su camisa y espera a que yo haga lo mismo. Dejo el vaso vacío sobre la barra y me tapo las tetas al bajarme del asiento, porque estoy segura de que, en algún momento, mi pezón atravesará la atmósfera.

Tomo la iniciativa y salgo delante de él. Me despido de la Mari con un abrazo y la promesa de volver pronto al local.

—Nos vemos ahora. Vamos a dar un paseo.

—Vale corazón, sin problema. Que vaya bien.

Mario también le da un abrazo y ella lo mira con esa mirada maternal que tanto desearía disfrutar en este momento algo delicado. Subo de nuevo los tres escalones y abro la cortina de terciopelo para despedirme de Ana Mari.

—¿Ya te vas? —me pregunta—. ¿Está todo bien?

—Sí, sí. Vamos a dar un paseo —respondo.

—Perfecto, nos vemos pronto. Adiós, Mario. Qué guapo estás. —Él sonríe y le lanza un beso cariñoso propio de esta gran familia a la que, sin querer, he ido a parar.

Una ligera brisa mece mis cabellos pelirrojos, que se mueven hasta adentrarse en mi ojo derecho. No hace frío, pero la americana no sobra. Claro que no llevo nada debajo, ni siquiera del pantalón. Venga, ahí, a pelo.

El ruido de la ciudad es el resquicio de paz y tranquilidad más cercano que tenemos en la capital. La gente sale de fiesta algo borracha y canta aquellas canciones que hace unos minutos estaba perreando lo que el cuerpo le daba.

—Vamos por aquí —insiste Mario.

Nos desviamos hacia una calle poco transitada y más calmada. Me duelen los pies de caminar; no contaba yo con hacer senderismo esta madrugada. Mario se da cuenta por la forma que ando, algo patosa.

—¿Nos sentamos en ese banco?

—Por favor.

Un banco de madera es lo que me salva de amputarme las extremidades, y eso que solo he caminado dos calles. Al acomodarme en el banco, vuelvo a colocarme bien la americana para no enseñar más de lo previsto. Y de nuevo, con la luna sobre nuestra cabeza y algunos balcones con plantas que decoran su fachada, nos quedamos callados sin saber qué decir. ¿Tal vez la conexión era simplemente dada por el contexto en el que estábamos? ¿Por el alcohol, las drogas, la noche, la efimeridad? Carraspeo y parpadeo un par de veces. Mario se frota las manos de forma asidua. A ver qué cojones digo, aunque sea opinar del puto tiempo.

—Creo que voy a empezar hablando yo. —Menos mal, gracias a los cielos, estaba a punto de hacer cualquier gilipollez con tal de que este mutismo llegara a su fin. Mario voltea su cuerpo hasta estar frente al mío, yo le copio el gesto. Y ahí estamos, frente a frente, en un banco grafiteado de Madrid, con los bramidos de algunos borrachos que transitan por las calles paralelas. Qué escena tan idílica, joder—. Te pido perdón, eso lo primero. Lo siento muchísimo.

—¿Por qué? —El inicio de la conversación me ha pillado totalmente desprevenida. No esperaba una disculpa, en absoluto.

—Por las formas en las que te entregué el manuscrito.

—Sí, creo que no fue el mejor momento.

—Presentarme en el funeral de tu madre con ese halo de incertidumbre y misterio estuvo mal, por eso, lo siento. No supe hacerlo de otra forma.

—¿Cómo supiste dónde estaba?

—Lo cierto es que cuando acabé de escribir el manuscrito medité durante mucho tiempo si entregártelo o no. Pero pensé que debías conocer la verdad sobre todo lo que había sucedido, saber quién era ese tipo. Aquella mañana fui a la cafetería, como siempre, y quise esperar a que salieras de tu casa para dártelo. Y justo Guillermo me dijo que estaban cerrando porque se iba a un funeral. Me contó que había muerto tu madre y me dijo dónde iban a enterrarla. Así que fui, sin plantearme la idea absurda que sería eso. Me pareció una invasión total de tu vida; pero como el dolor más intenso que he experimentado lo salvaron los libros, pensé que el tuyo tal vez podría menguar con esta historia. Por eso, lo siento.

—En efecto, no estuvo bien, Mario. No entendí nada, fue un día horrible para mí.

—Lo sé. Deseaba poder encontrarme contigo para asumir la mala decisión que tomé; no lo reflexioné mucho. Actué por puro impulso.

—Pero, por otro lado, me he sentido acompañada en estos días tan oscuros, y eso te lo agradezco. Vivo sola, como pudiste observar. Tengo una hermana mayor, Sonia, con quien comparto el duelo, pero ella está casada y tiene una hija pequeña. Después del entierro y de todo el proceso, volvió a su hogar y abrazó a su familia. Pero yo..., no quiero sonar derrotista ni nada por el estilo...

—No lo estás siendo.

—Yo llegué aquella tarde a mi casa y me comían las paredes. No me creía que mi madre hubiera fallecido, sentía un agujero tan profundo en mi corazón que no sabía cómo sanar. A pesar de llevar meses asumiendo que era una posibilidad, el cáncer es algo muy jodido y a veces no tiene un final feliz. Pero cuando llega el momento es..., joder, no te lo crees. No lo asumes. Perdona, Mario, me estoy poniendo sentimental con este tema.

—Ey, por favor, nada de que disculparse. Puedo empatizar con lo que estás pasando.

—Leer lo que pasó esas noches me hizo desconectar un poco de todo el peso que sentía sobre mí. De los papeleos, de la herencia, de las llamadas, de las noches sin dormir. De la tremenda soledad, al final. Fue curioso porque, de algún modo, leerte me hacía sentirme acompañada. Y pese a que te quise asesinar cuando apareciste en el funeral, y sigo queriendo hacerlo, no te relajes, fuiste el abrazo que necesitaba en ese momento, a lo largo de estas semanas.

—Siento mucho la muerte de tu madre.

—Lo sé, yo también siento la de los tuyos.

—Bueno, pero eso fue hace muchos años.

—Ya, pero yo lo he leído hace pocos días. Entiéndeme, no sé nada de ti. Bueno, salvo lo que me has contado.

—Creo que sabes más de mí que yo de ti.

—Es posible. Tal vez sea este el momento —digo.

—¿De qué?

—De hacernos todas esas preguntas.

Justo entonces aparece un hombre vendiendo unas cervezas bien frías. No sé si alguna vez te has fijado dónde las guardan. Bien, ha llegado el día de que te explique que los Reyes Magos son los padres. Las cervezas que te venden por un euro (o dos, depende de la demanda) por la calle, tan fresquitas y húmedas, las guardan en las alcantarillas. Sí, exacto, la misma que te has llevado a la boca en varias ocasiones. De nada.

A pesar de conocer el secreto mejor guardado de la ciudad —o tal vez ya lo sabías y estoy yendo de listilla—, Mario me mira y coge dos cervezas.

—Las vamos a necesitar —me dice.

Saca unas monedas de su bolsillo y, tras eso, lo obligo a limpiar la lata con todas las herramientas posibles que nos ofrecen nuestros atuendos y la noche. Luego, alzo la cerveza y propongo otro brindis.

—Por las preguntas —añado.

—Y sus respuestas.

Bebemos un buen sorbo y noto el gas dentro de mi estómago. Me incorporo más hacia él y nos acomodamos en el banco, al menos, todo lo posible.

—Empieza tú —le ordeno.

—De acuerdo. ¿Lista?

—Dispara.

—¿Por qué las pelucas?

—¿Por qué las pelucas? —repito.

—Sí, tengo muchísima curiosidad. —Inspiro hasta llenar los pulmones de oxígeno, el mismo que lanzo disparado tras encontrar la respuesta.

—En ellas encontraba todo lo que siempre quise ser.

—¿Y qué era?

—Oye, hemos dicho una pregunta. Me toca.

—Ja, ja. De acuerdo. Dime.

—¿Por qué Julia?

—En ella encontraba todo lo que siempre quise ser.

—¿Me estás copiando la respuesta?

—¿Hay alguna duda? Me toca.

—Vale.

—¿Y qué era?

—¿El qué?

—Aquello que siempre quisiste ser.

Sorbo un poco de cerveza y dejo que el frescor de la alcantarilla entre en mi interior. No sé si estaba preparada para tal intensidad, pero... qué esperaba.

—Una mujer libre, ¿sabes? Exitosa, poderosa, admirable y segura. Que no tuviera miedo de nada y que dijera que «sí» antes de que acabara la pregunta. Que viviera su vida sexual como le saliera del coño, que se llevara el cuerpo cargado de experiencias a la tumba. Sin el qué dirán, sin buscar ser la elegida por un grupo de tíos. Sin estar siempre perfecta, porque en la imperfección, de algún modo, está el motor que te mantiene en las alturas, aferrada a tu trono.

—¿Acaso todo eso no estaba en ti?

—Me toca a mí. Espera tu turno.

—Toda la razón. Pregunta.

—¿Qué era lo que siempre quisiste ser?

—Alguien normal, la verdad. Desde que tengo uso de razón he sido el rarito, el marginado. Mi familia era... peculiar. Bueno, ya has conocido a una gran parte. Crecí con muchísima libertad, en todos los ámbitos. Pero me convertí en el huérfano a una edad muy temprana y, después, en el friki de los libros. Más tarde, fui el adolescente que vivía rodeado de dos negocios dedicados al BDSM. Y cuando tuve la edad adecuada, empecé a trabajar en uno de ellos para acabar de coronarme como el tipo más poco normativo de la historia. En Julia vi esa normatividad que tantas veces pensé que necesitaba para ser feliz, parecerme a los demás para dejar de ser el extraño. ¿Acaso ese poder que ansiabas no estaba en ti?

—Sí, sí lo está. Pero he necesitado verlo por mí misma. Me encontraba en un momento jodido de mi vida cuando a mi madre le detectaron cáncer, ¿sabes? Mi carrera había llegado a un punto muerto, no me elegían de ningún casting. Por otro lado, me había sumergido en mi propia soledad y estaba alejada de mi familia y ni que decir de las amistades. Estaba totalmente sola, algo depresiva, sin encontrarle sentido a la vida. Y lo que al principio empezó siendo una forma de paliar el dolor, se convirtió en una pócima que me devolvía la fe en la vida, la alegría, la libertad que tanto ansiaba. Una noche, cuando estaba con mi madre en el hospital, tuvimos una conversación que lo cambió todo. Y tras eso, y caer muy muy hondo, me di cuenta de que todo lo que tanto buscaba y anhelaba ya estaba en mí. Bueno, ya está en mí. Con o sin pelucas. Tuve que habitar esos cuerpos para entender que en todo momento seguía en el mío. —Bebo un buen sorbo de cerveza porque tanta transparencia me ha dejado seca—. ¿Encontraste la felicidad en lo normativo?

—No, retomé lo que siempre me había hecho sonreír, y me di cuenta de mi suerte al tener esta vida. Me disfracé de una persona que no era, ni seré. Creo que las rarezas son lo que nos mantienen ajenos al sistema, ¿no?

—¿Eso último ha sido una pregunta?

—Ja, ja. No, no, ha sido una forma de hablar. No quiero perder mi oportunidad.

—De acuerdo.

—¿Te fijaste en mí aquella tarde en la tienda de pelucas?

—¿Sinceramente? No, la verdad. —Estallamos en risas y Mario pone una cara que transmite derrotismo y, al mismo tiempo, aceptación—. Por supuesto, supe que me había chocado con alguien, pero te miré muy rápido y no me fijé en ti... Hasta que nos vimos en el Comercial. ¿Echas de menos algo de tu vida antes de chocarnos en la tienda de pelucas?

—No, nada. No cambiaría nada de lo que estoy viviendo ahora. Con Julia, la relación estaba totalmente perdida. No teníamos nada en común, la verdad, pero me esforcé en creer que sí, que era posible. Y, por supuesto, no dejaría a un lado la importancia que tiene el BDSM en mi vida. O la familia. O los amigos. O haberme chocado contigo. ¿Qué sentiste cuando me viste en el Comercial?

—Que me conocías y me veías. ¿Y tú?

—Ya lo sabes, ¿no? ¿O acaso te has saltado esa parte del manuscrito?

—No, pero yo me estoy mojando contigo delante. Ahora te toca a ti. Qué sentiste.

—Que me conocías y me veías. Que no era la primera vez que coincidimos. Que tal vez exista la reencarnación. Que hay pocas personas con las que generar ese estruendo cuando las pupilas se encuentran, y nosotros creamos una buena tormenta aquella noche.

Agacho la cabeza para ocultar la evidencia y la vergüenza. Sonrío para mis adentros y me trago el golpe que he sentido en lo más profundo de mi pecho. Un tembleque se instala dentro de mis venas y la sangre burbujea bajo la piel. Mario se da cuenta de esto.

—Perdona, ¿eh? No te quiero incomodar. A veces me pongo intenso, y digo «a veces» para no causar peor impresión.

—No, no. Si soy yo que...

—Qué.

—Que me toca responder.

—¿Tienes pareja o algún tipo de vínculo romántico?

—¿En serio?

—En serio.

—Pero cómo puedo tener pareja con todo lo que he hecho en esas fiestas.

—Te sorprenderías.

—No, Mario, no tengo pareja desde hace dos años. Desde entonces, soltera.

No sé ni qué hora es, tampoco me importa. Estoy bien, realmente bien. Se ha instalado entre nosotros una confianza extraña y una sinceridad obligada que nos fuerza a acercarnos más y a exponernos más. Él bebe los restos que quedan de la cerveza y al elevar la cabeza hacia atrás los mechones le caen por las orejas. Sus gafas redondas se ajustan a su cara y reflejan la luz de las escasas farolas que iluminan esta calle. Me siento intensamente en paz; es un sentimiento extraño, como si la más absoluta calma pudiera hacerse densa y pesada. Como si flotar se convirtiera en una carrera aeroespacial a la velocidad de la luz. Dos sensaciones tan opuestas que se reúnen en mi alma, donde surge la posibilidad de encontrar la iluminación a golpe de oscuridad. Estoy bien, pero con profundidad, como si la línea que traza el equilibrio pudiera cambiar de perspectiva y, ¡tachán!, resurgiera ante mí el infinito.

Y en ese momento, Mario me mira y me pregunto en qué pensará. Si, como yo, percibe esta energía tan peculiar, si desea ir más allá. Si retoma el pulso del deseo que dejamos aparcado en aquel local, si la saliva se le acumula al ver el color de la carne. Si se plantea cómo acabará todo esto, si es que la pasión encuentra un final.

XXXIII

La noche de Electra y Mario

La dicotomía se cierne sobre mi interior y hay dos fuerzas internas que me cogen de los brazos y ponen a prueba la elasticidad de mi cuerpo. Por un lado, la frialdad y la racionalidad que tengo frente a las emociones y, sobre todo, frente a lo romántico. Pero, sin embargo, existe una mitad que salta de alegría, que desea amar desde sus entrañas porque no entiende el sentido de la existencia, que fantasea con todos los escenarios posibles con este hombre que se pasea por mi interior. Por más que intente frenarlo, le ponga mil bloques de hormigón, que grite para que se vaya lejos, que contenga el latido en una caja de acero a punto de explotar..., por más que ponga distancia, siempre acaba en mí. Siempre.

En qué momento perdí la fe en el amor y cuándo dejé de soñar con él. En qué instante se cayó la venda y me cobijé en mil fórmulas que daban un resultado esperado, sin dejarme sorprender. En qué segundo lancé al vacío la esperanza de volverme a enamorar. Quién me hizo tanto daño como para bloquear recuerdos y sentimientos. Y por qué soy incapaz de dar el salto.

A pesar de estar frente a alguien que me ha sabido ver, que está igual de loco que yo, con quien comparto algo más que sincronías y deseo, soy incapaz de relajarme y entregarme, de abrir las compuertas para que baile la quimera, de acurrucarme en los brazos de la fiebre y dejar que arda en mi interior. Es triste, me estoy prohibiendo a mí misma vivir en plenitud, con total implicación. Por qué, dime. No lo entiendo.

Mario espera impaciente una pregunta a la que responder y yo me diversifico en mil trozos de cautela y desenfreno que desequilibran la balanza. En qué lugar me encuentro. Por qué no puedo disfrutar de este momento.

—¿Va todo bien? —pregunta.

Y yo lo miro con los ojos llenos de pena y, al mismo tiempo, con ganas de que esto prenda. Con el anhelo del cosquilleo en el estómago, con la liberación de un corazón que galopa desbocado. Con las córneas bien empapadas de ilusión y la cabeza con un monotema recurrente. Por qué niego lo que siento si está tan anclado en mis adentros, si es tan real, tan tangible. De qué tengo tanto miedo.

—¿Bien? —insiste mientras apoya su mano delicadamente sobre mi rodilla. No es la primera vez que nos tocamos, sin duda, pero hay algo diferente.

—Sí, sí. Perdona, estaba dándole vueltas a la cabeza. Me pasa a menudo. ¿A quién le toca?

—¿Quieres seguir con esto? Podemos parar, ¿eh?

—No, no. Quiero seguir, ¿tú quieres seguir?

—Sin duda.

—Bien.

—Bien.

—¿A quién le toca?

—¿A ti?

—Es posible.

—Dispara —me dice mientras sonríe. Tiene una sonrisa bonita, de esas que deletrean atracción en todos los alfabetos. De esas que quieres provocar constantemente para acomodarte en el asiento y admirar las ondas que irradian a su alrededor. De esas que todo lo cambian, que todo lo magnifican, que todo lo magnetizan.

—¿En qué estás pensando?

Él se queda callado y me observa con detenimiento. Me encantaría estar en su mente, leyéndola como si fuese un manuscrito. Contrastando cada palabra, viajando por cada frase. Conociendo una a una las características de sus sensaciones para ver si hay algo parecido en mí con lo que crear este puzle a medio construir.

—En qué pienso. —Y sonríe de nuevo al mismo tiempo que agacha la cabeza y arrastra la mirada por el suelo. Perfilo cada detalle de su expresividad para cazar verdades en medio de este multiverso sin sentido. Hay algo en mí que se va cayendo a golpe de cañones y la guerra que preside mi mente parece llegar a su fin. Esos castillos que tanto protegían a la reina se destruyen con un mechón rozando los pómulos o unas comisuras que se han propuesto tocar el cielo. Sin quererlo, me arrojo ante el precipicio de las premisas, de las promesas, de las primeras veces cuyo estruendo oigo en mi interior. Estoy en plena caída libre, por si no me había dado cuenta ya—. Pues... —Cada tensión que constriñe mi cuerpo es una liberación de tanto tormento. A pesar de la causa, sigo intentando detener el efecto. Ya estoy perdida en esos ojos, que me miran cargados de deseo. Que no, que ya no lo niego—. Cómo es posible que no nos hayamos conocido antes. En eso pienso. Porque tu cuerpo me llama con cien nombres distintos y todos me describen. Porque pese a que quise ponerle freno en tantas ocasiones, aquí estamos, tal vez empujados por fuerzas a las que somos incapaces de poner forma o contexto. Que nos atan y nos inmolan sin que podamos hacer gran cosa. Que somos esclavos de nuestros anhelos. Y que te queda espantosamente bien el negro.

Tras eso, hago todo lo posible para contener el impulso, pero es imposible. Dejo que fluya en mi interior y empiezo una carcajada agresiva y violenta que me inunda los ojos de lágrimas y la vejiga de ganas. Mario se sorprende al ver que, después de sus preciosas palabras, mi reacción ha sido desproporcionada. Tal vez para mal, tal vez no lo esperara. Pero se ve engullido por mis arrugas en la cara y mi diafragma hundido en el dolor más profundo. Y se ríe conmigo tan fuerte que parecemos dos borrachos más en medio de Malasaña.

—¿De qué te ríes? —vocaliza con todas sus fuerzas.

—¿Esa es tu pregunta? —añado como puedo.

—Supongo.

Le pido de forma no verbal que me dé un segundo para calmar este cuerpo, que ha estallado por los aires sin venir a cuento. Recupero la respiración, y los ecos de las risas cada vez se oyen menos. Busco una respuesta decente por la que disculpar este momento, pero, al mismo tiempo, me parece mágico.

—Son los nervios, Mario, me río por los nervios. Soy así, no puedo remediarlo. Cuando estoy en situaciones algo tensas, me entra la risa. Tal vez sea algo que añadir a tu lista.

—Puedes añadirlo tú. —Saca un montón de papeles doblados de su cartera, en uno pone mi nombre. Qué peculiaridad la suya—. ¿Tienes un boli?

—No, ¿y tú?

—Tampoco.

—¿Entonces? ¿Cómo puedes ir con tantas listas y sin un boli? —Y volvemos a la vibración de los estómagos y al sonido de la vida.

—Opino lo mismo. Pues nada, quedará para el recuerdo.

Exprimo las últimas gotas de la lata de cerveza y Mario

mueve la suya para indicar que, en efecto, también está vacía.

—¿Te apetece otra?

—¿Qué mierda de pregunta es esa? —respondo.

—Tienes razón. Siempre es buen momento para tomar una cerveza. ¿A dónde quieres ir? ¿Vamos dentro, al Frenesí?

—De acuerdo.

Acallo durante unos segundos el ruido de la ciudad, que atropella mi calma y serenidad. Me encuentro en lo más profundo de mi ser, arropada con mil capas de serotonina que calientan la tentación y dilatan el instante. ¿Qué quiero?

Mario se levanta y me sonríe. Volvemos al local donde Ana Mari nos saluda, otra vez. Las luces moradas nos guían a la sala principal, la cual sigue aglomerada. Bajamos los tres escalones y directos a la barra.

—¿Cerveza o vodka? —se ríe Mario.

—Creo que otra cerveza.

—Perfecto. ¡Diego! Cuando puedas dos cervezas, por favor. —Y acto seguido apoya el codo en la barra y me mira sin parar de expresar felicidad con cada gesto facial—. Otra pregunta.

—¿Te tocaba a ti?

—Pues no lo sé, ¿quién ha sido el último?

—Ni idea. Da igual. Dispara, a ver.

—¿Bebes vodka por el tópico de ser rusa o porque realmente te gusta?

—Ja, ja, ja. Buena pregunta. A ver, empezó siendo parte de un topicazo estúpido al que decidí acogerme en el desarrollo de mi personaje. Pero luego, no sé, le pillé el gusto. Me encanta el vodka siendo Electra.

—Aquí tienes, Mario. Dos cervezas —interrumpe Diego.

—Gracias, amigo.

La Mari nos saluda en la distancia y nos reímos al verla tan animada con nuestro encuentro como buena celestina de la noche que es. Lo cierto es que no esperaba menos de ella.

—¿Te apetece que te enseñe el Frenesí?

—Por favor, qué honor. Así podré poner escenario a los encuentros sexuales que me has narrado.

—No sé si eso es algo muy excitante, la verdad.

—No lo sé, siempre lo puedes comprobar. —Y lanzo una mirada furtiva de felina salvaje y él se pone nervioso.

—Diego, ¡ponme dos chupitos, por favor!

—¿Y eso?

—Después de esa mirada necesito retomar fuerzas, y una cerveza se queda corta. —Nos reímos y me apoyo junto a él en la barra mientras le rozo el brazo con sutileza. Él observa el gesto y me apunta con sus ojos color café escondidos tras las gafas redondas. Y yo miro al frente a pesar de sostener en la distancia visual su reclamo.

—Mario, ¿de qué los quieres? —dice Diego.

—¿De qué te apetecen? —me pregunta.

—¿Vodka con whisky?

—¿En serio? Eso nos llevará directos a la tumba.

—¿Acaso tenemos algo mejor que hacer? —añado. Mario asiente un par de veces y ahí sí puedo leer su mente. Y sé que piensa lo mismo que yo.

—Pues dos chupitos de vodka con whisky.

—Eh..., ¿uno de vodka y otro de whisky?

—No, vodka y whisky bien mezclados y fusionados —explico. Sé que es consciente de lo que significa dicha alegoría.

El tiempo que pasa mientras Diego prepara los chupitos es el necesario para volver a sentir lo que siempre estuvo entre nosotros: el deseo que prevalece más allá de la piel. Mario vuelve a anclar su atención en mi cuerpo y yo me hago la tonta al ritmo de la música.

—Estás increíble esta noche, ¿te lo he dicho ya?

—Creo que sí.

—Pues, nada. Oficialmente soy un intenso. —Sonrío y clavo las pupilas en el reflejo del cristal, en los destellos externos e internos que culminan en su córnea.

—Tú también estás muy guapo. Vamos los dos de negro.

—Bueno..., tú, yo y casi todo el Frenesí. —Doy un rodeo visual por el lugar y tiene toda la puñetera razón—. Es una de las normas del *dress code*. O vas con algo más *fetish* o vistes de negro.

—Vaya, lo siguiente que te iba a decir es que hacíamos buena pareja los dos así, vestidos igual. Pero parece que no es algo exclusivo.

—¿Acaso cambia algo?

—¡Amigos! —interrumpe Diego—. Vuestros chupitos extraños. ¡Salud!

—Gracias Diego. —Mario coge el suyo y lo alza al aire mientras me mira. Yo lo sigo y me arrepiento de haber tenido semejante idea coctelera—. Por las sincronías de las almas...

—... que se ponen de acuerdo en el atuendo —interrumpo.

Acto seguido, entrechoco el vidrio de mi chupito contra el suyo y le guiño el ojo con total descaro. Me bebo el mejunje de un trago y contengo el golpe del alcohol en mi esófago.

—Pero qué mierda es esta —verbalizo mientras apaciguo el sabor con la cerveza.

—Lo que tú has pedido.

—Pues sí que me salen caras las miradas, Mario.

—Ja, ja, ja. ¿Quieres empezar con la ruta?

—Venga, guíame por tus tierras.

Nos apartamos de la sala principal y, a mano derecha, encontramos un pequeño pasillo que conduce a diferentes espacios. Entramos en una habitación donde la gente guarda silencio y mira a una pareja que usa unas cuerdas muy peculiares.

—¿Qué es esto? —susurro. Él se acerca a mi oído y roza ligeramente mi cabeza con su nariz. Esto genera un despertar inesperado en mi entrepierna que contengo tensando los muslos.

—Es *shibari*, una práctica de *bondage* japonés.

En medio del suelo hay un hombre delgado en calzoncillos mientras una chica más pequeñita que yo hace un sinfín de nudos alrededor de ese cuerpo masculino. Unos centímetros más arriba hay una argolla grande anclada al techo. La muchacha pasa las cuerdas por ella y, con todo su peso y esfuerzo, consigue elevarlo del suelo. A su alrededor la gente observa con total atención y, de nuevo, Mario se acerca para susurrarme algo que casi no entiendo porque mi coño pide a gritos aliviar el calentón.

—Ella es una atadora alemana que lleva años afincada en Madrid. Es bastante conocida en el mundillo del *shibari*.

—Vaya, ¿a ti te han atado alguna vez?

—Sí, más de una. Es una sensación muy particular, parece que flotas por el espacio y por primera vez eres consciente del límite corporal. ¿Y a ti? ¿Te han atado?

—¿A mí? Nunca. ¿Tú sabes atar?

—No me atrevo, la verdad. Sé algunos nudos básicos para inmovilizar, pero es algo muy delicado porque hay puntos en el cuerpo que son muy peligrosos. ¿Seguimos con la ruta o te apetece quedarte un poco más?

—Sigamos.

Mario sale de la sala con sumo cuidado y silencio para adentrarnos en otro espacio que está justo delante. Frente a mí se presenta un sinfín de herramientas de lo más curiosas: una camilla color negro, una cruz de san Andrés, una jaula y un montón de artilugios que cuelgan del techo. Hay algunas personas haciendo uso de ellos y nos saludan con un gesto amable, a pesar de estar en medio de la sesión.

—Esta es una de las mazmorras del Frenesí. Está más enfocada a la época del medievo. De hecho, la estética del BDSM que tenemos siempre en nuestra mente puede rememorar esos años, mientras que en Oriente tiene más relación con las cuerdas y el tipo de castigo que se utilizaba en el pasado. Al final, nos basamos en los elementos de tortura que tenemos más cerca en nuestra cultura. Y aquí en Occidente fueron las cadenas, las picotas e incluso los cilicios. No sabes la cantidad de herramientas que existen para infligir dolor. Sin duda, hay muchísimas más que para ofrecer placer.

—¿La humanidad no será un poco masoca? —bromeo.

—Sin duda —se ríe Mario.

Continuamos con el recorrido y acabamos en la siguiente mazmorra: un espacio dedicado a las fantasías más médicas. Hay una camilla blanca, unas cortinas que ofrecen cierta intimidad, una mesa con ruedines y un montón de elementos a cada cual más sádico. La iluminación, las paredes, los atuendos que lleva la gente, la típica cruz roja, los botiquines..., todo está pensado para cumplir cualquier fantasía sanitaria.

—Esta es la habitación más extrema. Gran parte del material lo tenemos guardado y se ofrece bajo solicitud porque está esterilizado.

—¿Como qué?

—Espéculos, bisturís, jeringuillas, agujas, pinzas, CBT... Incluso aparatos para la electroestimulación.

—Suena doloroso —digo.

—Lo es. Pero, por supuesto, esto no es para todo el mundo. Hay personas dentro del BDSM que son sumisas pero no masocas, y otras que son masocas pero no sumisas. De eso se trata, de encontrar aquello que se adapte más a tu energía.

—Esto creo que no se adapta demasiado a la mía.

—Ja, ja, ja. Pues vamos a continuar entonces.

El *tour* acaba en una sala de futones y sillones con un par de jaulas: una colgada del techo y otra a ras de suelo. Hay algunos elementos enganchados en las paredes a disposición de todo el mundo, y un grupo de personas se recrea entre azotes y pisotones.

—La cama redonda no te la puedo enseñar porque ahora mismo está ocupada.

—Oh, vaya, el lugar donde follaste por primera vez. Eso era una de las piezas emblemáticas de este museo —bromeo.

—Cierto, cierto. Aquí tenemos la habitación más tranquila de todas, donde puedes tomarte algo y sentarte en los sofás o hacer una sesión improvisada.

—¿Y las jaulas?

—Para encerrar a las personas que son sumisas.

—¿Y quién de los dos entraría? —pregunto.

—Esa es una lucha que ya libramos, ¿no?

—No me acuerdo. —Me hago la tonta.

—¿No te acuerdas?

—Ni idea.

—Haz memoria.

—No sé, ¿dónde fue?

—En la Fetish Fantasy —responde.

—¿Sí? ¿Y qué pasó?

—Te pregunté si podías dominarme.

—¿Y qué respondí?

—Respondiste con tus manos acariciando mi máscara de látex que tapaba mi cara.

—¿Cómo? ¿Así?

Me acerco más a Mario y me pongo frente a él. Con la mano izquierda sostengo la cerveza y con la derecha sumerjo los dedos en los mechones castaños que le caen por la cara. En todo momento, mantengo mis ojos sobre los suyos, que, de nuevo, me piden clemencia. Y yo, al final de ese paseo por sus cabellos, inflijo un nimio dolor con un tirón suave.

—¿Así? —Él entreabre la boca y suelta un jadeo sordo casi imperceptible.

—Así —susurra.

—¿Y qué pasó después?

—Que cogí tu muñeca... —Me agarra la mano derecha con fuerza y la sitúa frente a sus labios—. Y acerqué los dedos a mi boca.

—¿Para? —insisto.

—Para sumergir tu dedo índice dentro de ella y castigarlo un poco con mis dientes. —Mario introduce mi dedo dentro de su boca húmeda y me mira con las pupilas fijas y esa cara que se transforma cuando huele el poder. Con la lengua, juguetea y me muestra sus habilidades. Suplico por descubrirlas de cerca, desde todos mis rincones.

—¿Y ahora?

—*Aola nno uedo habar* —pronuncia como puede. No puedo contener la risa y estallo en una carcajada que sorprende al grupo que estaba en plena sesión. Nos miran con cierto malestar y Mario pide perdón con un gesto amable para unirse a las risas ahogadas que compartimos, una vez más. Y es ahí cuando puedo tocar la suavidad de su sonrisa y el sonido de una vibración que me acaricia el dedo y me mantiene dentro de su boca. Cuando volvemos a la normalidad, si es que hay algo normal en todo esto, retomo la conversación.

—Espera, creo que me acuerdo de lo que viene aquí.

—Ah, ¿i?

—Pero no hables, porque me río y entonces me desconcentro.

—*Ale, ae.*

—Mario. —Y él me guiña el ojo y yo fantaseo con presionar su piel con el peso del deseo. Nos recomponemos de la divertida fuga que hemos experimentado y, acto seguido, aprieto su mandíbula con mi mano derecha y sus labios se arrugan como un acordeón. Está monísimo, parece un pececito—. Creo que yo te cogí la cara con fuerza para provocar que soltaras mi dedo, ¿verdad? —Él mueve la cabeza arriba y abajo. Sonrío victoriosa—. ¿Y qué hiciste? ¿Quién sucumbió, Mario? Dime. Quién.

Sus pupilas se aferran con ferocidad a las mías para no caer por el precipicio de la atracción, y nos quedamos en silencio mientras materializamos lo que siempre estuvo ahí. Se me escapan un par de parpadeos que ni siquiera había previsto y él me sonríe como puede con una ternura que me embriaga de cariño y amor. A lo que yo respondo con un par de flush y flash, para acabar de coronarme como la gilipollas de la noche. Mario empuja mi dedo con su lengua y se lo saca de la boca. Mantengo la mano fuerte sobre su mandíbula; la aprieto con más violencia. Él aguanta sin rechistar, sin un atisbo de «ay».

—¿Y qué hiciste luego, Electra? —me reta.

—Recorrí con mi lengua desde la punta de tu barbilla hasta el final de tu nariz.

Me quedo quieta para admirar el caos que genera esta frase premonitoria en su cuerpo. Se inquieta con disimulo, aprieta las uñas contra las palmas y aumenta la velocidad de su respiración que contrasta con la mía, pausada y fría. Sus pupilas se dilatan y los párpados se relajan en la entrega de las almas que estamos experimentando. La arteria que le atraviesa el cuello late; Mario traga más saliva de la habitual. Y sé que está en ese momento, y yo sé dónde me encuentro: agarrando su mandíbula al borde del precipicio que se cierne bajo nosotros, que nos engullirá de un momento a otro. Nos lleva atrayendo y reclamando desde que nuestras pupilas chocaron aquella noche en el Comercial. Mis pies sienten el efecto de la caída libre a pocos centímetros y su cuerpo está a punto de desfallecer por la adrenalina. Pero alargo estos segundos como si fuesen lo más preciado de mi existencia, porque, en parte, le dan razón a esta.

Mario me ruega con todas sus células que acabe con esto, que saltemos al agujero negro que nos lleva uniendo tantas noches y, sin ser consciente, tantas mañanas. Pero lo saboreo como si fuese la última comida antes de morir, con esa paciencia que dilata el tiempo y aumenta la intensidad del momento.

—¿Entonces? —pregunta.

Y seguimos ahí, mirándonos como si nos fuera el tiempo en ello, como si la materia se creara a base de estruendos y de despieces, como si la energía que destruimos con tanta agresividad regresara totalmente transformada a nosotros. Y vuelta a empezar.

Acerco la boca a la suya y mis ojos fuerzan la línea recta a pesar de la corta distancia. La mirada de Mario salta de una córnea a otra y me fusila desesperado con la metralleta de condescendencia y reminiscencia. Y justo en ese instante abro la boca y mezclamos hálitos, tan cerca que casi nos podemos sentir dentro del otro, tan lejos que casi nos atrapa el misterio. Pierdo la percepción temporal y espacial, y solo me sostengo en su mandíbula como si de la última roca se tratara. Decido no alargar la agonía, ni la suya ni la mía.

—Entonces, Mario, es cuando vamos a tu casa.

Ante tal propuesta, él abre los párpados y, a pesar de que mi mano bloquea su mandíbula, puedo sentir el reflejo de la sorpresa en su cara. Los nervios de las ganas bajo las capas. El fuego que entierra su entrepierna en cenizas y súplicas. Y, lejos de pasear mi lengua por su cara, suelto la fuerza que constriñe sus mejillas y Mario vuelve con sus jadeos imperceptibles, que solo tienen voz para mí.

Seguimos frente a frente, como dos masocas ante la pasión que protagoniza nuestra imaginación. Sin embargo, ninguno se mueve, nadie da un paso al frente. Dejamos que nuestros alientos se bañen en tinieblas que reclaman el bombeo de la sangre bajo la piel y el pequeño cosquilleo que crean nuestras narices tras establecer un ligero contacto. Sonreímos al mismo tiempo que movemos con suavidad la cabeza y nos mecemos en el mar de factuales y delicias.

—Vámonos —susurra Mario. Y se aparta con calma para lanzarme ese flotador energético que me salva de ahogarme en la desesperación.

Acto seguido, me coge de la mano y entrelazamos los dedos con rapidez y decisión. Aprieta lo justo como para ser parte del momento, para dejar claro que está ahí, conmigo, a mi lado. Atravesamos el Frenesí, nos despedimos de la Mari con una sonrisa. Recorremos el pasillo de luces moradas y Ana Mari se queda sorprendida al ver cómo nos evadimos con total determinación.

En la calle, Mario suelta su mano y se planta frente a mí.

La música del Frenesí era un buen amplificador de caricias y verdades; sin embargo, la calle resulta un impacto de realidad entre la magia que habíamos experimentado.

—Vivo aquí al lado, son unos diez minutos caminando. ¿Quieres ir en taxi o damos un paseo?

—Damos un paseo. No te preocupes.

—¿Tus pies están bien?

—Sí, Mario, estoy bien.

—De acuerdo. Pues, es por aquí. —Y señala el camino con el dedo índice. Yo sonrío como una gilipollas al estar frente a lo evidente.

Nos miramos mucho, como si fuese la última vez que nos encontramos en la ignorancia. En parte lo es. De algún modo, estamos a punto de saciar toda la sed de fluidos y cuerpos, por eso hay cierta incomodidad. ¿Y si no es lo que creíamos? ¿Y si toda esa tensión queda mal resulta? ¿Y si nos damos cuenta de que no hay nada, de que todo era un conejo que sale de la chistera?

Caminamos lento y en silencio. Inspiramos y espiramos con exageración, y la tensión que había conquistado la frontera e izado la bandera se siente débil y sucumbe a la lucha. Carraspeo con cierta exageración y cruzo los brazos para evitar que se me vea el pezón que ya he enseñado ochocientas veces. Estos momentos son incómodos, cuando sabes lo que va a pasar y te preguntas cómo el ser humano no ha hecho nada al respecto, por qué no se ha inventado una máquina que adelante el tiempo o que nos cambie el contexto. Que de estar en una mazmorra a punto de colapsar, pasemos en un milisegundo al comedor de su casa, sin tener que andar casi diez minutos por la ciudad, en silencio.

—Tengo una pregunta. —Lo agradezco.

—Dime.

—¿Abriste el sobre cuando te lo dio mi tía? —Lo miro de reojo y me río para disimular que, en efecto, tenía razón.

—Tú qué crees.

—Que sí, claro.

—No me gustan las normas, Mario.

—¿De ningún tipo? —Y lo que parecía un paseo protocolario transitando el espacio y el tiempo, se convierte en una prolongación del juego.

—Depende del contexto y de la persona. ¿Cómo sabías que iba a ir donde tu tía?

—¿No era obvio? Es lo que hubiera hecho yo.

—Ya, pero tengo su número de teléfono. ¿Cómo sabías que me iba a desplazar físicamente?

—Bueno, no me pareció una conversación como para tener por WhatsApp, la verdad. Supe que necesitabas verla en persona para observar su reacción. El juego del sobre fue una broma, en realidad. Sabía que lo ibas a abrir, que eres de las que quebrantan las normas sin despeinarse.

—A veces me despeino, ¿eh?

—¿Al quebrantar las normas?

No respondo, ya sabe lo que significa. Dibuja una media sonrisa lateral y se coloca las gafas correctamente para, segundos más tarde, llevar su mano a los bolsillos y sacar las llaves de su casa.

—¿Ya hemos llegado? —me impaciento.

—Casi, casi. Giramos esta calle y... —alarga la frase hasta que doblamos la esquina y nos situamos frente a un bloque de pisos—, aquí es. ¿Todo bien? —insiste.

—Sí, tengo ganas de ver tu piso, a ver si es como lo imaginaba.

—Tal vez te lleves una decepción.

—O tal vez todo lo contrario, quién sabe.

Abre una puerta de madera antigua y la empuja con el pie. Entramos en un portal clásico de los barrios más emblemáticos de Madrid. Estamos a dos calles de Ópera, en un oasis de calma y paz a tiro de piedra del desenfreno y el gentío. El ascensor está reformado, algo que agradezco. Nunca me dieron buen rollo aquellos elevadores donde reinan las transparencias y puedes ver las poleas que decidirán si hoy la palmas o tienes por delante un día más.

Mario toca el botón más elevado, un séptimo; para la zona, es algo anecdótico, de los pisos más altos que habrá por estos barrios. Los segundos que tarda el ascensor en atravesar todas las plantas hasta la nuestra se hacen eternos. Me siento algo nerviosa y en mí afloran esas dudas de sentimientos y emociones, de bombas que estallan en mi estómago y corazones que soportan el impacto. Cierro los ojos y me obligo a dejarme fluir, a callar los pensamientos que se pasean sin frenos por mi cerebro. Conecto con lo que implora mi alma, con lo que busca cada átomo de mi cuerpo. Y cuando vuelvo a abrir los párpados, Mario me abraza fuerte, con todas esas ganas que lleva recolectando a lo largo de los meses. Me fundo en el olor de su perfume y de sus axilas, en la brecha que significan sus brazos calmando el desconsuelo. Inspiro con profundidad y lleno cada ángulo de los pulmones, que han perdido el compás de la respiración. Pienso en que posiblemente sea el abrazo más sincero que un hombre me ha dado, de esos que no tienen prisa por acabar, de esos que te secuestran en una búsqueda de bienestar, de calma, de hogar.

El ascensor se abre de par en par y ni nos inmutamos. Seguimos entrelazando las almas en el primer abrazo que sienten nuestros cuerpos, en la fusión de dos universos que estallan en la ingravidez del encuentro. Y superamos los decibelios del estruendo de nuestras pupilas con el fragor de los dedos comprimiendo el anhelo. Solo quiero dejarme estar, acurrucarme en sus brazos como si estuviera bajo las sábanas de esas cabañas improvisadas que montaba en mi infancia, cuando la lluvia repiqueteaba en las ventanas y los gritos se desvanecían con los cuentos de hadas.

Cuando las puertas están a punto de cerrarse de forma automática, despertamos del sueño y volvemos a la realidad. Mario bloquea el cierre y, ante mí, se presenta un pasillo con dos puertas distintas.

—Hemos llegado. ¿Vamos?

—Vamos —sonrío.

Me coge de la mano y caminamos lentos para espesar la atracción que claman los cuerpos. Se planta frente a otra puerta de madera con un felpudo clásico que nos da la bienvenida a la república independiente de su casa.

—Tenemos la misma alfombrilla —añado.

—Esto es como ir de negro en el Frenesí. Originales, no somos.

—Son casualidades, ¿no?

—¿Que nos unen un poco más, tal vez? —Y voltea la cara para guiñarme el ojo y abrir la puerta de par en par. Ahí se presenta ante mí el hogar del hombre de las gafas redondas—. Bienvenida a mi casa.

Enciende la luz del pasillo, unos ojos de buey iluminan el recorrido. Los techos son altos; las paredes, blancas, y el suelo, de un parquet oscuro y rústico. Cierra la puerta y me quedo de pie, algo tímida y sin saber qué hacer. ¿El momento ha llegado?

—¿Te hago un *tour* rápido?

—Hoy te estás ganando el sueldo de guía, ¿eh?

—Sin duda. —Y las risas destensan el ambiente, por fin.

—A tu derecha tienes el baño. —Solo ese espacio es más

grande que mi habitación. Me llama la atención la enorme ducha acristalada y las baldosas oscuras, que dan un toque distintivo—. Si salimos, aquí hay una habitación de invitados; a su lado, el vestidor y mi despacho.

—Joder, menudo vestidor.

—Sí, ya ves, para cuatro cosas que tengo, pero bueno.

—¿En tu despacho es donde se crea la magia?

—Bueno, parte de ella sí.

—¿Y estas pizarras?

—Aquí es donde escribo el esquema de las próximas novelas.

—¿Estás trabajando en una?

—Sí.

—¿De qué trata? ¿Puedo preguntar?

—Es una asesina en serie con personalidad múltiple que se enmascara con pelucas y, con cada una de ellas, adquiere una técnica de tortura especial.

—Me suena esa historia.

—Espero que no por los asesinatos.

—Tal vez... —Lo miro de reojo y entrecierro los párpados para profundizar en la mirada de terror. Él se ríe. Me acerco a unos cuadros colgados en la pared—. ¿Estos son tus libros?

—Sí, las portadas de todos los que he sacado al mercado.

—¿Cuál fue el primero?

—*Treinta y cuatro.*

—Ajá, y pone tu nombre completo. ¿Es tu nombre real o es un seudónimo?

—Mi nombre real.

—Mario Caruso. ¿Y ese apellido? Es... ¿italiano?

—En efecto.

—Pero ¿tus padres eran italianos?

—Mis abuelos.

—Mario Caruso. Suena exitoso. —Y empotrador.

—Ruth Gómez también.

—Bueno, es posible, pero no se plasma en la realidad. En absoluto.

—¿Quieres una copa y me cuentas? O una cerveza. Tengo unas artesanas en la cocina.

—Venga.

Volvemos al pasillo y llegamos al final, donde la habitación, la cocina y el comedor se encuentran en cada vértice de un triángulo imaginario. Mario enciende la luz de la sala principal y se dirige a la cocina para abrir unos tercios. Dejo el bolso sobre la mesa del comedor y me quedo fascinada por este lugar. Unos ventanales enormes con una terraza ofrecen las mejores vistas del Palacio Real. Frente a ellas, una estantería que toca el techo y ambos extremos de la habitación llena de libros y libros, con una escalera de madera apoyada para llegar a los más elevados. Los vinilos se acumulan en un rincón del exagerado mueble, que se lleva todas las miradas.

Una alfombra burdeos con estampado marroquí aviva la calidez, a pesar de las luces tenues que salpican el lugar y las velas de canela que aromatizan la grandiosidad del piso. No hay televisión ni aparatos electrónicos. Solo papel, tinta, música y un tocadiscos que espera ansioso hacer su trabajo lo mejor posible. Mario vuelve con dos cervezas y las apoya en la mesa de centro. Luego, se quita los zapatos.

—Puedes hacer lo mismo, ponte cómoda. Estás en tu casa.

—¿Has leído todos estos libros?

—Casi todos, sí.

—Joder. —Me siento en el *chaise longue* de piel para

deshacerme de los tacones, que están desgarrándome el alma. Mario elige un vinilo con cautela tras estar un buen rato decidiéndose por uno. Está nervioso, lo percibo.

—¿Billie Holiday o Aretha Franklin?

—¿Estás nervioso? —le pregunto sin vaselina, sin preparativos.

Él se sorprende y vuelve su cuerpo en una posición forzada mientras rebusca en su colección de álbumes llenos de polvo. Se me queda mirando para asentir casi de forma instantánea con la cabeza.

—Sí, estoy nervioso. Jamás pensé que vendrías a mi casa. Y fíjate, aquí estás.

—Aquí estoy, sí.

—Creo que va a ser Billie Holiday.

—Gran elección —digo, y acto seguido suena «I'll Be Seeing You». Mario me acerca una cerveza y brindamos.

—Por tenerte en casa. —Sonrío al saborear el consistente sabor de la levadura fermentada—. Bueno, estábamos hablando sobre tu carrera —continúa Mario.

—¿Qué carrera? —bromeo.

—Venga ya.

—Vale, vale. Bueno, digamos que es difícil hacerse un hueco como actriz. Hay demasiadas.

—¿Y escritores no? Hoy en día todo el mundo saca un libro.

—Tuviste suerte entonces.

—La suerte es una actitud —rebate Mario.

—*Touchée.*

—Al principio, nadie me dio una oportunidad. Tuve que buscar las posibilidades yo solo porque confiaba en las historias. Y al final, fíjate, tampoco ha ido nada mal. Pero hasta que llegué a los editores y estos apostaron por mí... pasó mucho tiempo.

—Ya, el problema es que siendo actriz la cosa se complica ligeramente.

—Por supuesto, son profesiones distintas y yo, sinceramente, no tengo ni idea de la tuya.

—Es complicada. Haces castings y castings y castings para papeles de mierda. La gente ni se acuerda de tu cara o de tu nombre. Les das igual, hasta que no consigues ese papel, el que te lleva al estrellato. Además, aquí en España siempre trabajan los mismos, una y otra vez. Se arriesga poco.

—Pero ¿qué te gustaría hacer como actriz?

—No sé, al principio soñaba con ser una gran estrella, de esas *celebrities* que llenan carteles. Ahora pienso en lo aburrida que debe de ser la vida sin poder salir tranquilamente a la calle. Pero lo que siempre me ha fascinado es el teatro. De hecho, tengo una idea rondando en la cabeza.

—¿La quieres compartir?

—Me gustaría escribir un monólogo y hacer algunas funciones, no sé. Empezar a crear mis propias oportunidades, porque, joder, tengo treinta años y siento que se me va el tiempo.

—A ver, no...

—Ya, escritor, me lo dices tú que cuanto más mayor eres, más prestigio. Pero cuando vives de tu cara y tienes arrugas, especialmente si eres mujer, lo tienes más jodido.

—¿De qué arrugas hablas?

—De estas, mira. —Mario se acerca a mi cara y toca con delicadeza las finas patas de gallo que abrazan los párpados.

—¿Y no es hermoso el paso del tiempo? —reflexiona.

—No lo sé, dímelo tú.

—¿Me estás llamando viejo? —se ríe, y al mismo tiempo se acomoda cerca de mí, sentado en la mesa de centro.

—Un poco.

—¡Oye!

Se instala un silencio extraño que Billie Holiday rellena de la mejor forma con su magnífica voz. Observo a través de los ventanales el Palacio Real iluminado a las tantas de la madrugada. Al mismo tiempo, Mario se refleja en el cristal y clava sus ojos en mí, recorre con ellos cada pellizco de mi ser.

—Escribe esa obra de teatro —comenta. Vuelvo la cabeza y ese brillo especial que esconde tras las gafas me impacta de nuevo. Qué bonita es la compañía en este camino solitario.

—Lo haré. Creo que sí. Total, no tengo nada que perder.

—Eso es una ventaja, ¿lo sabes? —Volvemos a rememorar la frase que marcó tanto aquella noche del Fetish Fantasy y que, minutos más tarde, recreamos con la punta de nuestras lenguas.

—Resulta que alguien me dijo una vez que, cuando estamos acostumbrados a perder, no nos da tanto miedo el fracaso.

—Y es entonces cuando nos hacemos...

—Invencibles.

—Invencibles.

Tras esa coordinación verbal, volvemos a silenciar los labios para dejar paso a las almas. Bebo un trago de cerveza y cierro los ojos para mecerme en la cadencia de un soul que nos embriaga.

—¿Bailamos? —pregunta Mario. Abro los párpados con cierta sorpresa y mis cejas se enarcan reforzando la expresión.

—Yo no sé bailar esto —añado.

—Ni yo.

—¿Entonces?

—¿Desde cuándo nos importan las normas?

Él se levanta y deja la cerveza sobre un posavasos de madera. Me ofrece su mano en un gesto algo teatralizado, como si fuera un príncipe de siglos pasados. Dudo por un momento si seguir con esta pantomima adelante, pero acallo la mente, ahogo los pensamientos en un pozo y me alcoholizo antes de aceptar.

—Voy a necesitar unas cuantas de estas —aclaro.

—Tienes la nevera llena.

Me incorporo con cuidado para que el esmoquin no me siga jugando malas pasadas, aunque tampoco es que a Mario le vaya a sorprender en demasía. Entrelazamos los dedos y, descalzos, nos ponemos frente a frente. Mario menea los hombros con sutileza, con una elegancia sorprendente que observo desde la corta distancia. Marca el compás con un vaivén delicado de la cabeza y eso acaba despeinando con sigilo los mechones que le caen por la cara. Y ahí está, con sus pantalones negros de cintura alta con un par de vueltas en los bajos, la camisa entreabierta del mismo color remangada hasta los codos y los pies descalzos. Un hombre tan elegante, con tanta presencia, que le hubiera encantado a mi madre, sin duda. «Un partidazo, hija», estará diciendo desde el lugar en el que se encuentra. Secundo sus palabras, que rebotan en mi cabeza, con una afirmación no verbal. Él frunce el ceño, extrañado por mi repentino asentimiento y respondo con un guiño antes de aproximarme a su cuerpo.

—No me vayas a pisar —le susurro.

—Lo mismo digo.

—Mandas tú —ordeno.

—¿En el baile?

—Sí, claro.

—¿En cuál de ellos?

—¿Hay más? —pregunto.

—Es una posibilidad.

Me callo porque sé a lo que se refiere y no sé si podré contener las risas que el nerviosismo me provoca. Mario me coge de la cintura con fuerza y yo no sé dónde poner las manos.

—Te noto con problemas —se ríe.

—Te dije que no sabía bailar esto.

—Vale, pon una mano en mi hombro.

—¿Cuál?

—La izquierda misma.

—¿Y ahora?

—Ahora yo te agarro de la cintura, así. —Me aprieta con firmeza, tanta que me arruga la piel a pesar de tener la barrera de la ropa—. ¿Bien?

—Bien.

—Perfecto. Dame la mano que tienes libre.

—Toma, es tuya. No sé qué coño hacer con ella.

—Ja, ja, ja. Vamos a entrelazar los dedos. Eso es. ¿Te apetece acercarte más a mí? —susurra. Asiento con la cabeza y sonrío con cierta vergüenza. Se me escapan unos pestañeos. Él imita el mismo gesto y sus mofletes se ponen algo rojos pese a que parece que todo está bajo su control.

Mario junta su cara contra la mía y mis inexistentes tetas presionan su esternón. Acomoda el brazo y gana unos centímetros más de cintura, al mismo tiempo que acerca las manos entrelazadas a nuestras clavículas.

—Soy la clara representación del antirromanticismo.

—¿Por qué dices eso?

—No paro de hablar, no sé bailar un lento, creo que te estoy pisando y estoy conteniendo la risa.

—¿Ahora la que está nerviosa eres tú? —Mantengo la boca cerrada, otorgando así la veracidad de la respuesta.

Mario tararea «All of Me» y yo me acurruco en su cuello. Respiro con profundidad para cosechar todas las notas de su perfume y su olor, ese que me resulta familiar y del que no quiero escapar. No hace falta decir nada, simplemente dejar que los cuerpos se busquen en este abismo de recuerdos y proezas.

All of me
Why not take all of me
Can't you see
I'm no good without you

Él apoya sus labios en mi peluca y me besa la cabeza con ternura. Cierro los ojos para absorber lo que significa ser amada en este instante. El ritmo desciende poco a poco, y el calor se instala entre nosotros. Mario me acaricia con la punta de la nariz mientras se pelea con el espacio que ocupan sus gafas. Decido ponerle remedio, sé lo que pueden llegar a molestar para la persona que las lleva.

—Creo que molesta algo.

—¿El qué? —cuestiona.

—¿Tus gafas?

—Ah, sí. Quítamelas, por favor. —Cierra los ojos y aparta la cabeza para facilitar la separación. En ningún momento suelta mi cintura y nos movemos como si fuéramos pingüinos hacia la mesa más cercana, donde las dejo reposar—. Mejor, muchas gracias.

—Creo que sigue molestando algo, ¿no? —repito.

—¿Estás bien? A mí no me molesta nada.

—¿No? ¿Nada?

—Mmm, no. —Mario analiza su comodidad y su presencia. Vuelve a corroborar su respuesta con la cabeza.

—A mí sí que me molesta esto. —Me desabrocho la

americana y mi escote queda más expuesto, con unos pezones que quieren ver la luz y que, esta vez, no escondo—. Y estaría mejor si pasas tu mano por aquí, ven. —Cojo la mano que Mario apoya en mi cintura y dejo que acaricie mi abdomen hasta volver al mismo punto, pero sin tejidos de por medio. Solo la piel amasando la piel.

Volvemos a encontrarnos en una pausa que decidimos reanudar. Instala de nuevo su nariz en el pelo sintético e inspira con delicadeza para dilatar el instante. Mientras, con su mano, acaricia suavemente mi espina dorsal y juguetea con sus dedos sobre las lumbares. He deseado en tantas ocasiones sentirlo así..., con todos mis poros modificados por sus huellas dactilares... Lo cierto es que seguimos bailando, pese a que el vinilo ha llegado a su fin y emite un sonido hueco y sordo que lo corrobora. Pero nos da igual, porque otra vez nos aislamos del mundo externo para ser bienvenidos en esta fugacidad de auras que se recrean en el cosmos. Y el universo parece un lugar pequeño para nuestra pasión.

El movimiento mengua y se hace casi imperceptible. Se cuelan algunos gritos de la calle, la aguja que persigue el mismo rail negro de PVC, la respiración algo agitada de Mario y el corazón que bombea a destajo bajo su pecho, el mismo que roza contra mis pezones. Como si fuéramos un péndulo que poco a poco adquiere su lugar de origen, amainamos la marcha y nos quedamos quietos. Separamos nuestras mejillas, nuestras cabezas, nuestros enredos capilares, y buscamos la prisión que ejercen las pupilas, el rincón que se abre con tan solo un parpadeo y dos fractales de Dios.

Mario me mira con los párpados algo caídos en señal de trance, de meditación, de tocar el nirvana con la punta de sus dedos. Y es ahí cuando no puedo contener mi verborrea.

—¿Me ves?

—Claro, tampoco estoy tan ciego.

—Ah, no sé. Pensé que me verías como una mancha algo difusa.

—Te veo, por supuesto que te veo —susurra.

En ese instante, el peso de mi cuerpo cae sobre sí mismo para relajarse, para disfrutar, para entregarse en mil pedazos que componen la materia. Creo que es la primera vez que me siento vista por alguien, que atraviesa las capas de cemento, vacío y estiércol que forman este templo algo derruido y en fase de reconstrucción. Mario salta de una pupila a otra y me sonríe, con una suavidad que abraza el espíritu. Y yo me quedo quieta, dispuesta a todo, aceptándolo todo, disfrutándolo todo. Él retira la mano de mi cintura y la apoya en mi mejilla. Desenreda nuestros dedos y hace lo mismo con la otra. Con los pulgares, aprieta ligeramente los pómulos para aliviar la tensión facial y la rigidez que contrae todos mis músculos; los estruendos nos dejan sordos, porque las pupilas vuelven a poner a prueba las ondas sonoras que viajan por el espacio y la percepción de la divinidad.

Vuelve a sonreír y le devuelvo la paz en formato convexo. Y ahí, cuando casi siento el roce de sus labios contra los míos, cuando estamos a punto de tocar lo que llevamos implorando semanas, cuando las almas están a milímetros de palpar la sanación, lo paro.

—Espera —susurro.

—¿Qué pasa? —Aparto ligeramente mi cuerpo del suyo y, ahora sí, tiene la total visión de mis pechos erectos, que señalan el único camino posible que nos salva de la agonía.

—No quiero que beses a Electra. —Con la mano derecha, me deshago de la peluca pelirroja que corona mi cabeza y, junto con ella, retiro la rejilla que envuelve mi melena.

Esta sale disparada, algo salvaje, desbocada en la tangibilidad del deseo. Meneo mis rizos para que no se apelmacen y algunos me caen por la cara. Solo entonces me acerco, clavo mis pupilas sobre las suyas y le susurro con cautela las palabras que cambiarán el juego—: Quiero que beses a Ruth.

XXXIV

La noche de Ruth y Mario

La respiración se me desacompasa y la peluca cae al suelo hasta encontrar su lugar en todo esto, el rincón que le corresponde. Mario me mira como si me amara, como tantas otras noches en tantas otras estancias. Y yo, que tiemblo por la entrega y la agonía, me comprimo en un millón de moléculas que solo quieren seguir entendiendo el significado de la vida. Él se acerca con sigilo y entierra los dedos en los rizos castaños que serpentean por mis hombros y mis ángulos. Sumerge la nariz en ellos y esnifa aquello que había anhelado con todas las partes de su alma.

Tras unos minutos acariciándome el cuero cabelludo y jugueteando con los rizos, volvemos al punto de partida, al inicio de nuestro mundo, al extremo del enredo que nos une. Y tiramos de él con todas nuestras fuerzas, como si pudiéramos encontrar la salida al deseo que se cierne y arde, que recoge y estalla. Sus manos descienden hasta mis mejillas de nuevo, pero esta vez están sufragadas por los rizos. En ningún momento deja de elevar sus comisuras, y me escondo en sus pliegues y sus gestos. Me siento tan viva que siento que me muero. Cómo puede ser. Cómo puedo encontrar el equilibrio entre dos antónimos distintos pero inquebrantables. Cómo es posible que el amor y la muerte tengan la misma constancia. Si la cadencia de la pausa recorre momentáneamente el flujo de la vida y es el mismo que irriga cada célula de nuestro ser. Si la primera vez que habla la muerte es a golpe de orgasmos que nos hacen volver los ojos y que nos oigan los astros. Si nacen de la misma tierra que siembra las dos únicas formas de suplantar la existencia.

Cómo es posible que el amor y la muerte se enfrenten a los mismos retos. Si ambos atraviesan el deseo de constancia, si la suerte y la desgracia son paisajes del mismo camino. Si ambos vienen a cuestionar tu alma y su correspondiente condena. Si paran el pulso y los latidos. Dime que el amor y la muerte no sueñan con lo mismo: con cabalgar sobre la mente para absorber los restos de los huesos y los recuerdos que quedan, con la ligereza de las cenizas que se esfuman con suspiros y delitos. Con la palma de las manos arrugadas. Con el gramaje del espíritu.

Cómo es posible que el amor y la muerte tengan un destino idéntico. Ese que mece la brisa de las verdades, el que se antoja infinito como una escalera al cielo que promete escuchar tus plegarias. Y es que, en estos instantes, no sé diferenciar a qué huele uno y a qué sabe el otro, porque me arrastran al centro de la penitencia y me mantienen peregrinando por el limbo. Con que esto significa sentirse insignificante, una mota de polvo que se pasea por el espacio y se expande sobre el infinito.

El amor y la muerte te empujan al precipicio y, cuando saltas, ay..., cuando saltas sabes a lo que has venido. El motivo de tus problemas, de tus durezas, de tus tormentos, de todo este ruido. Porque absolutamente todo lo conocido se explica a golpe de amor o de muerte. Y después reflexionamos sobre la ciencia, las religiones, la consciencia o el olvido. Qué más da, si el único propósito de la vida es morir y amar. Amar y morir. Y nosotros aquí, causantes de una revolución que no distingue el camino.

A través de sus ojos encuentro refugio, yo, que no necesitaba ni escudos, ni glorias, ni venganzas, ni victorias. Que me encuentro batallando frente al deseo. Al cual decido sucumbir, ya sabes, morir y amar. Amar y morir. Mario me agarra con firmeza y las manos tensas por la agonía y la desesperación. Y así, con menos miedos y más verdades, nos enredamos en un beso que no es el primero, pero sabe a principio.

Palpo el calor de sus labios húmedos, que tiemblan al rozar los míos. Los gritos del progreso se hacen perceptibles y nos empujan hacia un avance que nos sitúa en la entrega y la contención. Somos cautos, delicados, decididos. Sucumbimos ante la necesidad de sentirnos desde todos los ángulos posibles. Su lengua me acaricia el carmín y entreabro la boca; al mismo tiempo, lanzo un gemido que quebranta mi alma en reclamo y piedad. Mario alarga los segundos hasta fusionarse otra vez con mis fluidos. Sus manos aprietan con fuerza mi nuca y mis cabellos, mantienen el compás sobre el cual se desarrolla el anhelo. Los cuerpos se acercan con cierta desesperación y reclaman el hundimiento de los enemigos que se alejan de las fronteras y esconden tesoros.

El roce de la piel requiere más espacio y frotamos todos nuestros poros con impaciencia. Mario jadea tan cerca que percibo el aliento en mi esófago, como si fuese el mío. Los besos aumentan la velocidad y la saliva nos une en una conexión que nos enfrenta a la fugacidad y a la mortalidad del presente. Mientras, nos aferramos a cada pequeño detalle a base de labios.

Me asusto ante la posibilidad de desmayarme, de morir a causa de las ganas que no encontraron una huida a tiempo. Me deshago de la americana con rabia y dejo mis pechos al aire. Mario entierra sus uñas en mi espalda y empuja con violencia los cuerpos con la esperanza de que se desintegren por el camino, porque ahora duelen, pesan, sobran. Los pezones rozan su camisa, que interfiere en el paso. Con torpeza, desabrocho uno a uno sus botones. Su tórax sube y baja y el sudor empieza a condensarse en el vello que asoma por el escote. No quebranta el contacto constante de sus manos contra mi dermis y se afianza en mi pelo con posesión y alivio. Coge un mechón y me obliga a elevar la cabeza para morir en sus ojos. Sin mirar, introduzco el último botón por el ojal y abro su camisa. Mario no me permite ver su abdomen, ni la desnudez a medias que se presenta ante mí. Sigue apretando los cabellos y yo sonrío con cierta rebeldía, a lo que él responde con un suspiro.

Tras este forcejeo, paseo mis manos por su torso, fibrado y delgado, con ese vello natural que entierra la piel. Bajo la camisa por sus hombros y sus brazos hasta encontrar la salida en sus manos. Y es ahí cuando nos separamos y admiramos lo que tantas veces, en tantas ocasiones, habíamos fantaseado.

Mario recorre con el límite de sus dedos todo mi pecho. Deambula por mis clavículas, mis arterias, mis cavidades, mis pezones, mis costillas, mi abdomen. Y se abstrae de la vida a golpe dactilar. Me toca como si fuera sagrada, como si la divinidad de la que tanto hablan se encontrara frente a él y solo pudiera rezar por el milagro, por la estampa.

Emigra de mi ombligo a mi entrepierna, aquella que tanto reclama; desabrocha los pantalones con pericia y baja la cremallera. Considero que es un hombre inteligente y se habrá dado cuenta de la ausencia de ropa interior. Recorre con sus dedos mi pubis, el vello que sobresale por la apertura. Y, en ese instante, me tiemblan las piernas y me palpita todo órgano palpitable. El dedo índice y anular se cuelan por el monte de Venus y la apertura empapada para dar paso al alivio o, al menos, al intento. Vuelve a posar la mano desempleada en mi espalda para, con un golpe seco, empujarme contra él. En el mismo movimiento, algo brusco y salvaje, entierra sus dedos por debajo del pantalón y los mueve con una habilidad que me hace jadear antes de tiempo. Él me abraza, me coge de la cabeza, apoyada en su pecho, y continúa con las caricias en mi clítoris. Mi abdomen se contrae y se relaja, y la respiración ha perdido el hilo conductor que la mantenía a salvo.

Con mis manos tanteo su entrepierna, y su polla se marca dura y gruesa bajo el pantalón. Hace falta un solo roce para que Mario suelte un suspiro de súplica. Me deshago del cinturón, del botón y de la cremallera, y bajo sus pantalones hasta acariciar su erección.

—Joder —jadea.

Dibujo una media sonrisa y nos acompañamos en el cese del fuego con un ritmo similar. Estamos de pie, en su salón, con un vinilo que no para de girar y al que hemos olvidado por completo, con unos ventanales que desembocan en el Palacio Real, masturbándonos como si fuese la última petición antes de morir. Tras unos minutos de gemidos sordos y del movimiento en aumento, Mario me empuja contra la mesa, cuyo borde percibo en mi coxis. Se arrodilla ante mí como si fuese a rezar y, en realidad, se convierte en la canalización de los dioses, una unión que se instaura tras bajarme los pantalones con firmeza y abrir todos los labios. Apoya las manos en mis caderas y acerca su cara a mi pubis. Es, en ese instante, cuando eleva los ojos y atraviesa los míos, en búsqueda de un grito que ordene, de una puta vez por todas, lo que tanto ansío.

—¿Me vas a hacer sufrir? —digo.

—Hasta que no puedas más.

Tras esa respuesta, sella con besos mi útero, mis ovarios, mis ingles, mi ombligo. Entierra la nariz en el inicio de mi apertura y espira para luego inhalar todas las feromonas acumuladas en mis fluidos y que resbalan por los labios. Me aprieta la cintura y las tetas con las manos, y cuenta las costillas que se marcan bajo esta respiración catártica que me mantiene al borde entre la vida y la muerte.

Me aferro al borde de la mesa y aprieto la madera con los dedos. Jamás había alargado tanto el momento y, de este modo, alimento el agobio del apetito. Sus besos se vuelven algo más húmedos y recorren los laterales más cercanos a mi clítoris. Juguetea con su nariz entre los pliegues y se bautiza con los fluidos, lo que me provoca un cosquilleo en la entrada vaginal.

—Por favor, Mario, por favor —suspiro.

—Qué pasa, Ruth —murmura.

—No puedo más, por favor.

—Qué quieres.

—Sentirte. Necesito sentirte.

Mario desciende con sus extremidades por el resto del cuerpo y las deja descansar sobre las mías, que empiezan a sufrir de tanto comprimir la madera. Aprieta sus dedos con fuerza para denotar poder, y mis piernas tiemblan en señal de socorro. Y es ahí cuando eleva la mirada, y con mi cara totalmente desfigurada arrugo el ceño en señal de súplica. Es mi última oportunidad, mi única baza. Él sonríe con cierta maldad y me guiña el ojo para, segundos más tarde, ponerse frente a mi coño y enterrar el alivio en mi cuerpo.

Jamás había recibido un castigo tan tortuoso y, al mismo tiempo, tan placentero. Mario demuestra que sacó matrícula en esta materia cuando me acaricia el clítoris con la lengua, con unos movimientos suaves, precisos y húmedos. No tardo demasiado en encontrar la salida a un orgasmo que se ahoga en mi garganta, y él enreda sus manos con las mías para acompañarme en el vuelo. Las rodillas me fallan y las piernas pierden la rectitud, lo cual hace que caiga ligeramente sobre su cuerpo. Mario me sostiene y se levanta para abrazarme con seguridad, me ofrece un hueco donde aterrizar tras este despegue.

—¿Estás bien? —pregunta bajito, cerca de mi oído.

—Ajá. —Ni siquiera puedo vocalizar.

El corazón se me calma, pero el deseo sigue presente; me recorre la médula e irradia su reclamo en cada diminuta esquina de mi cuerpo. Me mareo por la descarga que todavía contrae mi sexo.

—Ven, acompáñame.

Mario me sostiene con todas sus fuerzas mientras arrastro los pies por el suelo. Enciende una lamparita y nos tumbamos. Me quedo desnuda sobre su mullida cama. Corazones blancos que contrastan con las sábanas negras. Él se acurruca a mi lado y sigo respirando con cierta desesperación, porque el oxígeno no entra al ritmo necesario. Volteo mi cuerpo y nos miramos frente a frente. Él sin camiseta y con los pantalones medio abiertos, y yo totalmente desnuda, con mis cabellos revueltos sobre su almohada. No lo pienso demasiado y vuelvo a besarlo con todas mis ganas, con aquellas que tenía contenidas desde hacía semanas. Mario emplea un ritmo que nos induce en el trance de nuestras lenguas y nuestros efluvios.

A medida que aumenta la velocidad y la intensidad, nos acercamos más y más. Sin prisas, sin una meta que alcanzar, sin una parada donde bajar. Simplemente disfrutamos del trayecto admirando el paisaje a través de la ventana, congelando cada detalle que nos mantiene unidos. Sus manos vuelven a recorrer mi cuerpo como si me adorara, y los jadeos y empujones se instalan para denotar el ansia. Escupo en mi mano y le acaricio la polla, que asoma por su pantalón. Me deshago de todos los obstáculos para volcarnos en la entrega del cuerpo, la piel en contacto con la piel, mi mano que se desliza suave por su miembro. Él aparta sus labios de los míos y mira hacia abajo para capturar cada pequeño resquicio en su mente. Y cierra los ojos en señal de elevación, de pérdida, de abandono.

Su polla está durísima y el glande adquiere un brillo especial debido a mis fluidos y a los suyos, mezclados en el mismo punto.

—Ruth —balbucea.

—Dime.

Se da la vuelta y abre el cajón de la mesita de noche. Saca una caja metálica de lo más curiosa; dentro guarda algunos condones. Coge uno y me mira. Es justo lo que necesitaba. Asiento con la cabeza y sonrío, él me acompaña en ese gesto que nos une en una intimidad creada a golpe de jadeos y manos entrelazadas. Se queda totalmente desnudo y por fin puedo admirar en su totalidad el vello salpicado por su torso, sus piernas, su pubis y sus axilas. Las pecas crean constelaciones zodiacales en formato cutáneo. Una cicatriz le atraviesa el lateral del abdomen y reinterpreta la Vía Láctea, una naturalidad que solo puedo honrar y honrar hasta que me olvide de los versos o se rompan los huesos, lo que llegue antes.

Mario se pone el condón con cuidado y se arrodilla en la cama, su polla traza un único camino posible: el de la salvación. Nos miramos un buen rato porque queremos despedirnos a nuestra manera para empezar a atravesar el cosmos con la unión de las almas y las manos. Entonces, me abro de piernas y dejo el organismo a punto para el despegue. Él inspira hasta llenar sus pulmones de embriaguez y se sitúa en la entrada de mi templo. Se detiene, vuelve a zambullirse en los agujeros negros que gobiernan el centro de mi iris y me sonríe. Inclina el ángulo corporal hasta sostener su peso contra el mío y empuja poco a poco sus caderas. Despacio, noto cómo entra en mí. Cierro los ojos y abro la boca, arqueo la espalda para favorecer el acoplamiento. En este momento descubro a qué sabe el fuego.

Se tumba totalmente sobre mí y apoya sus antebrazos en el colchón. Sus mechones le caen por la cara y nos inducen en una cueva improvisada a la que llamamos «casa». La pelvis empuja con delicadeza, entra y sale en un oleaje que parte de las caderas y acaba en la nada. Coloca sus brazos a un lado y a otro de mi cabeza y, de nuevo, sumerge las manos en mis cabellos, que acaricia con tanta dulzura. En este cabestrillo de extremidades y miradas, nos rozamos la punta de la nariz y nos sonreímos desde la efimeridad de la nostalgia.

No deja de impulsar su sacro para rozar mi pelvis. Estoy tan mojada que se desliza con libertad. Y en ese instante, Mario se agarra al barranco que nace en mis lagrimales. Estampa sus destellos contra los míos, que reflejan la cálida luz y el sentido de la existencia. Me doy cuenta de que, por primera vez, un hombre me mira mientras entra en mi templo, mientras disfruta de la estancia. Que no hay párpados apretados, ceños fruncidos o techos con detalles que te sacan del momento. No hay almohadas mullidas donde contar los nudos de los tejidos o paredes abovedadas con gotelé. No hay esquinas, ni oscuridad, ni trozos de cuerpo, ni miradas que se desvían. Mario me ofrece todo lo que tiene desde la entrada al alma que salpica su cara, y se entrega como un ovillo en busca de unas manos que lo sostengan en la dicotomía de la práctica, en el amor y la muerte, en la desintegración de lo conocido, en el entierro de lo pasado.

Nada interpela entre nosotros; somos un círculo de energía conectado con todas las partes del aura. A medida que aumenta la intensidad, el sudor se condensa en la frente y en el pecho y mis manos se aferran a su espalda más fuerte de lo que esperaba. Se acerca más a mi cara y me besa, cada pliegue, cada lunar, cada chorretón de maquillaje, cada gota que cae por las sienes, cada rizo que se pega en la frente. Jadea al mismo compás que entra y sale, que navega por el agua que se instala en mi entrepierna y lo atrapa en las profundidades del océano.

—¿No te das cuenta? —vocaliza con una respiración catártica.

—¿De qué?

—Somos invencibles, Ruth. Invencibles.

Sonrío y, de golpe, abro la jaula que me apretaba el pecho y que, con tanto miedo, mantenía cerrada. Lo miro como si lo amara, cuando la humedad se instala en las miradas, cuando resquebraja mi alma. Tras eso, Mario invierte más potencia en las embestidas que provocan un sonido sordo. Me abro más en un intento de querer sentirlo dentro, más adentro. Más fusionados, más mezclados, más desintegrados. Quitar los cuerpos que obstaculizan el despertar de las almas.

Danzamos en medio del espacio, donde las nebulosas azules y moradas nos devuelven la efimeridad humana. Y emigramos al origen, a la fusión de lo intangible, a la creación de la atracción, a la descarga. Cierro los ojos y no puedo evitar voltearlos, fruto del placer, del colocón, de la droga más fuerte y más dura que haya probado jamás. La misma que nace del estruendo de dos espíritus atravesando el firmamento. Dime, si esto no es sagrado, por qué siento a Dios tan adentro.

La potencia aumenta y los jadeos y los gemidos crean nuevas ondas sonoras que parecen mantras para el alma.

Nos entregamos sin desafíos, sin miedos, sin destinos. Todo lo que somos y lo que siempre fuimos, todo lo que no tiene sentido, todo lo tangible y lo divino. Saltamos al vacío del delito y Mario me mira como si estuviera a punto de descomponerse. Elevo la pelvis y la muevo con fiereza, a lo que él responde con sus ojos pidiendo alivio. Detiene el movimiento porque sabe que está al borde del precipicio, que el orgasmo le serpentea por el ombligo hasta provocar la descarga que tanto insiste en dilatar. Y yo exagero los vaivenes de la pelvis, como una amazona desbocada que atraviesa la selva orgásmica. Es tanto el placer que no puedo dejar de gritar, que me induce en una respiración caótica que pone a prueba las válvulas del corazón.

—Ruth, joder —jadea. Lo miro con desafío y perfilo media sonrisa, invoco el arma de Electra que siempre estuvo en mi poder. Me acerco a su oído y, sin detener el meneo, repito las palabras que minutos antes me hicieron perder el sentido.

—Hasta que no puedas más, Mario. Hasta que no puedas más.

En ese instante, vuelve a refugiarse en mis ojos y embiste con todas sus fuerzas. Las gotas de sudor caen por nuestros cuerpos, enredados en los nudos que permanecen en el mundo astral. Arruga el ceño y entreabre la boca. Clava sus pupilas contra las mías para invocar el estruendo que nace de nuestro choque visual. Jadea y acaricia con la punta de sus dedos la muerte inducida por el amor entre dos seres, el amor que deriva de la mortalidad de los cuerpos terrestres. Su polla se contrae en mi interior y se corre mientras me mira a los ojos con tal profundidad que hasta mis ancestros le dan la bienvenida al oasis kármico que arrastro por el tiempo.

Me sorprendo al ser vista desde todos los ángulos, frente a todos los espejos. Pero ya no por ojos ajenos, por miradas perdidas que evidencian las corridas de todas las pollas que enterré en mí, no; me sorprendo al ser vista por los únicos ojos que jamás debí olvidar: los míos. Y casi por primera vez me encuentro con un poder sobrenatural que honra la experiencia, que tanto quise buscar en la distancia y que tan cerca estaba.

Él se acurruca unos instantes y alarga la salida, la despedida, la vuelta a la calma. Dobla su ánima con las retinas algo perdidas y me la entrega, como si no fuera nada, como si no significara nada. Puedo leer su mente con total detalle, y volvemos a viajar al Comercial, al Jazz, al Silk, a la Fetish Fantasy, al Frenesí. A todos los rodeos energéticos que nos han llevado a este nudo de pasión y sentimientos, a la invencibilidad del enredo.

—Quién eres y qué has hecho conmigo —me dice.

En ese momento, aquella pregunta que se hizo inocente y resquebrajó mi alma, se presenta de frente. Oigo cada célula de su piel pidiendo la respuesta; implora una lógica a este sentimiento. Apoyo las manos en sus mejillas y, segundos antes de sellar la entrega con un beso, anclo mis córneas sobre sus huesos.

—Soy Ruth. Y este es el cuerpo que habito.